Förord

Denna bok handlar om mig och mitt liv. Jag har skrivit dit tankarna burit mig. Många händelser har jag förträngt och många saker har varit fruktansvärda återupplevelser. Men det har hjälpt mig att bearbeta livets händelser. Och det har hjälpt mig att förstå vikten av mitt liv idag. Jag har velat skriva en bok i över tjugo år men inte kunnat hantera mina inre tankar och känslor. Men nu var det dags och jag lyckades skriva min bok tillslut. Har du haft svåra stunder i livet? Har du upplevt fruktansvärda saker? Följ då med på min resa, med skratt och gråt, lycka och förtvivlan. Kanske just du kan känna igen dig i mig och få en bekräftelse på att du inte är ensam. Och som barn är det aldrig ditt fel vad vuxenvärlden väljer att utsätta dig för. Tack alla ni som har stöttat mig genom denna resa.

Jag tänker tillbaka sådär 30 år. Jag var liten, smal och dessutom hade jag glasögon. Inte undra på att jag blev mobbad. Jag kommer ihåg när jag gick till skolan, då en pojke i klassen bredvid varje morgon skrek: här kommer glasögonormen sedan skrattade han. Jag kommer ihåg den där känslan att varje dag veta att den pojken gör mig illa. Men jag vågade inte säga något till fröken. Vad skulle hända då? Äh det var bättre att låta honom hålla på. Jag tänkte att någon gång kanske någon vuxen ser mig och ser vad han gör mot mig. Då kanske dom säger till honom. Men... ingen såg mig, inte honom heller förresten. Det var inte bara vägen till skolan som skrämde mig. Hemvägen var ännu värre, hur mår mamma? Mamma visade aldrig något för mig eller min bror, men jag visste. Jag kunde höra mamma ifrån sängkammaren, hon grät. Nästan varje kväll så grät hon. Ibland höll jag för öronen och låtsades att det inte var så, jag ville inte höra. Jag gick upp till mamma som satt i soffan och grät, samtidigt som hon försökte se när hon virkade. Tårarna bara rann och droppade ner på virkgarnet. När mamma ser mig torkar hon snabbt bort tårarna och frågar med darrande röst: kan du inte sova? Nej svarade jag. Mamma varför gråter du? Egentligen så behövde hon inte svara, jag vet ju varför mamma är ledsen. Men mamma svarar: nä det är inget jag är bara trött. Jag kramar om mamma, hon kramar mig tillbaka.... Hårt. Jag vill sova bredvid mamma, jag lägger mig emellan mamma och pappa. Jag tänker: om pappa försöker döda mamma då vaknar ju jag först när pappa rör sig. Tänk om han skulle döda mig? Jag kände hur känslorna kom över mig, nu vill jag inte somna. Jag kunde inte sluta tänka på att pappa kanske vill döda mig eftersom jag har sett vad han gjort mot mamma. Sen tänkte jag: men vad ska mamma göra utan mig? Jan var två år äldre än mig och han var ju alltid med kompisar. Jag hade nästan inga kompisar men jag hade Lotta. Hon och jag var bästa vänner. Problemet var att jag ville oftast vara hemma hos mig, jag måste ju veta att mamma inte blir skadad. Jan var ju sällan hemma så jag kände mig tvingad, inte av mamma utan av mig själv. Jag måste skydda mamma. Pappa bryr sig egentligen inte om jag är hemma men jag vågade inte lämna henne själv med honom. Så kom en av dessa dagar, bara en i mängden. Men känslan av rädsla och förtvivlan var alltid den samma. Jag hörde från mitt rum hur pappa skällde på mamma. Hon försöker med lugn röst, ja så lugn hon kunde försöka få honom lugn, att inte vara så arg. Men hon kunde inte, istället hörde jag mamma skrika på hjälp. Det smällde till, jag springer ut i köket. Jag var livrädd, där stod mamma intryckt i ett hörn, pappa tar stryptag på mamma. Jag ser hur hårt han trycker, Jag blev alldeles stel av skräck. Mamma sjunker ihop och blir liggandes på golvet. Jag skriker mamma, mamma vakna!!! Pappa stirrade på mig och säger: håll käften det är ingen som hör dig ändå. Jag springer ut i hallen och försöker få upp ytterdörren, det går inte. Pappa kommer... jag springer till köket igen öppnar balkongdörren. Vi bor på första plan men det är taggbuskar, pappa kommer efter mig. Jag hoppar, det gjorde ont, jätteont. Jag ställer mig upp och skriker: HJÄLP MIG!! HJÄLP MIG NU!!! En granne kommer ut, tar in mig som nu är panikslagen, Mamma sa jag. Grannen hade redan ringt polisen, dom kom. Grannen följde med in till oss, mamma hade nu vaknat jag springer till henne. Vi grät när vi omfamnade varandra. Polisen pratade med pappa, pappa var lugn nu, polisen gjorde inget mer och åkte. Jag och Jan fick sova hos våra grannar den natten. Jag ville inte men mamma tyckte att det var bäst så. Grannen bodde i dörren bredvid, mamman där var dagmamma och heter Petra. Pappan vet jag inte vart han jobbar men han heter i alla fall Kjell. Han gillade popcorn, varje kväll poppade han sina popcorn. Det luktade så gott i trapphuset. Dom hade två barn Sofia och Daniel. Sofia var ett år äldre än jag, Daniel var yngre men han var söt. Sofia var en sån där populär tjej i skolan som alla ville vara med. Det ville jag också. Problemet var att Sofia hade ljust långt hår, blå ögon och lagom i kroppen. Alla killar tyckte att hon var snygg. Hon vill väl inte vara med mig, en liten spinkig kortklippt tjej med fula glasögon. Hon skulle bara skämmas över att vara med mig. Jag struntar i att fråga om jag får vara med henne, jag skulle bara bli ledsen om jag inte skulle få.... Egentligen spelar det inte någon roll. Jag hade ju Lotta och dessutom så vill jag ju helst bara vara med mamma. Jag brukar vilja följa med mamma till jobbet på helgerna. Hon jobbade i Rosvik med äldre människor. Jag fick alltid hjälpa till att mata dom som inte kunde äta själva. Sen brukade jag kamma en tant, jag älskade hennes hår. Det var grått, långt och alldeles silkeslent. Jag brukade fläta det också, hon gillade när jag pysslade om henne. En annan tant som låg i en säng

mitt emot brukade alltid vilja att jag
skulle läsa bibeln för henne. Jag förstod
inte ett ord av vad som stod, men det
spelade ingen roll. Tanten var ju glad.
Men mest av allt tyckte jag om att sitta på
receptionen. Där fanns det massa papper
och jag brukade skriva på och fylla i olika
blanketter, jag älskade att sitta där med
alla papper, pennor, stämplar. Jag skulle
jobba på kontor när jag blir stor.

Julen 1979

Papper, stämplar och pennor får mig att
tänka på julen 1979. Jag var då fyra år,
mamma jobbade denna julen, så pappa
Jan och jag skulle vara hos farmor och
farfar. Farmor tyckte inte om mig, bara
Jan. Det visade hon ofta, men jag tänkte:
på julafton kanske hon är snäll. Men det
var hon inte, inte ens på julafton. Jan
hade fått bilar av tomten, han satt på

golvet och lekte. Åhh jag, jag hade fått en stor låda full av stämplar, riktiga stämplar, massa olika pennor, papper som såg ut som såna papper mamma brukade skriva på hos banken, WOW!! Jag satte mig i soffan hos farmor öppnade min låda och jag var så lycklig. Pappa och farfar hade gått till bilen för att hämta resten av paketen som vi hade fått av tomten tidigare under dagen. Farmor kom in i rummet där jag och Jan satt, hon tittade på Jan och log, mig stirrade hon på med svarta ögon. Innan jag visste ordet av annat hade farmor greppat ett hårt tag i min nacke, jag blev rädd och det gjorde ont. Hon tryckte hårdare och sa: Du ska inte sitta på soffan när jag har dukat så fint på bordet!! Men, jag sitter ju stilla sa jag med en ynklig röst. Farmor blev så arg att hon tog ett stadigare grepp, kastade bokstavligen iväg mig. Jag hamnade på Jan sedan in i väggen. Hon sa inget bara gick. Jag ville gråta och säga till pappa, men jag vågade inte. Pappa gör ju så mot mamma, tänk om han blir arg på mig då?

Jan vågade heller inte säga nåt, men han kramade om mig och sa att jag kunde sitta hos honom. Det gjorde jag....hela tiden. Sen var den julaftonen förbi, men minnena lever kvar och det gör ont.

Mina bevis..

Jag var i nioårsålder, jag mår så dåligt. Fortfarande mobbad i skolan, skräcken hemma blir allt värre. Jag minns att jag hade fått min första bandspelare, jag var överlycklig över den.... Till en början. Sedan blev den bandspelaren ett slags vapen för mig. Jag kommer ihåg att jag tänkte: om jag gömmer den under hallmöbeln så kanske jag kan spela in när pappa är dum. Undrar om polisen tror på mig då? Om jag spelar in... jag minns hur jag låg på mage i hallen med huvudet under den trä färgade hallmöbeln. Jag hörde pappa börja bråka igen.... Nu ska du få tänkte jag och tryckte på REC knappen. Mamma går in på toaletten och låser, jag sätter mig upp. Toalettdörren är

i hallen bara någon meter ifrån mig.
Pappa kommer efter, jag hatar honom
men jag vågade inte visa det. Jag vågade
heller inte bli arg på honom, tänk om han
skulle göra samma sak mot mig som med
mamma? Pappa kommer.... Han slår på
toalettdörren och skriker att mamma ska
öppna dörren. Jag ser en sax i bakfickan,
det är ingen liten sax, utan en stor med
orange handtag. Varför har han den där?
Han fortsätter att slå på dörren. När han
hör att mamma tar i låset tar han upp
saxen. Han håller den inte på rätt sätt,
han håller den i handen på samma sätt
som när man ska hacka is. Jag får den där
känslan inom mig igen, den där känslan
som jag är så rädd för. Jag är trött på att
vara rädd. Jag kan inte få bort känslan,
det gör mig också lite arg. Nu öppnar
mamma dörren hon är svullen runt
ögonen och ser ut som om hon har gråtit.
Jag vill inte att mamma ska gråta,
mamma är på väg ut i hallen. Pappa står
där med saxen i handen bakom ryggen,
jag vågar inte säga nåt. Pappa puttar in

mamma i badrummet igen, så hårt att hon nästan ramlar in i badkaret som var precis bakom henne. Mamma hittar balansen, pappa tar fram handen med saxen som han hade gömt. Han höjer handen nu är den i höjd med mammas huvud. Nej skriker mamma, mamma är rädd. Jag kan se det ifrån hallen där jag sitter. Jag får panik, nu kan jag inte längre kontrollera mig själv, jag skrek högt NEJ. Pappa stirrade på mig med sina ilskna ögon och smäller igen dörren, han låser också. Jag gråter, skriker, jag slår på dörren. Han öppnade dörren och skrek på mig: LÄGG AV DIN UNG JÄVEL, smällde igen dörren igen. Vad ska jag göra?? Jag vågar inte lämna mamma, jag måste få hjälp. Jag smyger ut ur lägenheten och ringer på hos grannen, ingen är hemma.... Paniken blir starkare inom mig, benen skakar, allt bara snurrar, jag mår illa, ingen kan hjälpa mig!! En dörr öppnades, det var tanten som bodde på våningen ovanför. Hon hade varit och handlat, hon var hemsamarit. Jag minns

att hon hade passat mig och Jan en gång
när vi var sjuka. Men det var för längesen,
hon är ingen hemsamarit längre, hon
säger att hon är för gammal. Ja, gammal
är hon men det kan jag ju inte säga till
henne. Hon frågade hur jag mår, jag
kunde inte få fram ett ord, gråten tog
liksom överhand. Är du utelåst frågade
hon med en mild röst. Jag skakade, nej
fick jag fram. Vad är det då lilla vän?
Mamma stammade jag fram. Är inte
mamma hemma? Joo nu hade jag lugnat
mig lite. Hon gick med mig till vår dörr,
plingade på. Vår dörr låste sig själv när
man stängde den, och i paniken glömde
jag min nyckel. Pappa öppnade, tog in
mig, jag vågade nästan inte gå in. Pappa
stod och pratade med tanten. Var är
mamma? Lever mamma? Jag ropar, men
får inget svar, jag ropar en gång till.
Mamma öppnar dörren till toaletten, hon
har gråtit. Mamma vill inte att jag ska se,
men jag såg. Det var blod på handfatet,
jag blev rädd, var kommer blodet ifrån?
Jag ser inte vem som blöder, eller var. Jag

vågar inte fråga... mamma vill nog inte att jag frågar heller. Jag försöker smyga ut i hallen, jag har ju bandspelaren. Jag kryper under med huvudet och ska ta bandet, då hör jag pappas arga röst. Vad gör du där under? Inget sa jag men han sa till mig att komma fram. Jag ville inte, men jag vågade heller inte säga emot. När jag kom fram böjde sig pappa och såg bandspelaren, nu var jag livrädd. Han tog ur bandet, höll det i handen och sa: tror du att jag är dum? Jag svarade inte. Han gjorde sönder bandet och slängde det i soporna.

Pappa drack öl

Han tog en folköl i kylen, han drack alltid Pripps blå. Jag var alltid rädd när pappa började dricka dom där ölen. Han blev alltid arg, när han hade gjort det. Han sa alltid så konstiga saker till mamma. Jag minns när mamma och jag gick till affären en dag. Vi brukade gå till Jiffy, det var en mataffär som låg på ett torg. Det var inte så långt hemifrån, kanske tio minuter bort. Utanför affären träffade vi Tilda. Hon va mammas bästa kompis. Tilda är snäll, vi brukade få vara hemma hos dom ganska ofta, inte pappa förstås. När dom hade pratat färdigt gick jag och mamma in i affären. Vi köpte det vi skulle ha sen gick vi raka vägen hem. När vi öppnade ytterdörren skrek pappa: var fan har ni varit? I affären svarade mamma. Jag fick återigen den där känslan, Jan var hos Rasmus som vanligt. Pappa blev argare och argare, han sa att det inte kunde ta så lång tid att handla. Han frågade vem mamma hade träffat och varit otrogen med. Jag visste inte vad det ordet betyder, men jag visste att den enda som vi hade pratat med var Tilda. Kan det vara fel? Mamma försökte lugna pappa och sa att vi träffade Tilda, sen gick vi raka vägen hem. Men pappa lyssnade inte. Mamma tog mig i handen, vi skulle gå. Mamma gick så fort att jag fick

springa, jag ville fråga mamma vart vi var
på väg, Men det gjorde jag inte.
Mamma vänder sig om, pappa kommer
springandes i sina träskor. Mamma går nu
ännu fortare och jag efter. Pappa är
snabbare.... Han rycker tag i min arm, det
gjorde ont och jag var jätterädd. Nu står vi
utanför Eriks trappuppgång, Erik går i min
klass. Jag är rädd att han ska se, jag vill
inte det. Jag vill inte behöva berätta för
honom varför pappa gjorde så. Pappa
skriker och gapar, på mig också. Han
håller fortfarande fast min arm...hårt. Jag
vågar inte röra mig, jag känner hur tårarna
rinner ner för mina kinder. Jag vill inte visa
pappa, tänk om han blir ännu argare då?
Pappa började rycka i mina kläder, i
byxorna hade jag min nyckel som jag
hade satt fast med en säkerhetsnål.
Pappa sliter loss nyckeln och liksom
kastar iväg mig, precis som han i
sällskapsresan, han blev ju arg när han
spelade golf. Jag kände mig som den där
golfväskan som han bara kastade i
vattnet efter att han tog sina nycklar. Men

vad hade jag gjort för fel? Ibland tänkte jag att pappa inte tyckte om mig, precis som farmor. Jag tror att pappa blir arg på mig, inte för att jag har gjort nåt dumt, utan bara för att jag finns. Jag blir ledsen när jag tänker på det, jag hatar ju pappa för att han är dum, men varför hatar han mig?

Tilda.

Mamma och jag tar vägen genom skolgården, jag gillar inte att gå på skolgården. Men det kan jag ju inte säga till mamma, hon vet ju inte vad som händer där. Jag håller mamma hårt i handen, nu går vi förbi min dörr till klassrummet. Vi är på väg till Tilda, det vet jag för mamma känner ingen annan som bor åt detta hållet. Dom bor i ett höghus på Bastunäset. Tilda är snäll, hon har en man som heter Måns. Jag tycker alltid att det är roligt att vara hos dom. Tilda håller ofta på med sina naglar, hon har jättefina naglar. Hon filar alltid dom,

dom ska ha en form som stora regndroppar fast åt andra hållet liksom. Rosa, hon älskar rosa. Hon har massvis av olika rosa nagellack. Jag vill också ha såna naglar! Men det kan jag ju inte, jag biter så mycket att jag bara har en tunn hinna kvar av naglarna. Det gör ont, det värker men jag kan inte låta bli. När Tilda har en nagel som har gått av, då brukar hon spara den till mig. Hon lägger dom alltid i badrumsskåpet, så när jag kommer dit sätter jag mig vid köksbordet och tejpar fast dom på mina naglar. Det blir ju inte lika fint som Tildas, men det gör inget. Tejpen håller aldrig, men då får jag tejpa fast dom igen. Tilda och Måns har två pojkar, Peter och Lars. Lars är ett år äldre än Jan och Peter är några år yngre än mig. Jag tycker att Lars är lite konstig, en gång när vi skulle äta rostat bröd med ost och apelsinmarmelad, då sa Lars att han inte tyckte om apelsinmarmelad. Mamma och Tilda skulle då skoja med honom och sa att i halva burken var det apelsin och i andra halvan var det aprikos. Jag och Jan förstod direkt att dom skojade, men inte Lars. Helt plötsligt tyckte han om marmeladen, konstigt tycker jag. Ibland följde Tilda och pojkarna med oss till stugan. Den är jättelångt bort. Den ligger i Byske och det tar nästan en timma att åka dit. Mamma brukar säga till mig och Jan att räkna bilarna som vi möter. Jag räknar Volvo, Jan Saab. Vi brukade göra det för då bråkar vi inte i bilen säger mamma. Det är kul att räkna bilar speciellt när man vinner. Våran stuga ligger mitt inne i skogen, jag älskar att vara där. Jag och Jan brukar alltid vara ute och fiska. Vi har en liten eka som vi oftast åkte ut med, vi kan vara borta i flera timmar. Ibland får mamma ta bilen och leta efter oss och se så att allt är ok, det är det ju. Vi sitter där och bara njuter av lugnet, en gång fick Jan en jättestor abborre på kroken. Fisken släppte vid båtkanten, och kroken flög bak och satte sig i näsan på mig. Jag skrek som en stucken gris, men Jan han sa bara: det var väl inte så farligt heller och tog bort den, som tur var hade den inte satt sig så djupt. Men ont det gjorde det! När man skulle med Jan ut i båten så fick man vara beredd på att vara borta hela dagen. Jag tog alltid med mig kläder för kvällen. En gång var jag kissnödig, det nappade förstås som aldrig förr. Jan sa att jag fick sätta ut röva över båtkanten, jag hade ju inget val så, så fick det bli. När jag satt mig säger Jan: akta så inte gammelgäddan kommer och biter dig!! Jag fick panik och ramlade i med baken i vattnet. Jag grinade, Jan skrattade så han låg dubbelvikt. Tillslut fick han upp mig i båten. Jag var så arg att jag kokade. Men Jan tyckte att det var jätteroligt. Kul att man kan roa någon!! Vi trivdes som bäst när pappa inte var med, då var mamma glad och allt var lugnt. Tilda är rädd, hon är rädd för allting. Vi hade ingen toalett i stugan, bara en i stugan bredvid. När det är mörkt ute då vågar inte Tilda gå dit. Mamma brukar skratta och säger till henne att hon kan kissa utanför dörren. Men Tilda vågar inte det heller, hon är rädd att en grävling ska komma och bita henne i rumpan, så hon får ta en hink istället. Precis som dom gör i gamla filmer, fast där använder dom åtminstone en potta. Vi brukar gå genom skogen och hälsa på mormor och morfar, dom hade också en stuga där. Det är bara en liten grusväg emellan husen. Vi barn går gärna genom skogen, men Tilda är rädd för skogen. Hon tror att det ska komma något djur. Vi brukar skratta åt Tilda, en gång när vi hade hälsat på mormor och morfar. Det var mörkt ute Tilda var som vanligt livrädd. Jan och Lars ville gå genom skogen hem. Mamma höll en ficklampa och Tilda satt fastklistrad på henne. Jan och Lars sprang före, när vi nästan var ute ur skogen hoppade Jan och Lars fram bakom varsitt träd. Alla blev rädda, men Tilda hon blev så rädd att hon kissade på sig. Mamma skrattade så hon också höll på att kissa på sig. Tilda grät och vi andra skrattade, tänk om någon hade sett oss?! Söndag kväll kom och jag kunde inte sova, jag vill inte gå till skolan. Jag har ont i mina ben, mamma säger att det är växtvärk. Hon brukar massera benen på mig, men växtvärk? Jag tycker inte att jag växer, jag är lika kort som igår!

Jag längtar till sommaren

Då fyller jag år. Fast egentligen vill jag inte fylla år då. Det finns ju inga hemma, släkten är på semester, Lotta är bortrest. Det är bara mamma Jan och jag såklart. Pappa räknar jag inte, han behöver inte vara med tycker jag. Mamma brukar göra iordning en picknick korg med saft och bullar. En filt tar hon också med. Vi sätter oss alltid på en kulle som är ute på gården. Vi fikar och mamma och Jan firar min stora födelsedag, så stor är den inte.... Mamma, Jan och jag. Jan skulle lära mig att cykla utan stöd. Han höll i pakethållaren och sprang efter. När han släppte taget kollade jag bak, HJÄLP!! Han håller inte. Jag började vingla med cykeln, kör in i kantstenarna. Flyger av cykeln, rakt in i dom där jävla taggbuskarna. Jag blöder, det bara rinner blod. Jan blev vettskrämd när han såg mig, och jag grinar hysteriskt. Jag hade spräckt hakan, det var djupt och jag behövde åka till sjukhuset. Dom plåstrade om såret sen fick jag åka hem. Jag cyklade inte på ett tag. Det var sommar, varmt som sommaren ska vara. Jan skulle springa till Rasmus, han brukade alltid gena genom gräsmattan. Jan kom med full fart, vi hörde ett skrik ända in i lägenheten. Mamma tittar ut, Jan ligger på gräsmattan och skriker. Han har fått en tjock pinne rätt in i benet, den satt fast. Mamma åkte med ilfart till sjukhuset. Jag blev livrädd, det blödde massor. Jag var också orolig för honom. Jan blev omplåstrad och hade ett stort bandage. Han berättade att han inte hade sett pinnen, den hade stuckit upp från gräsmattan så den satte sig som ett spjut i benet. Tur att det gick bra trots allt.

Jag ville inte leva..

Ibland får jag följa med Jan till hans kompisar. Jag tycker att det är spännande. Men jag är också lite rädd. Dom är så stora och tuffa och jag får vara med dom.... Vi brukar vara hos Anna, hon är mycket äldre än jag. Hennes pappa är äcklig. Han är stor och tjock, hans mage hänger och han går alltid runt med bara kalsonger. Hans kalsonger är jättestora och fula. Dom ser nästan ut som såna trosor som tanter brukar ha fast för killar liksom. Han är finsk och jag förstår inte ett ord av vad han säger, han har alltid en cigarrett i munnen och en öl i handen. Usch vad han är äcklig!! Han skräms nästan, jag vågar nästan inte ens säga hej till honom. Men det måste man ju göra, det har mamma sagt. Man ska vara snäll och säga hej. Jag går in i Annas rum, det är massa rök där inne. Fönstret står på vid gavel dom spelar musik, Kiss. Jag tycker att den musiken bara är för tuffa killar, Jan är ju tuff. Jag sitter lite vid sidan av, jag undrar vad dom gör för nåt. Dom sitter med knappnålar och skrapar på huden tills det börjar blöda. Jag frågar vad dom gör? Anna svarar att dom tatuerar sig, jag förstod ingenting. Brukar man inte ha färg när man gör det? Det har ju pappa. Anna förklarade att man skrapar tills det blöder sen blir det ett ärr efteråt och då kan man se vad det står. Speciellt när man är brun på sommaren. Jag vill testa, men vågar jag? Jag tog en nål och började skrapa, aj det gjorde ont. Men det kändes ändå skönt på något sätt, nu hade jag ont just där. Jag kände inte smärtan inom mig. Bara att det gjorde jätteont i armen just där. Jag gjorde ett M när jag satt och kände vindpustarna från det öppna fönstret. Anna bodde i ett höghus med sju våningar, hon bodde på sjätte. Jag tittade ut genom fönstret ner på marken. Usch va högt! Jag fick nästan svindel när jag tittade ner. Sen började jag tänka: undra hur länge jag kan hänga kvar? Jag gick upp på fönsterbrädan, la mig på magen och vände kroppen långsamt mot utsidan av fönstret. Jag höll mig i fönsterbrädan, nu hängde jag utanför fönstret på sjätte våningen. Jan fick syn på mig och krävde att jag skulle komma in. Jag vill inte! Jag tänkte att om jag hänger så länge jag orkar, om jag skulle tappa taget då är det inte mitt fel om jag faller härifrån. Då dör jag väl när jag träffar marken? Men tänk om jag inte skulle dö? Jan sitter vid fönstret och försöker få mig att komma in. Jag kommer inte in, låt mig bara vara. Tar du i mig så släpper jag taget. Jan blir rädd jag kan se det i hans ögon. Jag känner hur kraften börjar ta slut i mina armar. Händerna börjar glida. Jan tar tag i mig och drar in mig. Jag gråter, Jan gråter också. Jag vill dö! Jan sa: vi ska klara det här tillsammans. Jan håller om mig, vi gråter tillsammans. Det känns skönt när Jan håller om mig, jag känner mig trygg hos honom. Han älskar mig. Jan fick vara ute längre än jag, så jag skulle gå hem. Men på vägen ut såg jag ett rakblad på Annas sminkbord, Jag tog det. Hoppas att ingen såg vad jag gjorde, det gjorde dom inte. På vägen hem gick jag och höll i rakbladet. Jag tittade på det medan tankarna snurrade. Ska jag? Ska jag inte? Tårarna bara rann, jag såg nästan inte vart jag gick. Jag kom fram till skolan, det var massa cykelställ där. Alldeles intill var det ett litet berg, jag satte mig där. Med tårfyllda ögon började jag tänka vilka som skulle sakna mig, mamma så klart och Jan, men nån mer? Lotta kanske men hon kan ju få en ny bästa kompis. Hon är ju söt, inte som jag ful med glasögon! Jag tittade på rakbladet igen, undra om det gör ont? Det gör det säkert. Nålen gjorde ju ont. Undra hur det känns? Undra om det går fort? När jag ska dö alltså?! Jag vill ju inte ha ont så länge. Jag tänkte: om jag bara testar, bara lite för att se om det gör ont. Jag skakar, vänder bladet så den vassa sidan kommer neråt. Nån måste väl hitta mig? Imorgon i alla fall när skolan börjar. Så mamma får veta var jag är. Undrar vad mamma skulle känna om jag inte fanns, vem skulle skydda henne då? När pappa är dum. Jan är ju nästan aldrig hemma, men jag vill ju dö... jag orkar inte mer. Men jag vill inte lämna mamma. Jag sitter där på berget, nu börjar det bli kallt och mörkt. Jag gillar inte mörker, nu börjar jag bli mörkrädd också. Jag känner en ilska inom mig, jag blir arg. Jag är trött på att vara rädd hela tiden, varför ska jag behöva vara rädd? Jag ska allt visa dom ja! Jag tar rakbladet och skär mig i armen, inte riktigt vid handleden lite ovanför. Det svider, det blöder också det gör faktiskt lite ont. Jag håller handen på såret, det svider ännu mera. Det kanske var dumt att göra så? Jag tar ner tröjan över armen och håller på såret. Hoppas inte mamma ser. Jag ställer mig upp, går ner för berget, det finns en papperskorg alldeles intill. Jag slänger rakbladet och går hem. Jag kom hem för sent, jag borde varit hemma för längesen. Mamma var inte arg, bara orolig att det hade hänt något. Det hade det ju men det kunde jag ju inte säga till mamma.

Min Lisa.

Lisa, min moster Lisa. Henne älskade jag, förutom mamma så fanns Lisa. Hon var bara tolv år äldre än jag, men jag tyckte att hon var så vuxen på något sätt. Hon var snäll och lugn. Jag fick komma hem till henne när jag ville, jag trivdes så bra hos henne. Hon hade två barn också Alice och Elsa. Dom var två och tre år. När jag kom hem till dom brukade jag alltid krypa upp i soffan och titta på trolltyg i tomteskogen. Lisa rullade egna cigarretter, så jag brukade ta en tomhylsa och låtsas röka samtidigt som jag tittade på filmen. Lisa brukade skratta åt mig, jag kunde varenda replik i filmen, så hon kunde inte förstå hur jag kunde titta på den om och om igen. Men gissa om jag kunde. Jag älskade småbarn och ibland fick jag gå ut med Alice och Elsa i vagnen. Det var en stor bred vagn där barnen satt bredvid varandra. Den var trög att köra och jag såg nästan ingenting. Jag var ju så kort. Men det gjorde inget, jag körde ju bara på gården.

Farfar hade blivit sjuk

Hjärnblödning. Mamma åkte med honom i ambulansen ner till Sunderbyns Sjukhus. Farmor ville inte följa med farfar, hon sa att han ändå kommer att dö. Det gjorde han inte, han var kvar länge på sjukhuset. Han hade blivit förlamad på höger sidan av kroppen. Vi brukade ta hem honom till oss så ofta som möjligt, annars hade han aldrig kommit utanför dörrarna. Och vi tyckte ju om när farfar kom. Farmor var alltid så elak mot farfar. När hon skulle ut och handla fick farfar aldrig följa med. Hon satte honom i soffan, då visste hon att han inte kunde ta sig någonstans. Hon gömde fjärrkontrollen till tv:n och ställde telefonen så långt bort att han inte kunde nå den. Stackars farfar! Han var snäll, han såg ut och var lika försynt som Lilla Fridolf. Farfar tyckte om när vi kom, vi spelade alltid Fia med knuff. Jan, farfar och jag. Jan och jag tyckte alltid att det var så konstigt att farfar aldrig vann. Men vad gjorde det? Det var ju kul att vinna. På helgerna när farfar kom hem till oss brukade jag låna hans rullstol. Jag åkte runt gården och det kunde bli hur länge som helst. Ibland fick mamma ropa in mig när farfar behövde sin rullstol. En gång när vi var på söndagsmiddag hos farmor och farfar så råkade farfar spilla en bit mat på golvet. Farmor blev rasande, jag ville hjälpa honom men jag vågade inte för farmor. Hon sa till farfar att straffet blir att inte titta på sporten till kvällen, det enda som farfar såg fram emot varje dag, Hon var så elak. Jag såg hur ledsen farfar blev, jag blev också ledsen fast inombords. Jag satte mig i farfars knä och kramade honom. Han försökte vara glad men jag såg... jag avskydde farmor och jag var rädd för henne, hon var så elak. Farfar dog några år senare.

Mobbad och mår dåligt.

Jag mår så dåligt, kan ingen se mig? Skolan är rena pesten, inte nog med att jag blev mobbad av pojken i klassen bredvid. Jag blir utfryst av Susanna, hon är populärast i klassen. Hon ska vara i centrum och det är hon alla tjejerna vill vara med, ja killarna också för den delen. Susanna viskar alltid till dom andra tjejerna, dom brukar titta på mig och skratta. På gympan när vi ska vara i lag, står jag alltid kvar sist. Varför blir jag aldrig vald? Jag blir ledsen och vill inte vara med, Vågar inte säga nåt men det känns. Ibland har jag lust att bara springa fram och dra loss håret på Susanna, men det vågar jag ju inte heller förstås. Våran gympa lärare heter Bertil, jag brukar säga till honom att jag har ont i knäna när det är fotboll eller så. Ibland slipper jag ibland inte. Bertil är sträng, jag är rädd för honom. Han kan se ut som pappa gör när han är arg, han är äcklig också. Han brukar komma in till oss i omklädningsrummet när vi står i duschen. Alla tjejerna skriker och

springer för att ta sina handdukar, då
säger han: det är ingen fara tjejer, det är
bara jag. Men vi vill inte att han ska
komma in och titta på oss. Ingen vågar
säga något, inte ens till fröken. Jag tror att
fröken också är rädd för Bertil... förresten
är nog alla det. Det finns en flicka på
skolan, hon är två år äldre än jag. Hon
brukar lukta illa, ha okammat hår och
smutsiga kläder. Hon blir också mobbad
som jag, alla skrattar åt henne och säger
hemska saker. Jag såg hur ledsen hon var.
Jag pratade med henne ibland, jag tyckte
alltid så synd om henne. En dag när hon
kom till skolan så hade hon blod i
byxorna. Jag sa till henne att byxorna var
blodiga bak i rumpan. Jag vet sa hon, jag
har mens men jag får inga bindor av
mamma. Jag kunde inte förstå att en
mamma kunde göra så, men jag sa inget.
Jag blev så ledsen för hennes skull, alla
stod och pekade och skrattade. Jag sa till
henne att vi skulle gå. Jag följde med
henne till skolsköterskan. Jag la handen
på hennes rygg, jag tror inte att hon var

van att någon tog i henne på ett snällt sätt
alltså. Sköterskan hjälpte henne, hon fick
duscha av sig, fick nya rena kläder och
bindor så hon skulle klara sig. Det kändes
skönt att jag kunde hjälpa henne,
litegrann i alla fall. Hon var så tacksam
för det jag gjorde för henne. Jag kände
mig stolt för första gången, samtidigt
kände jag mig lite lättad. Det fanns en till
som jag. Jag tyckte att det kändes skönt
på nåt sätt.

Fritids

På fritids där brukade jag sitta i frökens
knä mestadels, jag fick göra det. Men
ibland hände det att jag byggde med
metall lego, man använde riktiga skruvar
och verktyg, jag byggde en bil. Jag
kommer ihåg när jag skulle skruva i en
skruv, jag slant med den stora breda
skruvmejseln, den fastnade i min tumme.
Det gjorde så ont att jag nästan
svimmade. Fröken kom och fick bort
skruvmejseln och tvättade såret, sedan

la hon ett förband. Det tog ett bra tag innan jag skruvade igen. En annan gång på fritids, det var vinter. Jag tycker inte om vinter, det är bara kallt och jag ville inte gå ut, men fröken sa att jag var tvungen. Motvilligt så gick jag ut och ställde mig vid staketet och tittade på när dom andra barnen lekte. Det såg ut som att dom hade jätteroligt, jag hade inte lika kul. Jag såg en istapp på staketet och åt upp den. Jag vet att man inte får äta istappar, man kan få mask i magen. Men vad gör det? Då kanske jag slipper skolan, när jag hade ätit upp den stod jag där ensam och rastlös igen. Egentligen vet jag inte vad jag tänkte på, men jag sträckte ut tungan och slickar på staketet, Oj jag sitter fast. Jag försöker dra in tungan igen. Det går inte! salivet rinner och jag kommer inte loss. Det är så kallt att det värker i tungan. Fröken frågar vad jag gör, itter astt försöker jag säga. Fröken tar tag i mitt huvud och börjar dra, aaaaa skriker jag. Fröken blev nog rädd för helt plötsligt drar hon så hårt att tungan lossnade, jag grät det gjorde så fruktansvärt ont. Skinnet från tungan satt kvar på staketet. Jag kan inte ha tungan i munnen, det bränner som eld. Fröken gav mig ett glas vatten som jag fick ha tungan i. Ett bra tag framöver kunde jag bara äta kalla soppor. Jag var ganska trött på nypon och blåbärssoppa. En annan gång skulle vi åka på utflykt med skolan, jag tyckte att det skulle bli spännande. Man skulle ha matsäck med sig och vi skulle åka buss. Som vanligt stod jag sist i kön, alla barnen hade klivit på bussen, fröken var framme hos chauffören och betalade. Nu var det bara jag kvar, precis när jag skulle gå på så tappade jag något, jag böjer mig ner. Då stänger chauffören mittendörrarna, mitt huvud fastnade emellan dörrarna. Det gör jätteont, det känns som mitt huvud ska spricka men jag vågar inte ropa på hjälp. Bussen börjar köra, mitt huvud sitter fast med kroppen utanför. Jag fick springa så fort det gick, jag var rädd och det gjorde ont. Fröken gick bakåt i bussen, hon fick syn på mig och skrek till chauffören att han skulle stanna bussen snabbt. Det gjorde han, öppnade dörrarna så jag kom loss. Jag fick sitta med fröken under bussresan. Nu hade dom andra mera saker att skratta åt.

Fritidsgården.

Jag och Lotta gick på disco på fritidsgården. Vi tyckte att det var kul, dom skulle ha danstävling också. Jag och Lotta dansade alltid med varandra, åh nej tryckare. Jag ställde mig mot en vägg, Lotta blev uppbjuden. Jag var glad för hennes skull. Helt plötsligt kom en av ledarna fram till mig, hon hade en kille med sig. Detta är Daniel och ni ska dansa sa hon. Jag blev generad och jättenervös, jag hade ju aldrig dansat tryckare förut. Jag hade aldrig dansat med en kille överhuvudtaget. Och han var söt dessutom. När låten var slut gick jag tillbaka till väggen. Ledarna skulle utse kvällens vinnare, det tog en liten stund

sen sa hon: det vinnande paret är Janina
och Daniel, jag trodde inte att det var
sant. Alla applåderade och visslade. Jag
visste inte vart jag skulle ta vägen. Vi
skulle få ett pris också en Ep skiva
Jennifer Rush: Power off love. Åhh va jag
var lycklig. Jag fick dansa med en kille
och vann dessutom, det var den bästa
dagen i mitt liv. Någon såg mig, mig!!!
Idag var jag inte bara den där fula flickan
med glasögon. Jag fick känna hur det var
att synas, ingen skrattade åt mig eller sa
något som gjorde mig ledsen, dom
applåderade!! Lotta var jätteglad för min
skull. Samtidigt blir allt värre hemma och
nu är jag tio år pappa blir bara värre och
värre. Han har nu också hotat mamma
med ett laddat hagelgevär mot huvudet.
Mamma orkar inte längre, hon ber pappa
att trycka av, men det gör han inte.
Mamma säger återigen att han ska trycka
av, hon vill inte leva mer. Tryck av!! Men
pappa trycker inte. Han lägger istället ner
geväret och går till köket och tar en öl,
sedan sätter han sig i soffan. Jag vill inte

leva längre, jag orkar inte, men jag vågar inte. Jag önskar att någon kunde se oss så vi kunde få hjälp. Men det kom aldrig någon hjälp.

Bästa vänner

Lotta brukade ta med mig till sin mormor och morfar, dom bodde på samma gård som oss. Dom var jättesnälla, vi fick alltid saft och bullar där. Dom hade varit i Grekland, när dom kom hem från semestern gick vi dit. Dom hade köpt varsitt paket till oss, tänk att jag också fick ett. Vi öppnade ivrigt paketet. Åhh ett halsband, det var det finaste jag sett. Mitt var av stora pärlformade stenar, vita med olika blommor på. Lotta fick ett likadant fast med rosa stenar. Vi var så lyckliga, vi bestämde att dom halsbanden skulle vara ett bevis på att vi var bästa vänner. Lotta flyttade, dom hade köpt ett hus i Trundön. Hon bytte skola också, jag grät när hon flyttade Lotta grät också. Nu hade vi inte varandra längre, inte på samma sätt. Lotta hade en bror som var några år äldre än oss, Han hade dött i en olycka. Lotta berättade att han skulle gå till affären, hans boll rullade ut i vägen och han sprang ut i vägen utan att titta sig för. Han blev påkörd och dog. Han hette Albin och blev bara åtta år. Jag tänkte då att jag har tur som har min bror i alla fall. Jag vet en gång när Jan skulle skära upp bröd, han visste att vi inte fick använda knivar när mamma och pappa inte var hemma. Men den här dagen hade mamma och pappa glömt att skära upp bröd. Han började skära, han skar sig. Han hade skurit av sig hela senan i tummen. Jag blev livrädd när han åkte till sjukhuset. Dom skulle operera, jag trodde att han skulle dö som Lottas bror gjorde. Men Jan kom hem, jag var överlyckllg att se honom. Han lever! Han hade fått ett stort gips på handen, det täckte nästan hela armen förresten. Jag fick måla på gipset det var jättekul.

Mormor och morfar.

Vi åkte ofta till mormor och morfar, dom bor i ett kedjehus i Gammelstaden. Morfar satt ofta vid köksbordet och rökte pipa. Mormor stod vid spisen och gjorde kålsoppa med klimp. Jag älskade mormors kålsoppa och hennes nygräddade bröd. Morfar kallade alltid mormor för mor, mor? Hon heter ju Berit! Men för morfar var det ett kärleksord. Mormor och morfar träffades när dom var väldigt unga. Dom träffades den tolfte Mars 1950, Mormor var femton och morfar var tjugotvå, dom gifte sig året efter. Mormor var då gravid med mamma. Mamma har fyra syskon. Oscar var yngst, mamma sa att han var ett sladdbarn. Han är bara sex år äldre än jag, han är hårdrockare. I hans rum finns bara massa gitarrer och förstärkare. Jag vet inte vad en förstärkare är för nått men det måste ha med musik att göra. Mats det är mammas äldsta lillebror, han är gift med Betty. Dom har två barn och bor också i Gammelstaden. Jag har respekt för Mats, honom vågar man inte säga emot. Inte att han är elak för han är verkligen världens snällaste men han är bestämd med vad som är rätt och fel. Honom kan man aldrig lura. Jag tycker om honom och han mig, han ger alltid mig bamsekramar när vi träffas. Mamma är rädd att någon ska få veta vad pappa gör mot oss. Ingen vet ju att pappa gör oss illa, jag vill att dom ska veta. Då kan dom rädda oss, tänk om dom kunde det? Jag blir avundsjuk när jag ser att dom andra är lyckliga och visar varandra kärlek. Varför kan inte vi ha det så? Mamma ger ju mig och Jan kärlek, men som en hel familj alltså. Anna mammas äldsta lilla syster har en man som heter Kurt, dom bor också i Gammelstaden. Klara och Anders heter deras barn. Jag sover över där ibland på helgerna. Inte så ofta jag vill ju inte vara utan mamma. Klara är ett år äldre än jag, hon har en kille som heter Daniel. I huset mitt emot bor en kille, hans pappa är bror till en av skådespelarna i Macken. Jag älskar Macken, jag tycker att det är lite coolt att hans farbror är med där. Han brukar vara med oss ibland. Anita och Televinken var också ett av mina favoritprogram. Jag brukade titta på dom på Tv:n, jag fick skivor med dom av mamma också, så jag brukade ofta sitta i soffan och lyssna på dom skivorna. Varje fredag beställde vi alltid kinamat, jag valde alltid samma rätt, strimlad biff med grönsaker. Sen köpte jag ostbågar, det var tvunget att vara den långsmala påsen dom var mycket godare tycker jag i alla fall.

Pappa blir arg

Ibland blir pappa arg för något som han tror att mamma har sagt eller gjort tidigare i veckan. Pappa börjar slå mamma, han bara slår och slår och jag blir livrädd, stel som en pinne. Vågar inte säga något bara tittar på när mamma får slag efter slag. Jag gråter, mamma försöker skydda sig mot pappas slag. Hon håller upp armarna över ansiktet för att skydda det. Mamma skriker: SPRING!!

Pappa går ut i hallen och ställer sig framför dörren. Vi kommer inte ut, Jan tar min hand och springer mot köket. NEJ inte taggbuskarna tänkte jag, men vi måste. Vi klättrar upp på balkongräcket och hoppar, det gör ont. Jag har taggar överallt, vi springer upp på kullen där vi brukar fira min födelsedag och skriker HJÄLP!! Kan nån hjälpa oss?? Skrek vi i kör. Någon ringde polisen.. dom kom ganska snart. Polisen följer oss in, dom pratar med pappa, egentligen spelade det ingen roll om polisen kommer. Dom gör ju ingenting ändå.. pappa blir ju alltid kvar hemma i alla fall. Men den här gången var det annorlunda, polisen tog med pappa. Det kändes skönt att se när pappa åkte med dom. Nu kommer han inte hem mer. Mamma plockade taggar på oss, det gjorde jätteont, dom liksom sitter fast i huden. Mamma säger att vi måste ta bort dom. Den natten sov jag och Jan med mamma i hennes säng, jag kände mig trygg, undra om mamma sov lika gott som jag?

Kniven

Jag kom hem från skolan, det var ingen där bara jag. Jag gick in i köket, tog fram den största kniven vi hade. Jag tittar på kniven känner på bladet precis som jag gjorde med rakbladet den där gången. Jag orkar inte mer, jag vill inte leva längre. Jag drog upp tröjan satte spetsen av kniven mot magen, det sticks lite men det gör inte ont. Om jag hugger kniven i magen så dör jag väl fort? Och mamma behöver inte leta efter mig, då är jag ju hemma i alla fall. Jag tar ett stadigare grepp om handtaget pressar kniven hårdare och hårdare, spetsen är inne. Jag gråter tårarna rinner så jag ser ingenting, på nåt sätt känns det skönt. Jag pressar kniven lite till, det blöder.. jag gillar inte blod. Jag känner hur det liksom rinner ner, jag vågar inte titta då kanske jag svimmar. Helt plötsligt öppnas ytterdörren, där står jag i köket med en kniv i magen. Mamma kommer in, hon brister ut i gråt. Mamma säger ingenting bara tar bort kniven och omfamnar mig. Jag orkar inte mer mamma! Jag vill dö!! Jag vet, sa mamma och kramade mig så hårt att jag höll på att kvävas. Jag kände hur paniken kom över mig, jag visste inte vart jag skulle ta vägen. Jag visste att vi alltid kommer leva så här, pappa kommer aldrig att bli snäll. Polisen kanske tar honom, men han kommer alltid hem igen. Jag tittade mamma i ögonen och sa: mamma, det är pappa eller mig!! Mamma nickade, tårarna bara rann, hon fick inte fram ett ord. Mamma plåstrade om mig, det var kanske inte så djupt som jag trodde.

Vi flydde..

Efter några dagar sa mamma till mig och Jan: efter skolan idag kommer det att stå en stor lastbil utanför skolan, vi ska åka med den. Vi ska aldrig mer komma hem. Jag blev överlycklig samtidigt som jag blev livrädd. Vad ska pappa säga? Och vad kommer han att göra när han ser att vi inte kommer hem igen? Mamma sa att vi skulle lämna våra saker i ett hus som hon hade lånat. Det var en liten röd-vit stuga som låg alldeles intill vägen när man kör till Gammelstaden. Jag frågade mamma vart vi skulle bo någonstans? Hos Tilda och Måns, bara tills vi får våran lägenhet. Vi bodde hos dom ett tag tills vi fick våran lägenhet. Den var i Norrfjärden, den var stor och fin och låg på andra våningen. Jag fick ett eget rum, jag var hur glad som helst. Jan och jag delade rum förut, så detta var en dröm. Mamma sa att socialen hjälpte oss så vi fick nya möbler och det vi behövde. Vi fick massa nya saker och jag var så lycklig. Jan börjar må dåligt, han fick skuldkänslor, vad betyder det? Mamma sa att Jan tycker synd om pappa, att han ska bo alldeles ensam. Jag hade då inga skuldkänslor, jag tycker att pappa får skylla sig själv. Jan lämnade kvar alla sina saker hos oss. Han hade ju kvar en del hos pappa. Men kläderna tog han med sig, inte alla förstås. Jan kom hem till oss varje dag, jag tror inte att han ville bo hos pappa egentligen men han kanske kände sig tvungen. Jan började få nya kompisar, jag var rädd för dom. En hade blått hår och smink, Jan hade börjat spara till långt hår och färgade det svart. Han hade bara svarta kläder också, jeansen var så tajta att han nästan inte kom i dom. Jag såg inte Jan på skolgården lika ofta längre, jag kände en oro i kroppen. Men det var en annan slags oro än vad jag var van vid, det kändes annorlunda på något sätt. Jag kunde börja gråta fast att jag inte hade något att gråta över, det känns som jag skakar inombords. Jag tycker inte om den känslan, den gör mig rädd och jag kan inte få den att försvinna. Jan börjar komma hem varje morgon nu också, det fanns ingen mat hos pappa. Jan vill flytta hem igen, men han var rädd för vad pappa skulle säga. Mamma pratade med pappa, Jan flyttade hem, jag var så glad att han bodde hos igen. Nu var familjen samlad, vi fick en katt som hette Maja. Jan hade skaffat dansmöss också, dom fick ungar hela tiden. Jag tycker att dom var äckliga. När jag kom hem från skolan en dag och satte mig för att äta flingor i köket, då kom Maja. Hon hoppade upp på bordet och i munnen hade hon en mus som hon så snällt la i min tallrik med flingor. Jag höll på att spy, Maja tyckte inte om mig. Hon brukar ofta hoppa upp och sätta klorna i mina ben, det gjorde jätteont. Hon kom bara springande och attackerade mig. Jag var livrädd för henne. Många gånger när jag var själv hemma så fick jag låsa in mig på toaletten tills någon kom hem. Ibland lyckades jag lura in Maja på toaletten, men inte lika ofta som jag fick sitta där.

Helger hos pappa

Jan och jag skulle vara hos pappa varannan helg. Jag skrek och gapade. Jag ville verkligen inte dit, jag var rädd för pappa. Jan är ju alltid med sina kompisar men jag hade ingen. Lotta hade flyttat, pappa satt bara i soffan och drack öl.

Mamma sa att vi skulle försöka, men jag fick ringa henne när som helst. Jag var hos pappa ett par helger, samma sak varje gång. Jag var panikslagen, mamma tog in mig på mitt rum hon ville prata med mig. Hon ville fråga något, vi satte oss i min säng, mamma frågar: tar pappa på dig? Jag blir generad och skrattar nervöst. Mamma skrattar inte. Vad då tar på mig, säger jag? Mamma frågar om pappa tar på mig på ett sätt som man inte får göra. Jag känner hur ansiktet blir varmt, det kokar nästan, Nej svara jag, är det säkert frågar mamma. Ja, gav jag som svar. Varför vill du inte åka till pappa då? Jag är ju rädd, jag känner hur paniken kommer krypandes. Jag vill ju inte berätta för mamma, men hon måste ju få veta. Jag säger till mamma att jag är rädd, tårarna börjar komma och jag får svårt att prata. Jag har en stor klump i halsen det känns som att jag håller på att kvävas. Mamma kramar om mig, jag försöker med hackig darrig röst få fram vad jag känner. Jag tror att pappa ska döda mig! Jag vågar inte somna ifall att han ska döda mig, precis som han försökte döda dig mamma. Mamma brister i gråt hon kramar mig hårt och säger: Han skulle inte göra dig illa, men jag förstår varför du är rädd. Mamma?! Han dricker bara öl hela tiden, han blev alltid arg på dig när han drack öl. Han kanske blir arg på mig också som han blev på dig. Då kanske han dödar mig för att jag har sett allt han har gjort mot dig. Jag vill inte vara hos honom mer. Jag förstår det sa mamma och pussade mig på kinden. Jag behövde inte åka till pappa igen om jag inte själv ville förstås. Men ibland skulle mamma ut och dansa, då brukade jag vara hemma hos Lisa. Hon hade en ny kille Kenny. Han är också jättesnäll, dom hade flyttat till en ny lägenhet på Bastunäset, nästan där Tilda och Måns bor. En morgon när jag skulle gå upp och titta på barnprogram, det var lördag och klockan var åtta när jag satte på tv:n, då var det inget barnprogram. Det stod att det skulle vara extra rapport istället, Olof Palme hade blivit mördad.

Jag gick in och väckte Lisa och Kenny, vi satte oss i soffan och tittade. Olof och hans fru hade varit på bio under fredagskvällen och på väg hem hade han blivit skjuten. Jag tyckte att det var otrevligt, hur kan man göra så? Skjuta någon, våran stadsminister dessutom! Jan hade börjat sjunde klass på Norrfjärds skolan. Han är nu punkare, jag tycker att Jan är häftig i sitt långa svarta hår. Andra var kanske rädda för honom där han gick alldeles svart, jag tycker att det var bra. Jag kände mig trygg med honom.

Jans kompisar

Frank Jans kompis han var något år äldre än Jan. Hans mamma jobbar på kommunen, socialsekreterare tror jag att det var. Hon ringde ofta hem till mamma och var orolig. Jag vet en gång, Franks mamma sa till min mamma att det finns bara ett ställe där hon vet var hon har Frank, hon menade i graven. Vi tyckte att det lät så hemskt hur en mamma kunde säga så. Mamma pratade med Jan angående detta och vad hans mamma hade sagt. Hon frågade om Jan visste vad han höll på med. Jan sa då att Frank ofta gick ner i källarlokalen och slangade bensin ifrån mopeder som han sedan sniffade. Han brukade även sniffa lim. Frank blev alltid så konstig efteråt. Jan berättade för mig att en gång hade Frank färgat sitt hår blått. Hans mamma hade då blivit så arg att hon hade dränkt ner hans hår med klorin, det blev då grönt istället. Franks mamma grät men Frank han var jättenöjd med sin nya färg. Jag fick följa med Jan till Anna igen, hennes bästa kompis heter Saga. Saga hade en syster som var funktionshindrad. Alla kallade henne för My Y, jag visste inte varför alla kallade henne så, men dom sa att hon hade blivit påkörd av en bil när hon var liten. Hon hör bilen tuta därav Yaar hon. Jag tycker synd om My hon är så snäll och mysig på något sätt. Men jag kunde bli rädd för henne också, jag vet ju inte om hon kan bli arg. Hon blev aldrig arg på mig, bara på andra som var elaka mot henne och retade henne och så. Nu spelade dom inte KISS längre hemma hos Anna, bara Ebba grön, Aska task och andra konstiga band. Jag tycker inte om den musiken men det sa jag inte, jag ville ju vara med. Dom drack folköl och rökte. Jag satt vid fönstret för att kunna andas där inne i det rökfyllda rummet. Anna tar fram en pipa och Pirre en liten kaka liknande sak. Egentligen heter Pirre Pierre men han kallades så. Jag fattade ingenting men jag ville inte fråga heller. Dom blandade med tobak och fyllde pipan. Pipan gick runt så att alla fick, inte jag förstås. Jag var elva Jan tretton. Det luktade konstigt, jag hade aldrig känt den doften förut. Alla blev konstiga. Ögonen blev annorlunda och dom skrattade utan att det fanns något att skratta åt. Anna somnade nästan, hon hängde som en hösäck. Jag tyckte att det var otrevligt eftersom alla blev så konstiga. Pirre sträckte fram pipan mot mig och sa att

jag skulle testa. Innan jag hann säga
något blev Jan arg på Pirre och sa: om du
bjuder mig är en sak, men du ger fan i
syrran!!! Fattar du!!! Pirre blev förvånad
över Jans reaktion och fick bara fram jaja
ok förlåt. Jan sa till mig att vi skulle gå.
Jan var också konstig fast för honom var
jag inte rädd. På vägen hem frågade jag
Jan vad det var som dom rökte i pipan.
Hasch svarade han, lova att aldrig prova
det, ok? Jag lovade. Jan ville inte att jag
skulle säga något till mamma, jag lovade
också att även om vi blir ovänner så ska
jag aldrig säga något. Inte till någon.

En kändis

 På fredagarna brukade vi sitta
tillsammans och titta på tv:n. Det var ett
roligt familjeprogram som vi tyckte var kul
att se på. Ca en timma efter att
programmet var slut så ringde det på
dörren. Jag sprang och öppnade, jag
svimmade nästan. Det var ju han som
just varit på tv:n och nu stod han utanför

vår dörr, vad gör han här? Han var ju på tv: n alldeles nyss. Mamma förklarade att han åkte hem till oss direkt efter programmet. Vi satt i köket allihop, han berättade massa roliga historier, jag tyckte att det var jättekul. Det var lite häftigt också att ha en kändis hos oss. Först är han på tv:n sen sitter han i vårat kök och dricker kaffe, coolt! Mamma ville att jag och Jan skulle gå och lägga oss, men det ville inte vi. Efter en stund gav vi upp och gjorde som mamma sa. Nästa morgon när vi vaknade var han borta. Mamma berättade att hon hade träffat honom på dans. Han kom hem några gånger alltid efter fredagsprogrammet. Men efter ett tag slutade han att komma hem, jag frågade mamma varför. Mamma sa då: nej, det kändes inte bra och jag vill inte vara med i några veckotidningar. Jag tycker att mamma är knasig, jag skulle gärna vara med om jag fick förstås.

Mamma och Sigge,

Han va snygg! Han kom hem till oss
ibland, han var snäll och jag tyckte att det
va kul att mamma hade träffat en snäll
kille. Klasserna i skolan hade ändrats om,
dom blandade alla elever från A B och C.
jag vet inte vad det berodde på men jag
tyckte att det var bra. Det började en ny
flicka i klassen också, Jossan. Hon såg
mig, hon ville leka med mig till och med
efter skolan, Jag var överlycklig. En annan
tjej som hade kommit ifrån en av de
andra klasserna var Stina. Vi tre blev
kompisar, det var så kul att få vänner. Det
var jag ju knappast van vid att ha. Det
fanns en annan flicka på skolan som
också var mobbad och som alla var elak
emot, det var Kine E. hon och jag blev
vänner när andra var elaka så hade vi
varandra. Jag minns att hennes mamma
Eva alltid var så glad när jag kom hem till
dom. Kine hade heller inga vänner bara
mig. Vi var två flickor som fick trygghet i
varandra. Kine var mycket större än jag,
hon hade en stor glugg mellan fram

tänderna, hon kallades gluggen. Jag glasögonormen, vi var ofta ledsna, men vi hade varandra. På nåt sätt var det ändå skönt att hon också var mobbad, då var jag inte ensam. Det fanns någon mer som kan känna som jag. Kine var med mig Stina och Jossan också ibland. Stina och Jossan hade det också jobbigt, inte i skolan men hemma. Jossans pappa hade tagit livet av sig och hennes mamma var alkoholist som min pappa. Stinas pappa bodde långt bort och hennes mamma var psykiskt sjuk. Hon fick åka in till sjukhuset ibland och var där i några dagar. Stina och Jossan hade varsin storasyster. Jossans syster heter Hanna och går i Jans klass. Stina syster var något äldre och hette Nellie. Vi fyra passade så bra ihop, om någon var ledsen så förstod dom andra. Vi var inte elaka mot varandra. Vi hade en pojke i klassen som var busig och lite bråkig, Jim heter han. Han hade tre äldre bröder, dom bodde med sin mamma, henne tyckte jag synd om. En gång hade en av bröderna blivit arg på henne och kastat ut henne från balkongen, dom bodde på tredje våningen och hon bröt armen. En annan gång hade Jim tagit familjens katt och tagit gelé i pälsen och fönat åt fel håll. Pälsen hade stått rätt upp, sedan hade han bundit fast kattens ben med ett snöre och hissat katten upp och ner i sopnedkastet. Jag tyckte att Jim var så elak, andra skrattade men inte jag. Jag blev arg inombords. En dag skulle jag och Stina vara barnvakt, det var hos en familj som bodde på samma gård som Stina. Jag hade aldrig varit med henne där förut så jag tyckte att det skulle bli jättekul. Vi ringde på dörren, mamman öppnade och välkomnade oss in. När vi stod där i hallen och tog av oss våra ytterkläder kom pappan i familjen. Sigge??!! Jag blev så chockad över att se honom där, men jag sa inget. Jag såg i hans ögon att han blev lika förvånad som jag. Jag såg att han blev nervös så jag låtsades som ingenting. Jag tog i hand och hälsade. Jag tänkte: va gör han här? Han är ju ihop med mamma. Jag fattade ingenting, men det kändes väldigt konstigt.

Körtelfeber..

Jag blev sjuk med hög feber, ont i hela kroppen. Allting svullnade upp i kroppen och jag hade fruktansvärda smärtor. Mamma tog mig till sjukhuset, doktorn tog massa prover, det gjorde ont. Han klämde på mig, jag grät av smärtan. Han sa att han måste känna med ett finger i ändtarmen på mig, jag blev livrädd. Jag bad mamma att ta mig därifrån, mamma kramade om mig och sa att doktorn måste undersöka mig. Han fick göra undersökningen tillslut. Jag hade fått körtelfeber. Mamma var tvungen att vända mig i sängen, jag klarade ingenting själv. Jag skrek av smärta när mamma tog i mig, hon fick mata mig med nyponsoppa och blåbärssoppa med hjälp av en sked. Hon fick bära mig till toaletten, jag var fruktansvärt sjuk. I två veckor var jag sängliggande. Jag var liten innan men nu var jag bara av skinn och ben. Jag var tvungen att ha mysbyxor på mig för att jag inte skulle få stora sår på höfterna. Jag var likblek och insjunken i ansiktet, jag såg ut som ett levande skelett. Nu hade dom ännu mer att skratta åt i skolan, det tog lång tid innan jag lyckades gå upp några kilon igen. Det tog slut mellan mamma och Sigge, mamma var inte ledsen. Inte som jag såg i alla fall. Vi gick till fritidsgården ibland, vi spelade biljard, det tyckte jag var kul. Jan brukade också vara där, han hade ett punkband. Så dom var där och repade, repa? träna tycker jag låter bättre. Fritidsgården låg precis bredvid huset där jag bor, så man behövde aldrig vara mörkrädd så länge. Ibland hände det att någon var elak mot mig på fritidsgården, ja ganska ofta förresten. När det hände brukade det alltid komma fram en tjej och hjälpte mig. Jag kände inte henne men hon räddade alltid mig när nån var dum. Elin hette hon, jag vet inte varför hon gjorde det men jag var glad att hon gjorde det. Jag var alltid lite rädd när jag gick dit, men när jag såg att Elin var där då blev jag lugn. Ibland följde jag med Elin och hennes kompisar ut och röka. Jag provade också att röka. Jag visste att jag inte fick göra det, men vad gör det? Jag skadar ingen i alla fall. Ibland när jag var rädd då följde Elin mig hem. En dag sa hon att vi kunde säga syrran till varandra. Jag blev jätteglad och lite generad. Tänk att en tuff tjej med massa kompisar och en kille dessutom vill kalla mig för syrran?! Hon sa att hon alltid kommer skydda mig, jag var så lycklig.

Mammas nya kille

Sommaren gick och hösten kom. Elin skulle följa mig hem. Hon stod vid ytterdörren när mammas nya kille kom ut i hallen. Men pappa! Vad gör du här säger Elin chockad. Sune som mammas nya kille heter blev alldeles stel, och väldigt överraskad över att se sin dotter hemma hos oss. Sune bad Elin att komma in, mamma och Sune pratade med oss. Dom ska flytta ihop och vi skulle bli syskon. Nu var vi inga låtsassyskon längre, nu var vi det på riktigt. Jag och Elin var hur lyckliga som helst. Vi skulle flytta, vi fick en lägenhet i höghusen på Norrfjärden. Jag tyckte inte om att bo där. Det var många konstiga människor som bodde där, men det som var bra. Det var att Stina bodde bara ett hus ifrån mig, så när vi skulle leka då brukade vi mötas på halva vägen. När det var mörkt ute var jag jätterädd, det brukade hoppa fram en gubbe ur buskarna och skrämma mig. Jag sprang alltid hem så fort jag bara kunde. Vi skulle bara bo där tills vi fick tag i en annan lägenhet i stan. Mamma tyckte att jag skulle gå ur sexan på min skola också, så jag slapp att byta klass och skola mitt under en termin. Mamma berättade att hon var gravid, jag tror att jag var lyckligast av alla. Vi bestämde att jag skulle få vara med när bebisen skulle födas. Jag älskade barn och jag hade alltid drömt om små syskon. Nu äntligen skulle jag bli stora syster. Jag sydde en liten hätta i slöjden, den var vit med små små färgade fläckar, man såg nästan inte fläckarna men det var rosa - gult och ljusblått. Den hade ett vitt band som skulle knytas under hakan. Jag ville att den skulle passa både flicka och pojk. Jag blev jättestolt när jag tog med den hem och visade mamma och Sune, dom var också stolta. Sune tog hand om mig och Jan som sina egna barn, jag kände trygghet i Sune. Han skulle aldrig skada oss som pappa gjorde, han jobbade som vaktmästare och det var så mamma och han träffades. Jag trodde att Sune var utländsk, han hade kolsvart hår, mörkbruna ögon, mustage och var väldigt brun i hyn. Men det var han inte, han var av vallon släktet och då kan man ha väldigt mörka drag. Mamma sa att vi också kom från valloner, det kunde man se på våra höga kindben och att vi också hade lite mörka drag. Jag tyckte att det var spännande att lyssna när dom berättade.

Pappa hade flyttat till Brändön

 Nu behövde jag inte längre vara rädd för att vara ute. Vi pratade på telefonen nån gång, inte för att jag ville men jag kände mig liksom tvungen. Inte av mamma utan av mig själv. Jag visste ju att han inte kan göra mig illa men jag var alltid nervös inför samtal med honom. Ibland när pappa var full så sa han konstiga saker. Han pratade som att han och mamma fortfarande var ihop, han brukade säga mamma och jag! Jag tycker inte om när han pratade så, men jag vågade aldrig säga något. Jag låtsades som att jag lyssnade, men det gjorde jag inte. Jag tyckte bara att det var otrevligt och jobbigt. Han hade träffat en ny tjej Kicki. Hon var också alkoholist. Jag tyckte att dom var äckliga. Jag hade inte träffat Kicki men jag tyckte att hon va äcklig i alla fall. Jag hörde hur hon mumlade i bakgrunden när pappa och jag pratade. Dom sluddrade och sa hemska saker till varandra. Jag mamma och Jan åkte och hälsade på en gång. Dom bodde i ett litet hus inte så långt ifrån havet. Jag och Jan valde att tillbringa en lång stund vid havet. Där var det lugnt, vattnet skvalpade och det var helt underbart. Vi ville inte vara hos pappa och Kicki. Dom satt bara och drack, blev fullare och fullare. Kicki hade två pojkar som bodde där med dom. Pål var yngre än jag och Jimmy var några år äldre än Jan. Pål och Jimmy verkade inte ens reagera på hur deras mamma var. Jag mådde illa när jag såg dom, jag var rädd också. Pappa blev ju alltid så arg när han drack. Mamma försökte hålla masken, hon sa ingenting. Hon var nog också lite rädd tror jag. Kicki berättade att Pål hade bott på barnhem. Kicki hade varit psykiskt sjuk och kunde inte ta hand om honom. Jag tyckte synd om Pål, han såg sin mamma dricka sprit och var full varje dag. Jimmy var ju äldre så han kom ju hemifrån om han ville. Men Pål var fast där ute med två äckliga alkoholister. En gång på sommaren

skulle jag och Jan åka till pappa själva utan mamma. Pappa lovade mamma att inte dricka när vi var där. Vi skulle stanna en vecka. När vi var vid havet kändes det bra, vi fiskade som jag och Jan älskade att göra. Men i huset var det inte lika kul. Kicki och pappa var fulla, jag var arg på pappa. Han hade ju lovat mamma och oss att inte dricka. Men nu satt han där i köket full och otrevlig. Jag höll mig till Jan hela tiden. Vi var tvungna att göra saker för dom hela tiden, mest var det mig och Pål dom sa åt. Vi skulle hämta det eller göra något annat. Vi fick laga mat och mycket annat. Pål var ju van vid att springa deras ärenden, han var också van vid att dom alltid var fulla så han vågade säga ifrån. Han kunde bli arg och tycka att dom kunde hämta sina saker själva, men han visste också om att om han sa emot då fick han en örfil så han snurrade.
Jag vågade inte säga nåt, jag var livrädd jag vill inte få stryk. Jag minns att jag låg tätt intill Jan om nätterna, jag var så rädd jag vågade inte somna. Tillslut gjorde jag

ju det av ren utmattning.... När lördag kom och vi skulle få vårat lördagsgodis, då fick inte jag och Jan något, bara Pål. Jag blev ledsen och arg, varför får han och inte vi? Jag och Jan gick återigen till havet. Jan sa att vi inte skulle bry oss. Vi åker snart hem till mamma igen. Jag vill åka hem nu, Jan också. Men vågar vi säga det till pappa? Vi bestämde att försöka hålla ut det var ju bara två dagar kvar. Jag grät den natten, kunde inte somna jag saknade mamma. Mamma kom och hämtade oss, vi var så glada att se henne. Nu ville vi bara åka hem. I bilen berättade vi hur vi hade haft det och att vi aldrig vill åka dit igen. Vi behövde inte göra det. Mamma hade varit rädd för att detta skulle hända, men hon ville inte säga något. Hon sa aldrig något dumt om pappa, hon tyckte att vi skulle bestämma själva och det gjorde vi också.

Lillebror kom

Jag kom upp en morgon, det var snö och iskallt ute. När jag kom ut i köket för att ta mig lite att äta var det en lapp och ett kort på köksbordet. Grattis till en lillebror stod det. Jag tittade på kortet han var så söt. Jag grät av lycka, en sån underbar bebis. Telefonen ringde det var mamma, hon gratulerade mig till stora syster. Jag tackade stolt, innan jag hann att fråga mamma sa hon att allt gick så fort och det var sent på natten. Hon visste ju att jag ville vara med på förlossningen men jag förstod. Fast lite besviken var jag förstås. Han ska heta Jesper. Sune tog med oss till BB för att träffa mamma och Jesper. När jag höll honom i famnen, tittade på honom och pussade honom då lovade jag mig själv i det ögonblicket att jag alltid skulle skydda honom. Ge honom kärlek och alltid finnas för honom. Han ska aldrig känna som jag. Jesper tittade på mig, vi tittade varandra i ögonen. Där knöt vi våra band, jag ska aldrig svika dig!! När dom kom hem någon dag senare var det jag som tog hand om honom. Mamma fick mata men sen var det jag som skötte resten. Jag badade honom bytte blöjor, jag rapade honom ja allt som man gör med barn. Jag gick ju i skolan förstås men all ledig tid ägnade jag åt Jesper. Det dröjde inte länge så där 4 månader, mamma var gravid igen. Jag blev lika glad denna gången. Jag hade drömt om syskon i så många år, och nu hade min dröm slagit in, inte bara en gång utan två. Vi hade fått en lägenhet i stan, det var en femrumslägenhet med en etagevåning bara några kvarter ifrån stan. Det fanns en vårdcentral under lägenheterna så vi hade nära till doktorn om vi blev sjuka. Jag började en ny skola också Öjebyskolan, den låg mitt i stan. Jag tyckte att det var bra för det var nära hem. Jag minns att jag var så fruktansvärt nervös inför skolstarten, samtidigt som jag tyckte att det var spännande och kul. Nu slapp jag i alla fall alla dumsnutar i min gamla skola. Jag var lite ledsen också, jag träffade inte Jossan, Kine eller Stina längre. Förhoppningsvis får jag nya kompisar här i min nya skola. Men jag tänkte att nu slipper jag att bli mobbad, dom får mobba någon annan istället. Stackars den personen, jag fick en klump i magen. Usch va elak jag va nu!! Jag vill inte att dom ska mobba någon men jag måste väl få vara glad för min skull? Nu blev det konstigt, har jag rätt att vara glad? Jag vet inte kanske lite i så fall. Jag kan inte sova jag är så nervös. Jag spyr snart imorgon börjar jag sjuan i en ny klass, åhh nej!! Fröken kommer att läsa upp mitt namn, jag vill inte svara när hon ropar upp Britt-Marie Jonsson. Det är ju värre än att börja i en ny klass, nej jag vill inte. Paniken kommer som en stormvind över mig. Jag gråter hysteriskt, mamma kommer upp hon hade hört mig snyfta där nerifrån. Hon frågar vad som hänt, jag svarade med gråten i halsen. Dom kommer att ropa upp mitt namn mamma! Hon vet ju hur mycket jag hatar det namnet. Därför tilltalades jag aldrig med namnet, mina nära och kära kallade mig alltid för Nina. Då det är mitt mellannamn. Det var bara vid sådana här tillfällen som jag absolut inte kunde komma ifrån att bli tillkallad detta fruktansvärda namn. Mamma tröstade mig, hon sa att det kommer gå bra och ingen annan än jag kommer att reagera. Jag ville så gärna tro på hennes ord, men jag var ändå rädd att dom skulle skratta åt mig imorgon som dom andra gjorde i min gamla skola. Efter ett tag lugnade jag ner mig, jag somnade. Jesper han var helt underbar, jag tog hand om honom som om han vore mitt eget barn. Jag rapade honom, bytte blöjor till och med när det var bajs. Jag badade honom och nattade honom på kvällen. Det enda jag inte gjorde var att amma, det överlät jag till mamma men så fort han kunde äta ur nappflaska ja då tog jag över även den biten. Många gånger somnade jag med Jesper på magen, framför tv:n det var så mysigt. I skolan sydde jag ett par hängsleshorts med Dennis på. Han blev jättesöt i dom shortsen. Mamma var stolt över mig hon tyckte att dom var jättefina. Det känns alltid så bra när man får beröm. Vi hade en konstig granne som bodde i dörren bredvid. Det var en gammal gubbe och hans fru, ibland när jag gick ner i köket på mornarna då stod han och tittade in genom vårat köksfönster. Han hade händerna på var sida av ansiktet och liksom tryckte pannan mot rutan. Jag var lite rädd för honom, en äcklig snuskgubbe. Jag kunde inte längre gå ner till köket i t-shirt och trosor, man visste aldrig när hans ansikte skulle vara fastklistrat i fönstret. Han knackade ofta i väggen på kvällarna, oftast när man skulle släcka lampan, han sa att vi förde oväsen och störde honom. Han kunde bli jättearg och slå hårt i väggen, ibland ringde han på dörren också och beklagade sig. Men eftersom vi inte förde något väsen så försvarade mamma och Sune oss. På söndagskvällarna brukade han ringa på hos oss, han klagade återigen på oss ungdomar, vi hade haft fest och fört massa väsen under helgen. Många gånger hade hela familjen varit i stugan, men gubben ville inte lyssna. Mamma var nu höggravid och gubben blev mer och mer ilsken, han sa att han inte ville bo granne med oss och att han tyckte att vi skulle flytta. Mamma tappade tålamodet och blev arg, jag hade aldrig sett henne arg förut. Hon sa till honom: du borde flytta till ett äldreboende. Men det är klart någon kanske säger något där också så det bästa är nog att du flyttar in i urskogen där det inte finns en människa på mils avstånd. Gubben blev ursinnig, han laddade och gav mamma en rak höger. Mamma tappade balansen, hon höll Jesper i famnen. Jag fick tag i Jesper och mamma kunde ta emot sig för att inte falla omkull. Gubben var totalt galen, mamma blev så chockad att hon brast ut i skratt. Sune kom ut i hallen för att se vad som hände, gubben försökte då slå Sune också men han var inte ett dugg intresserad av att slåss. Han försökte istället få ut gubben så vi kunde stänga dörren, men inte, han satte foten emellan. Sune sa då till honom att flytta på foten annars kommer den bli krossad. Sune öppnade dörren helt och smällde igen den. Gubben hann precis att få undan foten. Men inte slutade han att bråka, det var som att han mådde bra av det på något sätt. Vi ville bara ha lugn och ro så vi kunde bara önska att han skulle sluta nån gång.

Jag började jobba.

Jag var 13 år och började jobba på Rosviks tidning som tidningsbud på helgerna. Jag jobbade då mellan 03-06. Jag sparade alla pengarna som jag tjänade och jag fick ett eget konto på banken. Jag var så stolt över varje krona som jag tjänat ihop själv. Jag sparade till en egen stereo och en tv. Jag jobbade extra ibland också på tidningen då bladade jag i reklamblad.

Kalle kom.

December 1988 föds ett underbart syskon till. Jag hann inte följa med denna gången heller. Mamma sa att hon fick värkar väldigt tätt och att hon höll på att föda i bilen. När dom kom upp till förlossningen tog det bara 3 minuter sedan var bebisen ute. Det blev en liten pojke, svarthårig luden helt underbar pojke Kalle. I samma ögonblick som jag höll i det lilla knytet strömmade känslor av kärlek. Nu har jag två underbara bröder, jag ska skydda dom genom livet och lära dom allt jag kan och jag ska föralltid finnas för dom. Jag hade fått nya kompisar i klassen Ines och Tyra, vi hade kul ihop. Ines bodde ensam med sin mamma. Hennes pappa bor i Göteborg hon träffar inte honom så ofta. Han kommer från Iran. Tyra bor med båda sina föräldrar inte långt ifrån Ines. Tyra är som jag lite blyg och kliver åt sidan för dom som vill vara i centrum. Jag och Tyra får extra stöd i matte, svenska och engelska. Vi är bara några stycken i gruppen, Jag tycker om att vara där. Vi har en jättesnäll lärare och alla har svårt för sig så där behöver man inte vara rädd för att svara på lärarens frågor. Det skulle jag aldrig våga göra i den vanliga klassen, tänk om jag skulle svara fel och dom andra skrattar åt mig? Nä det är bättre att vara tyst. Ines var ofta ute på helgerna och ibland åkte jag med, Tyra fick aldrig åka med för sina föräldrar. Vi åkte på festivaler ibland, massa artister kom dit och uppträdde. Det var Nordman, Anki Bagger, Lisa Nilsson, och många fler. Artisterna var bra men jag var alltid så rädd att jag skulle tappa bort dom andra, så jag kunde lika gärna stannat hemma. Jag följde med och kollade på Alice Cooper en gång, jag tyckte egentligen inte om den musiken så mycket men jag ville ju ändå vara med dom andra i klassen så jag hängde med. Vissa låtar var bra, dom andra headbänga. Jag tyckte att det såg fånigt ut så jag lät bli. Konsert det var inget för mig, jag stannar hellre hemma och hade det lugnt och skönt.

Och jag trivdes som bäst när jag och Jan brukade gå ner till videobutiken som låg alldeles nedanför vårt hus. Vi hyrde Nintendo och tre spel, super Mario Bruce 1 2 3. Det kostade femtio kronor att hyra hela helgen. Vi satt hela nätterna och spelade, det var så kul. Jan är ju inte hemma så mycket så jag tyckte att det var så roligt dom helgerna då det bara var han och jag och vi spelade.

Jan i fyllecell

Fredagskväll kom och telefonen ringde, det var polisen. Dom berättade att Jan var i fyllecell och bad mamma att hämta honom. Vi bodde så att man kunde se polishuset ifrån Jans sovrumsfönster. Mamma åkte och hämtade honom, hon var inte arg. Det var ingen idé att bli arg sa mamma, hon ville hellre prata med honom i lugn och ro när han var nykter. Det blev allt oftare som mamma fick hämta Jan i fyllecellen. Ja Elin också en gång. Jag var alltid orolig när Jan var ute, jag var alltid så rädd att det skulle hända honom något. En gång gjorde det de, Jan var med sina kompisar i en ladugård ute på landet. En kompis till honom fick tag i en telefon och ringde hem till mamma. Mamma åkte dit på en gång, Jan låg av däckad i höet med en högaffel genom skon. Dom försökte få bort den Jan skrek men gaffeln satt fast. Tillslut fick dom loss den, dom fick av honom skon och strumporna. Han hade haft tur, högaffeln hade bara skadat skinnet emellan två tår. Mamma fick med honom hem, han hade väldigt ont i foten ett tag men till sist blev det bra. Jan sa att han aldrig skulle åka dit igen.

Bea

Jan träffade Bea, hon var jättesnäll. Jan lyste upp han var så kär. Elin hade en kille Noa, dom var förlovade men dom bröt den så där 20 gånger i veckan. Dom var jämt ovänner och varje gång så kastade alltid någon av dom i väg förlovningsringen. Sen blev dom vänner igen och ringarna åkte på igen. Jag hade ingen kille, men det gjorde inget för när jag såg hur Elin och Noa höll på så var jag ganska glad över det. Jag åkte hem till min kusin Klara i Gammelstaden ibland, vi var mycket hemma hos Eddie Klaras kille. En av kompisarna hade en egen friggebod så där höll vi ofta till. Vi spelade kort och lyssnade på musik, det var alltid många där och vi hade jättekul. När jag var med Klara då var alla tillsammans, ingen skulle vara utanför. Det var nog därför jag tyckte om att vara där.

Grums.

En sommar jag hade precis fyllt 14 år, då skulle Jag åka till en släkting till Sune i Grums. Astrid hette hon, hon var snäll. Hon hade nästan inga tänder i munnen och gammal var hon, men hon var världens snällaste. Fast det fanns en sak som jag tyckte var äckligt hos henne, hon använde gamla trosor som disktrasa. Jag höll på att spy varje gång som hon torkade av bordet, där vill inte jag lägga min smörgås tänkte jag. Hon hade en dotter Alva, hon bodde i en lägenhet tillsammans med sin kille Liam och var mycket äldre än jag. Liam älskade ormar han hade en snok, den var inte farlig men jag tyckte att den såg giftig ut med alla starka färger. Jag fick hålla i den och först var jag livrädd men sen gick det ganska bra trots allt. Jag har alltid trott att ormar var blöta eller fuktiga men det var den inte, den var bara len. En kompis till Liam hade en skorpion. Jag fick följa med hem till honom en gång, han hade sin skorpion lös på tv rumsbordet. Jag tyckte att det var äckligt, jag fick rysningar i hela kroppen. Den började gå omkring på bordet jag gillade inte att den var lös där. Dom andra va helt oberörda men jag!! Jag kunde inte släppa blicken ifrån det äckliga odjuret, fötterna hade jag i soffan man visste ju inte om det fanns fler odjur som kunde komma fram. Astrid och jag brukade sitta och prata mycket, jag kommer ihåg att vi skrattade åt en händelse som hände när jag skulle åka buss till henne. Då var det inte roligt men nu kan vi skratta åt det. Jag hade aldrig åkt buss ensam så långt förut jag var nervös och rädd att jag inte skulle vakna i tid om jag somnade. Astrid lovade att hon skulle titta in i bussen ifall att jag inte klev av. Jag somnade såklart men hon skulle ju titta efter mig så det gjorde ju inget, trodde jag men vad händer? Jag vaknar i Säffle, jag fick panik vad ska jag göra? Här står jag ensam och livrädd. Hur ska jag ta mig till Grums? En busschaufför kommer fram till mig, han såg nog hur förvirrad jag var. Jag berättade att jag skulle av i Grums men att jag hade somnat i bussen. Jag fick följa med honom han ropade på en annan buss som snart skulle passera Grums. Den chauffören skulle meddela Astrid vad som hade hänt. Hon stod ju och väntade på mig vid busshållplatsen i Grums. Chauffören i Säffle hade precis gått av sitt pass, han bodde också i Grums så jag fick åka med honom. Vilken tur tänkte jag fast det var otäckt också, jag vet ju att jag aldrig får följa med okända men vad skulle jag göra? Jag kunde ju inte sitta ensam i Säffle i flera timmar då det skulle gå en buss mot Grums. Jag följde med mannen till hans bil, satte mig i framsätet och vi började åka. Han tittade konstigt på mig jag fick en otäck känsla inom mig. Jag tittade ut genom fönstret för att slippa se honom, han la sin hand på mitt lår och liksom smekte det. Han sa: det här kommer ordna sig ska du se. Jag blev stel i kroppen och jag tyckte inte alls om känslan av att han tog i mig. Hans blick gjorde mig rädd han liksom log mot mig på ett otrevligt sätt, jag fattade mod till mig och tog bort hans hand från mitt lår. Sedan vände jag bort blicken igen och fortsatte titta ut genom mitt fönster. Usch! Vilken snuskgubbe, han är säkert 45 eller nåt. Vi började närma oss busshållplatsen där Astrid stod och väntade. Hon stod där vid sin bil och kom fram till mig när vi stannat. Hon kramade om mig och sa att hon hade varit jätteorolig när jag inte hade klivit av bussen tidigare idag. Hon berättade att hon hade gått på bussen som hon hade lovat, men hon kunde inte se mig så hon trodde att jag var med nästa buss. Jag hade legat ihop kurad i sätet så hon hade nog bara gått förbi mig och inte sett att det var jag. Men nu var jag trygg hos Astrid Jag ville aldrig åka buss ensam igen.

Jan..

Jan berättade att Bea är gravid, han ville att dom skulle behålla barnet. Han nästan bönade och bad, men Bea tyckte att dom var för unga. Hon ville gå ur skolan först, hon kunde inte se hur dom skulle klara det. Hon valde att göra abort, Jan var med henne under hela tiden och dom stöttade varandra. Jag gick in till Jan i hans rum samma dag som ingreppet hade gjorts. Jan låg på mage i sin säng han grät, han låg i flera timmar och bara grät. Jag gick fram till honom, klappade honom på ryggen. Jan vände sig om och omfamnar mig. Jag ville verkligen ha det barnet sa han, jag vet sa jag och brast ut i gråt. Vi satt där i hans säng och grät tillsammans en stund. Jag frågade om han ville ha en ny kudde, hans var genomblöt efter alla tårar. Jag bytte kudden och satte mig i soffan på hans rum. Han ville inte vara ensam så jag satt där i soffan tyst, bara var där för honom. Jan gick inte ur sängen på flera dagar, jag tyckte så synd om honom ja Bea också. Hon var ju också jätteledsen. Jan började dricka allt mer och oftare. Han började umgås med kända knarkare i stan, förhållandet med Bea sprack. Det tog han fruktansvärt hårt, han blev förändrad inte som person när vi var tillsammans men med sina kompisar. Han hamnade på fel sida. Polisen sa ofta till mamma att Jan var på fel plats vid fel tillfälle, han utförde aldrig några kriminella handlingar som dom andra men han var med. Jag var

alltid orolig för honom, mamma och jag
åkte ofta ut med bilen om nätterna för att
leta efter honom men utan resultat. Jan
blev allt hårdare på något sätt, han skiter
i allt sa han ofta. Det spelade ingen roll!
Vad jag än gör så blir det bara fel sa han
ofta när vi pratade. Jan hade mycket
besvär med sina knän och ont i ryggen.
Pappa hade diskbrock och dåliga knän, vi
tänkte att det var ett så kallat arv ifrån
honom. Jan åkte till läkaren men han fick
ingen hjälp, det enda läkaren sa till Jan
var att han bara var ute efter tabletter så
det gjordes ingen ordentlig undersökning.
Jan blev arg och besviken över
bemötandet. Det var vi alla förresten. Vi
sa att han skulle söka sig till en annan
läkare, mamma tog med honom till en
privat ortoped istället. Där fick han
bekräftat att han hade problem med rygg
och knän och han fick inte utföra vissa
aktiviteter som kunde förvärra skadorna.
Äntligen någon som trodde på honom.
Jan hade ingen tillit till vuxenvärlden, det
hade inte jag heller. Mamma var nästan

den enda som vi kunde lita på, hon skulle aldrig svika eller skada oss. Om inte mamma kan hjälp oss, då kan ingen.

Vi flyttade..

Mamma berättade att hon var gravid.....igen, och att hon och Sune ville köpa mormor och morfars sommarstuga. Den stugan var morfars föräldrahem och hade gått i generationer sedan 1827. Jag tyckte att det skulle vara kul att flytta dit. Elin var också glad, Jan hade fått en praktikplats så han skulle få en egen lägenhet, en enrummare med kokvrå. Jan hade en kompis Rickard. Jan tyckte synd om honom, han hade också hamnat på fel sida i samhället. Han hade bara sin mamma men hon brydde sig inte om honom. Det var sommar och jag hade precis fyllt 15 år. Jan frågade om Rickard fick tillbringa sommaren hos oss. Mamma tyckte att det var en jättebra idé, men hon hade ett krav och det var att det inte fick förekomma någon alkohol. Jan pratade med Rickard och han accepterade villkoren. Vi var ute och fiskade dagarna i enda. Vi hade jättekul den sommaren. Men jag tyckte att Rickard var jobbig ibland, han följde efter mig vart jag än gick. Han knackade till och med och ville komma in när jag stod i duschen. Ibland kände jag lite obehag, men Jan brukade märka på mig när jag tyckte att det var jobbigt och då brukade han säga till Rickard att lägga av. Jesper skulle bli 3 år och Kalle 2 år, dom var så söta när dom sprang ute i gräset, blöjorna hängde vid knävecken och dom hade sådär 15 storlekar för stora stövlar på sig. Dom sprang där ute i friheten, där fanns inga bekymmer bara ren lycka. Kalle! Ja denna Kalle, han kunde inte vara stilla i en sekund. Han kunde inte ens vara stilla när han satt på pottan, han studsade fram och tillbaka upp och ner. Ja den pojken hade energi som räckte till oss alla. Jag blev trött bara av att se honom, men va glad han alltid var. Vi hade en bokhylla i tv rummet, han brukade klättra upp till översta hyllan och hoppa ner. Alla höll på att få hjärtinfarkt när vi såg honom klättra och hoppa ner. Konstigt nog så skadade han sig aldrig. Jaha där rök den bokhyllan.... Jesper! Han var rena motsatsen, han var lugn nästan lite feg för nya saker. Honom behövde man aldrig bli stressad över. Han gick runt i sina förstora stövlar och lekte med sina leksaker. Han var nästan som tjuren Ferdinand, vill bara ha det lugnt och skönt och leka med sitt. Vi var ute i trädgården, Sune skulle lägga nytt tak på huset. Han hade glömt någonting i verkstaden som han gick för att hämta. När han kom tillbaka och skulle klättra upp på taket igen fick han en chock, ja det fick vi allihop förresten. Till våran förskräckelse ser vi Kalle vem annars? Sitta på taket och var jätteglad. Det var inte vi direkt men nu gällde det att ta det väldigt lugnt så att Kalle inte tror att vi ska leka där uppe. Hur ska vi få ner honom? Sune klättrar försiktigt upp på taket och pratade lugnt med Kalle som var hur glad som helst där han satt högst uppe på taket. Tillslut kom Sune upp och fick tag i pojken, vi andra stod på marken nedanför och kunde äntligen pusta ut. Han var välbehållen vårat lilla busfrö. Jaha! Det var bara till att gömma stegarna också då. Jag och Elin hade fått varsin Puch Dakota vi åkte till Kåge, det var ca en och en halv mil dit. Vi var jättestolta över våra mopeder. Vi kunde ta oss själva till kompisar och slapp att fråga mamma om skjuts hela tiden. Men så har vi också Jan, han skulle naturligtvis blanda sig i. han ville trimma mopederna, Elin tyckte att det var en bra idé men inte jag. Jag var nöjd med min moped, den gick 35-40 km i timmen och det var alldeles lagom tyckte jag. Men det tyckte inte Jan, han plockade isär hela motorn och borrade något hål. Jag fattade ingenting, men Jan visste säkert vad han gjorde. Men inte!!när han skulle montera ihop allting igen, då hade han ingen aning om hur alla delar skulle sitta. Nu hade vi inga mopeder längre... jag var så arg på honom att jag hade kunnat strypa honom så arg var jag, men det gjorde jag ju förstås inte.

Jag skulle börja nian

Ny skola igen. Paniken börjar komma återigen, inte nu igen!! Jag hatar verkligen Britt-Marie, hur kan man döpa ett barn till något så hemskt? Den här gången blev det annorlunda, mina nya klasskompisar ja andra på skolan också förresten tyckte att det var spännande med en ny tjej i klassen. För första gången i mitt liv så var det ingen som skrattade åt mig, alla var så snälla och det samlades massor av folk runt mig och frågade massvis a frågor. Dom var intresserade av mig. Det var jag ju verkligen inte van vid att andra ville veta saker om mig!! Jag var som i sjunde himlen, jag kunde nästan inte tro att det var sant. Jag såg Pål gå längst väggen, han var alldeles ensam och gick tryckt in mot väggen. Jag blev ledsen av att se honom sådär. Jag pratade med

honom ibland, men han var inte glad och han var aldrig med några kompisar. Jag tyckte så synd om honom. Det hade tagit slut mellan pappa och Kicki, så Kicki och Pål hade flyttat till Kåge. Pappa hade tydligen flyttat till Bergviken. Jag hade inte pratat med pappa på flera år, jag saknade honom inte heller. Jag tyckte
bara att det var skönt att slippa höra honom stenfull och prata mamma och jag... jag blev alltid arg på honom när han pratade så, men det vågade jag ju aldrig visa för honom. Men jag tänkte ibland att om pappa hade varit snäll då hade det kanske varit han och mamma. Nä vi har det mycket bättre nu, vi har mamma och Sune och dom skulle aldrig skada oss. Sune var min fadersgestalt och jag var glad att jag hade honom.

Erik föds.

Mamma hade gått över tiden med två veckor, dom skulle sätta igång förlossningen. Denna gången SKA jag vara med. Jag bad om ledigt den dagen från skolan. Vi hade precis börjat med barnkunskap i skolan så läraren var väldigt positiv till det. Han sa att jag kunde hålla ett föredrag efteråt om hur det var och hur jag upplevde händelsen. Jag tyckte att det skulle bli kul. Dagen kom och jag var mer redo än nånsin, jag hade laddat kameran med nya batterier. Jag var fylld av spänning och förväntan. Äntligen får jag vara med och en av mina högsta drömmar skulle gå i uppfyllelse. Vi kom in till förlossningen, Sune, Elin och jag. Sköterskan kom in och satte ett dropp på mamma, det skulle få förlossningen att komma igång. Jag fotade varje steg, jag vågade inte ens gå på toaletten ifall jag skulle missa något. Det dröjde inte länge förrän värkarna började, man kunde följa värkarna på en dataskärm. Mamma sa inte ett ljud ändå hade hon ingen bedövning. Mamma la sig på alla fyra över en sackosäck, hon skulle föda på det viset. Nu gick det verkligen fort, jag fotade allt jag kunde. Nu syntes huvudet, det var en märklig känsla att vara med i det rummet. Jag trodde att man skrek hej vilt när man födde barn, det är ju ändå ett stort huvud som ska komma ut. Men inte mamma, det enda man hörde ibland var ett stönande när hon tog i. det var inte många krystvärkar förrän bebisen kom ut. En klibbig, blodig helt underbar pojke låg på mammas rygg. Det är Erik, han var väldigt stor jag grät, alla grät, han var gudomlig. Mamma skulle sterilisera sig någon dag efter. Från att dom satte droppet till att Erik var ute, tog det 50 minuter. Jag och Elin fick klippa navelsträngen, den var tjock och seg och den var svår att klippa av, men det gick bra i alla fall. Det var en mäktig känsla. Tänk att jag fick uppleva detta tillslut, jag var världens lyckligaste. Barnmorskan visade moderkakan, den såg inte så trevlig ut men jag fotade och memorerade allt hon sa. Hon berättade att många vill ta med sig moderkakan hem. Det är många av utländsk härkomst som tillagar den och äter, eftersom den

är mycket näringsrik. Jag tycker att den
såg äcklig ut och kunde inte tänka mig att
äta en sån. Efter att barnmorskan
förklarat och visat moderkakan, då var
det dags att väga honom. Sune fick en
chock, han sa att vågen måste vara
sönder, det var den inte. 5370 gram. Det
var en rejäl pojke Erik. Barnmorskan sa
att det inte hade föds så många stora
barn på det sjukhuset förut. Mamma blev
kvar på BB. Vi andra åkte hem lyckliga
efter dagens händelse.

Jag var nyss fyllda 15 år..

Elin hade friggebod som hon hade som
rum, jag hade rummet uppe på vinden.
Där och då hände något som för alltid
skulle förbli min hemlighet. Sune gjorde
mig aldrig illa men det fanns en annan
som skadade mig för livet. Det namnet
tar jag med mig I graven. Men det som
hände innanför min dörr gav mig för evigt
en känsla av ångest osäkerhet och
otrygghet i sällskap med män och

framförallt äldre män. Denna människan insåg nog aldrig hur mycket han förstörde min barndom och även vuxenliv.

Försök till ett normalt liv

Jag blev ihop med Fredrik, han gick i klassen under mig. Han var kompis med min nya bästis Fia gris. Hon kallades så för att hon hade uppåt näsa. Hon hette egentligen Josefina, men sa man Fia gris så visste alla vem man menade. Jag tror inte att hon tog illa vid sig när man kallade henne så, då hade jag inte sagt det. Fredrik Hansson, den snyggaste killen i skolan, tyckte jag i alla fall. Vi var ihop ett tag sen gjorde han slut, hela världen rasade för mig. Jag var ju så kär. Fia försökte trösta mig med att säga: mister man en finns det tusen åter. Det trodde inte jag, Fredrik var ju den enda. Trodde jag just då i alla fall. Jag och Fia var på en badplats och badade, vi brukade åka dit. Det är en jättemysig badplats, mitt inne i skogen låg den. Vi satt där och pratade och hade det mysigt, när det kom två motorcyklister åkandes mot oss. Häftigt tyckte vi. Det var två äldre killar från Norge. Vi tyckte att dem var supercoola. Dem frågade om vi ville åka med på en tur, dem kunde köra oss hem. Fia jublade JA på en gång, jag däremot var lite blyg och försiktigare. Jag ville samtidigt som det var läskigt. Tillslut sa jag ok. Vi fick låna deras hjälmar så vi skulle vara skyddade i alla fall. Det var så häftigt, jag kunde inte fatta att jag hade tvekat från början, det var helt underbart att bara sitta där bak och känna vinden i ansiktet. Dom körde hem till mig, vi pratade lite, tackade för åkturen sen åkte dom vidare på sina äventyr. Hem till Fia skulle vi aldrig kunnat åka. Hennes föräldrar var stränga, dom hade malt ner oss allihop i en köttkvarn. Nej gud det hade aldrig gått. Dom var ganska överbeskyddande mot Fia, hon var ett sladdbarn och då kanske det blir så, men ändå! Ibland hände det att hon inte ens fick åka hem till mig. Men vad skulle kunna hända?! Det enda som fanns runt om kring var massa kossor som gick på bete i sina hagar. Jag tyckte att hennes föräldrar var barnsliga, det tyckte Fia också för den delen. Jag hade en annan kompis också, Vera. Hon bodde med sin mamma i Kåge. Hennes mamma höll på med zonterapi. Och hennes pappa bodde ett par mil utanför Kåge. Jag brukade följa med henne till sin pappa, han var snäll och skulle aldrig göra oss illa. Jag litade inte på pappor, men hos honom var det annorlunda. Han var så snäll och omtänksam, och han skulle aldrig titta på mig på ett sånt där äckligt sätt. Jag sov över där ibland, hos honom var man tvungen att elda i pannan en stund innan man skulle duscha annars fick man inget varmvatten. Efter ett tag började Vera må dåligt, ingen förstod riktigt varför, men hon började gå ner jättemycket i vikt. Hon fick anorexia. Jag tyckte så synd om henne. Fast jag kunde inte förstå hur tjejer med fina kroppar skulle banta, jag kunde bli arg på såna idéer. Jag. Jag var som en tarm och gjorde allt jag kunde för att gå upp i vikt, så fanns det jättefina tjejer som ville bli smala, nej jag fattade bara inte. Vera isolerade sig mer och mer från omvärlden, jag minns att jag skrev en dikt till henne och skickade på posten.

DU!

Du är det finaste jag vet

Du är den vackraste i världen

Du sviker ingen som inte sviker dig

Du har ett hjärta av guld, medan någon annan har ett av sten

Det finns ingen på denna jord som är som du

Du kommer alltid att vara älskad

Och jag är glad över att du är den du

Praktik och skolan..

Nu hade jag gått ur nian, jag var så trött på skolan. Jag valde att ta ett sabbats år. Jag gick i skolan 2 dagar och jobbade 3 dagar i veckan. Jag fick jobb på syslöjden på skolan jag just hade lämnat. Jag trivdes jättebra där. Jag fick mycket beröm av läraren, och ibland fick jag hålla i lektionerna, läraren var ju där i bakgrunden men jag va så kallad lärare för dagen. Det var nervöst men hur kul som helst. Dom dagarna då jag var i skolan hade jag matte, engelska, och svenska. Vi hade vår skola på brandstationen i Kåge. Det kändes aldrig som att gå i skolan eftersom vi inte var i den miljön. Vi var en lagom stor grupp och jag hade vänner. Jag fick flytta till en egen lägenhet i Kåge strax efter att jag fyllt 16 år. Bussförbindelserna passade inte med tiderna då jag gick i skolan och jobbade. Jag var stolt men samtidigt rädd. Jag måste lära mig att hantera mina rädslor över att vara ensam. Nätterna var jobbiga, jag hade svårt att sova. Jag var tvungen att se ytterdörren hela tiden. Jag var så rädd att någon skulle komma in och skada mig. Det kom aldrig någon och jag blev aldrig skadad. Efter ett tag gick det lättare men jag kunde aldrig vara helt avspänd. Elin bodde också i Kåge, men hon var ju med sina kompisar och vi umgicks inte så mycket. Men vi hade ändå varandra om det var något. Vi skulle få åka på en skolresa, London blev det. Alla var fyllda av förväntan och längtade tills resan skulle bli av. Två föräldrar var tvungna att följa med. Vi åkte båt dit, jag hade aldrig åkt båt så länge, vi hade jätteroligt allihop. Vi kom fram till London, vi skulle bo på ett hotell, inget femstjärnigt direkt men va gjorde det? Vi var i London. På hotellet var det röda heltäckningsmattor överallt, jag tyckte det var äckligt. Men vi skulle ju inte tillbringa speciellt mycket tid på hotellet så det spelade egentligen ingen större roll. Vi gjorde massor av olika besök, vi var på vaxkabinetten där vi såg Michael Jackson, och många fler. Vi gick på teater Cats, jag hade aldrig varit på det förut, men den var bra tyckte jag. Vi åkte också till Piccadillycircle och matade duvorna, där fick vi gå runt och shoppa också. Jag köpte nya skor och olika tröjor, det var en underbar dag. På kvällen skulle vi gå på en engelsk pub och lyssna på Trubadur musik, vi ungdomar hade ju aldrig varit på en pub förut så vi var spända av förväntan. Vi fick ett långbord vid sofforna, vi satt där på rad och bara njöt av tillvaron. Vi fick dricka varsin liten öl också om man ville förstås. Det ville vi allihop, så där satt vi och lyssnade på musik och drack en öl. Klockan blev mycket och det var dags att gå hem till hotellet. Vi bodde inte långtifrån så vi gick. Jag och ett par tjejer gick tillsammans när vi passerade en bil parkerad vid trottoarkanten. Det satt en man på förarsätet, jag tittade in lite försiktigt på avstånd. Men va gör han sa jag, dom andra tittade också in på honom. Han satt med en porrtidning och onanerade, va äckligt sa vi i kör, mannen fick syn på oss och drog snabbt upp

byxorna och tog fram en karta istället
som han började titta i. Vi brast ut i skratt
och fortsatte hemåt. Dagen efter skulle vi
åka hem igen, vi tyckte att tiden i London
hade gått alldeles för fort. Men vi hade
haft det jättebra. På båten hem blev jag
naturligtvis åksjuk. Det var storm på
havet, det gick inte att gå på båten. Man
ramlade in i väggar, folk spydde överallt.
Jag trodde på allvar att båten skulle
sjunka. När vi äntligen kom iland mötte
mamma upp mig, jag gick som om jag
vore full och jag var grön i ansiktet sa
mamma med ett skratt. Hela resan hade
varit helt underbar men hemfärden var
det värsta jag någonsin varit med om, det
ville jag aldrig vara med om igen.

Gymnasiet..

Året gick och jag flyttade hem igen. Jag
hade kommit in på beklädnadsteknisk
linje i Luleå. Det var inte så många i den
klassen, vi var bara 8 stycken så vi delade
klass med dom som gick i tvåan. Jag

trivdes bra i klassen. Jag och Debora blev jättebra vänner. Hon var halv Afrikan. Hennes mamma var Svensk och hennes pappa ifrån Afrika någonstans. Debora bodde med sin mamma och hennes syskon i Sundeby. Hon skulle få en lägenhet i Luleå som hon väntade på. Debora hade andra kompisar också, dom var inte som jag. Dom drack ofta och använde droger. Jag umgicks aldrig med Debora när dom var med. Hon visste att jag var emot allt vad droger var och hon respekterade mig för det. Debora hade fått sin lägenhet och jag skulle sova hos henne, vi gick på den spännande klubben. Det var ett ute ställe i stan, vi hade egentligen inte åldern inne, men dom kollade aldrig leg. Så det blev ett ställe dit alla underåriga gick till. Vi hade jättekul där, vi fick skjuts av ett par killar hem till Debora. När vi kom upp till hennes lägenhet stod det en kille vid hennes dörr. Han var arg och aggressiv. Stor som ett hus och drogpåverkad. Han sa att han skulle ha tillbaka en freestyle

som Debora hade lånat någon gång.
Debora gav honom det han ville ha, och vi
trodde att han skulle ge sig av, men inte.
Han slog till Debora och inte nog med
det, han slängde in henne i väggen.
Blodet sprutade, han var totalt galen.
Han hämtade en prydnadskudde, satte
sig gränsle över henne, och tog den över
hennes ansikte, hon höll på att kvävas.
Debora kämpade för livet.. Jag vågade
inte göra någonting. Jag kunde bara stå
bredvid och se på när han skadade
henne. Helt plötsligt tog han bort kudden,
stirrade Debora i ögonen och sa: nästa
gång!! Sen reste han sig upp och gick.
Dagen efter tog jag med Debora till
läkaren för att dokumentera skadorna. En
polisanmälan gjordes. Det gick ett tag,
sen kom dag en då rättegången skulle bli
av. Vid den tidpunkten hade jag fått min
första lägenhet i Sundeby. På rättegången
blev jag kallad som vittne. Han satt på
höger sida om mig och Debora till
vänster. Jag tyckte inte om att domaren
uppgav mitt personnummer och adress

inför honom. Jag var rädd att han skulle uppsöka mig efteråt. Det var jättejobbigt att sitta där med honom alldeles bredvid. Hans advokat pressade mig hårt, men jag talade om vad som hade hänt, varken mer eller mindre. Efteråt var jag stolt över mig själv, att jag vågade berätta när han satt bredvid. Debora var också väldigt tacksam att jag vågade försvara henne och för all hjälp som hon fick under hela vägen. Domen kom ett tag efter. 3 månader i fängelse fick han. Jag minns inte om Debora fick något skadestånd, men det spelade ingen roll, huvudsaken var att hon fick lite upprättelse för denna hemska händelse.

Jan flyttade hem.

Jan flyttade hem. Han hade gjort färdigt sin praktik och han kände att han ville ha lugn och ro. Elin sin lägenhet i Kåge. Jan träffade en tjej, Lova. Hon var 15 år Jan va 20. Hon var väldigt blyg och sa inte så mycket till oss andra i familjen, efter ett tag öppnade hon upp och kände sig trygg med oss. Lova hade alltid strumpbyxor på sig, på sommaren hade hon strumpbyxor under shortsen. Det var kokhett ute, ändå visade hon aldrig bara ben. Hon sa att hon inte tyckte om att visa benen. Jag minns en gång då mamma klappade henne på huvudet, hon hade jättefint långt mörkt hår, Lova sjönk då ihop och visade smärta. Mamma frågade hur det var? Varför har du ont? Lova tillät mamma att titta. Men snälla du, du är ju blå/lila i hårbotten. Jag vet sa hon. Vad har hänt? frågar mamma upprört. Lova tar då av sig sina strumpbyxor och visar sina ben, första gången hon visat dom. Hela benen var fulla med stora blåmärken. Lova började försiktigt berätta hur det kommer

sig att hon ser ut på detta sätt. Hon berättade hur mamman drog henne så hårt i håret, slog henne i huvudet där av dom blåmärkena. På benen berättade hon att mamman brukade slå henne med en kvast. Hon var rädd för båda sina föräldrar. Hon mindes vintrarna när hon var liten. Mamman brukade slita upp henne ur sängen, tog av henne naken och ställde ut henne naken i snön. Hon fick stå där jättelänge. Jag kan inte förstå hur en mamma kan göra så mot sina barn.. min mamma skulle aldrig göra något som skulle skada oss. Jag blev arg inombords, ledsen också. Stackars Lova. Mamma bad Lova att få hjälpa henne med detta, mamma sa att det är viktigt att Lova berättar hur hon har det, så hon ska slippa åka hem till föräldrarna. Men hon vågade inte. Mamma sa att om hon ändrar så finns vi för henne. Hon var lättad över att hon vågat berätta och att hon är trygg hos oss. Det gick några veckor, Lova ringde Jan mitt i natten, hon ville att Jan skulle möta henne på vägen. Hon hade fått nog. Mamma jobbade den natten. Så Jan började gå, det var 1.5 mil ifrån oss till henne. Dom gick i flera timmar innan dom var hemma hos oss. Mamma kom hem vid 8 på morgonen, Lova bad mamma om hjälp. Mamma ringde socialen i Kåge, och talade om vad flickan varit med om, och att vi var på väg in till dom. Mamma, Jan och Lova åkte. Dom hann och köra någon kilometer när Lova ser att det är en bil bakom som åker väldigt fort. Det är pappa skriker Lova. Mamma körde i mitten av vägen för att han inte skulle kunna köra förbi oss. Han körde in i våran bil, mamma kom åt sidan, och då fick han en lucka och kunde komma upp bredvid och prejade av mammas bil ner i diket. Mamma hade fastnat med foten under pedalen, hon kom inte loss. Mamma sa åt Jan och Lova att springa. Dom tar sig ur bilen och börjar springa. Dom springer allt dom orkar till första bästa hus. Där ringde dom polisen och berättade vad som hänt. Polisen kom, Lovas pappa var nu borta. Polisen hjälpte mamma till sjukhuset, och körde Jan och Lova till socialen. Mamma fick operera foten, gjorde en anmälan. Åtalen lades ner. Mamma blev tvungen att stel operera foten och överklaga nedläggningen. Men han klarade sig ändå. Lova skulle åka till ett barnhem i södra delen av landet. När hon satt på tåget kom det fram en äldre man till henne och gjorde närmanden mot henne. Han började antasta henne, hon blev livrädd. Hon lyckades på nåt sätt komma ifrån gubben, och blev upphämtad och körd till barnhemmet. Senare visade det sig att hennes pappa hade betalat och mutat åklagaren till att utsätta hans dotter för händelsen på tåget. Även den anmälan blev nedlagd. Ingen trodde på flickan, heller inte på mamma uppenbarligen. Lova berättade vid något tillfälle att hennes pappa brukade få tjocka bruna kuvert som han la in i kassaskåpet. De kuverten innehåll massa pengar. Mamma överklagade igen, men även den gången blev allting nedlagt. Pappan hade mutat både åklagare och domare. Trots alla anmälningar som mamma gjorde ledde det aldrig någon vart. Det gick inte att varken sätta dit föräldrarna eller myndighets personerna. Det var i alla fall skönt att Lova aldrig behövde återvända hem till sina föräldrar. Efter ett litet tag tog det slut mellan Lova och Jan.

Fadersgestalt

Jan träffade Frida, hon var snäll. Hon hade en dotter på några månader. Jan älskade barn så faders instinkt fanns där på en gång. Frida var inte van med små barn så Jan var en stor hjälp för Frida. Mia älskade Jan, han tog hand om henne som sin egen. Jan flyttade till Frida i Rosvik. Jag hade en lägenhet vid järnvägsstationen i Sundeby. Lägenheten låg ovanför ett nedlagt skomakeri. Det var bara två lägenheter i huset. Vi hade gemensam dusch och toalett. Samt gemensam tvättstuga, det var en kille, några år äldre än mig som bodde i lägenheten bredvid. Han var fotbollsspelare och varje lördag kom grabbarna hem till honom och kollade på tipslördag. Sen gick dom alltid ut och festade. Inte i Sundeby förstås, där finns ingenting, nej dom åkte till Luleå där det fanns i alla fall ett par ställen att välja på. Jag hade en jättebra kompis, Stellan hette han. Vi var bästa polare. Alla andra runt omkring trodde att vi var ihop, men det var vi aldrig bara väldigt bra vänner. Vi sov hos varandra men vi hade aldrig något intimt ihop. Vi var som syskon som trivdes i varandras sällskap. Jag hade en kille som hette Lars han var jämngammal med mig, och vi gick på samma skola. Hans mamma bodde ute på landet så man kan säga att han bodde hos mig. Vi var ett härligt gäng som umgicks, det var jag, Stellan, Lars, Henrik som tyvärr gick bort i cancer, Didrik, Lillen Anders hette han egentligen, han och jag var också nära vänner. Jerry var också en av grabbarna, han hade en raggarbil som vi brukade åka runt med på sommaren. Micke hans mamma var polis, hos honom hängde vi ganska mycket. Sen var det Björn, Erik och några till. Ja vi var ett gott gäng.

Lägenheten totalförstörd.

Jag och Lars hade varit ihop ett tag när jag fick veta att han hade varit otrogen. Jag blev arg och ledsen och slängde ut honom ur min lägenhet. Han hade gått bakom ryggen på mig med en klasskompis till mig. Nästa dag i skolan konfronterade jag henne, först nekade hon men efter en stund erkände hon och bad om ursäkt. Men jag godtog inte den, man gör inte så mot någon så jag sa upp bekantskapen med henne. Varje dag i skolan så nonchalerade jag henne. Det var jobbigt, men jag vägrade att förlåta henne. Lars hade saker kvar hemma hos mig som jag ville att han skulle ta, därför hade han kvar sin nyckel hem till mig. Jag jobbade lördag kväll, slutade kl 22, jag var trött och längtade efter en lugn kväll hemma. Men det blev inte som jag önskade. När jag kom hem då var det folk överallt. I trapphuset hängde det folk över räcket och spydde, det var kaos överallt. Jag kom in i lägenheten. Jag visste inte om jag skulle skratta eller gråta. Lars hade bjudit hela skolan på fest. Dom hade hoppat sönder min säng, glasbordet var krossat i tusen bitar, dom hade kissat och spytt i mina blommor, när jag kom in i vardagsrummet stod det en kille och kissade i min soffa. Hela lägenheten var totalförstörd. Jag gick ner till telefonkiosken som fanns strax utanför och ringde till Lars mamma. Hon kom och hämtade mig så jag fick sova hos henne den natten. Hon blev också fruktansvärt arg och besviken på honom. Dagen efter ringde han sin mamma, men hon hade inte mycket att säga honom. Hon sa åt honom att ersätta mig för allt som gått sönder. Efter denna händelsen valde jag att flytta till en annan lägenhet. Den lägenheten låg mitt i samhället. Jag trivdes bra även i den, men jag hade inte direkt tur med grannar. Dörren bredvid bodde Smålänningen. Han hade diagnosen schizofreni. Han kunde bli fruktansvärt hotfull. Han hade rån hotat mig och jagat mig och skrek att han skulle döda mig inne i den minilivs butiken som jag jobbade i. I nästa sekund kunde han stå och läsa upp fina dikter för mig. Han var opålitlig och jag visste aldrig vilket humör han var på. Han brukade visa mig alla ärr som han hade på kroppen efter gamla skottskador, och knivslagsmål. Ibland kunde jag vakna på morgonen av att någon grejade med min brevlåda, när jag gick upp för titta då kunde det ligga lappar på golvet. Där han hade skrivit olika meddelanden. En kväll gick jag till by krogen med kompisarna. Den kvällen träffade jag Vidar. Han hade varit i ett långvarigt förhållande som hade tagit slut. Vi blev ett par och efter ett tag flyttade vi ihop i en ny lägenhet. Allt var jättebra och vi var lyckliga, men efter några månader hände det något. Han började säga saker för att såra mig, gjorde saker på egen hand. Vi hittade inte på någonting tillsammans längre. Så hände det som inte fick hända just då: jag blev gravid. När jag berättade för Vidar blev han kall och elak, inte fysiskt men psykiskt krossade han mig totalt. Jag ville verkligen behålla det barnet, men han ville inte. Jag skulle göra abort. När jag låg där på britsen innan ingreppet kändes det som jag, fast i en annans kropp. Jag hade aldrig gjort det här om jag själv fått välja. Nu fick jag inte det. Efteråt kände jag mig som en mördare, psykiskt mådde jag fruktansvärt dåligt. Jag bara grät, jag ville försvinna. Det tog några dagar sen kom Vidar hem och sa att han hade fått en lägenhet i Luleå, dit skulle han flytta, vilket han gjorde. Jag orkade inte längre, hela världen rasade samman. Telefonen ringde, jag svarade inte. Den ringde om och om igen tillslut svarade jag det var Jan som undrade hur jag mådde. Jag brast ut i gråt och berättade vad jag varit med om den senaste tiden. Det dröjde inte länge förrän Jan fanns hos mig, jag kände mig trygg, jag fick samma känsla som när vi var små, då Jan omfamnade mig. Frida ringde till mamma och berättade att Jan hade betett sig konstigt hemma. Han hade varit stressad och orolig, gått fram och tillbaka i lägenheten.

Han sa det är nåt med Nina, det har hänt nåt med Nina. Frida hade sagt åt honom att lugna ner sig och ringa till mig. När jag inte hade svarat hade han fått fullkomlig panik. Frida fick honom att ringa mig om och om igen tills jag svarade. När jag väl svarade så fick han ju bekräftat att det hade hänt nåt. Mamma berättade för Frida om allt som hade hänt. Det enda Frida fick fram då var: det är helt otroligt han kände Ninas känslor. Och bevisligen gjorde han ju det. Jan mådde dåligt, han började umgås med sina gamla kompisar igen. Han började dricka en del och flydde från sina egna känslor igen. Detta blev för mycket för Frida. Hon hade ju ett barn att ta hand om så det slutade med att dom gick skilda vägar.

Mamma skiljer sig.

Mamma och Sune hade skiljt sig. Erik var 4 år, Kalle 6 år och Jesper var 7 år. Sune hyrde ett hus inte långt ifrån mamma. Till en början fungerade det bra med barnen.

Han hade pojkarna när mamma jobbade och vissa helger. Men sen började det spåra ur, jag tror att han inte ville att mamma skulle kunna komma iväg och vara med sin nya man. Felet blev att barnen blev drabbade, inte mamma. Jag valde att bo hos mamma när hon jobbade, och jag tog hand om pojkarna ibland så mamma fick komma iväg och ladda batterierna. Jag jobbade på samma jobb som mamma, det är ett äldreboende för dementa. Jag jobbade också inom hemtjänsten i Sundeby.

Oscar.

Jan träffade Marre. Hon var kompis med Jans bästa kompis Cim och hans tjej. Marre bodde i Bergsfors, men hon kom ner så ofta hon bara kunde. Hon älskade att vara hemma hos mamma på landet. När sommaren kom då flyttade Marre och Jan hem till mamma, dom gjorde iordning friggeboden och hade det som sitt. Hösten kom och Marre och Jan skaffade sig en lägenhet ute på landet. Dom hade skaffat en iller. Jag var livrädd för det äckliga odjuret. Den bet mig i tårna så fort den fick chansen, och kissade i mina skor, så det var nog ömsesidiga känslor mellan mig och odjuret. Dom fick tillfälle att hyra ett hus, bara 6 km från mamma. Det nappade dom på direkt, nu kunde vi träffas dagligen och spela kort och åka ut och fiska som jag och Jan älskade att göra. Jag och Jan brukade fiska i älven. Där fanns bara sumpfisk som vi kallade det. Vattnet där är brunt efter all jord som hamnat i vattnet från kohagarna. Men det var perfekt mat att ge till katterna. Vi fiskade mycket i mynningen också, där var det klart och fint vatten, så den fisken åt vi gladeligen. Ibland tog vi med en engångsgrill, folie, salt och dill så grillade vi fisken på plats. Marre blev gravid. Jan var så stolt och lycklig över beskedet, det var vi allihop förresten. I Mars skulle det bli av. Marre var livrädd för förlossningen, det var lång tid kvar på graviditeten men hon var jätterädd. Hon och Jan fick komma på besök till förlossningen och fick samtal för att minska hennes rädsla. Mamma brukade säga till Marre att det är som att vara väldigt hård i magen. Mamma har ju haft väldigt lätta förlossningar, den längsta förlossningen på fem barn har varit två och en halv timma från första värken till bebisen kommit ut.

Morfar blev sjuk.

Morfar fyllde år i februari, han fick åka in till akuten på sin 70 års dag. Det visade sig att han hade fått cancer, och det gick inte att göra något åt det.

Åter till Oscar.

Den 9 Mars 1998 föddes Jans först födde. Det blev en pojke Oscar. Jan var världens stoltaste pappa, och Marre världens stoltaste mor. Jan lämnade inte Marre och Oscar en sekund, han fick stanna kvar på BB och vara med sin underbara familj. Marre var lite arg på mamma, inte arg på riktigt men hon sa: åh du! du ska få för skita !! mamma brast ut i skratt, Marre menade det mamma sagt angående förlossningen. Marre tyckte inte alls att det var som att vara hård i magen som mamma sagt. Vi skrattade gott allesammans när vi pratade om det. Samtidigt som glädjen var total, så fanns en stor sorg också. Morfar blev allt sämre och Jan ville visa morfar sitt barnbarnsbarn. Personalen körde ut morfar i sin säng ut till korridoren där Jan och Marre väntade med Oscar. Morfar kunde inte prata, men man såg i hans blick hur stolt han var. Han kramade Jans hand och klappade pojken ömt. Det var en stor stund för oss alla. Det gick några dagar sen blev morfar jättedålig. Han tappade medvetandet och sköterskorna sa att det inte var lång tid kvar. Mamma, mormor, mammas syskon och några av

oss barnbarn var hos morfar hela tiden.
Personalen ordnade en säng bredvid
morfars som mormor fick sova i. Morfar
var ju mormors första och enda kärlek.
Dom hade aldrig varit skilda åt, så det var
viktigt att morfar fick ha henne där. Det
var lika viktigt som för mormor. Vi andra
satt på stolar runt om deras sängar och
sov med huvudena på sängarna. Morfar
skulle ha oss nära och känna sig trygg.
Jag tror att han gjorde det. Vi fanns där för
honom hela tiden. Vi beslutade att alla
som ville skulle få egen tid med morfar, vi
gick in var och en för sig för att ta farväl.
Jag satte mig bredvid morfar, jag sa att jag
älskar honom. Morfar kramade min hand,
jag brast i gråt och kramade om honom.
Han hörde mig, jag fick bevis på det och
det betydde väldigt mycket för mig. Jag
bad också morfar att inte vara rädd, vi är
med dig, vi lämnar inte dig. Jag lämnade
rummet och gick ut till de andra. Vi ringde
efter morfars syster Asta. Hon hade varit
sjuk så hon hade inte kunnat komma
tidigare. Vi satt samlade runt sängarna

när Asta kom. Hon satt i rullstol och var förkrossad över att se morfar på det sättet. Hon kom fram till morfar, tog hans hand och sa hej Ruben, jag är här nu. Sekunder efter hennes röst nådde morfar tog han sitt sista andetag. Han hade väntat på sin syster. Han ville ta farväl och det fick han. Jag var med och gjorde iordning morfar, vi tvättade honom, kammade hans hår, satte på honom kläder. Vi gjorde honom så fin. Han var så fridfull, nu fanns ingen smärta kvar. Personalen kom gråtandes ut ur rummet när dom hade sagt farväl till morfar. Dom tyckte att vi hade gjort honom så fin. Och dom hade aldrig sett en familj som stod varandra så nära. Dom var heller inte vana vid att anhöriga gjorde iordning de bortgångna. Oftast fick personalen ta hand om det, och då får dom bara ett vitt lakan över sig. Vi begravde morfar på Luleås kyrkogård. Det var en jättefin begravning. Det spelades bland annat Amazing Grace på trumpet. Den var underbart vacker. Det var en jättejobbig dag, men morfar blev hedrad av många människor. Och det var det viktigaste.

Sommaren 1998

Juni kom, jag och en kompis åkte till Turkiet i en vecka. Vi fick tag i en restresa så det blev med kort varsel. Vi hade jättekul där. Vi solade och badade och bara njöt av att komma bort ett tag. Men en vecka gick fort så det kändes som att vi bara var där och vände. Dagen efter att jag kom hem så skulle Oscar döpas. Jan ville att han skulle döpas i mammas trädgård. Mamma blev överlycklig. Oscar skulle ha morfars dopklänning, och morfars dopskål sedan mammas konfirmationsnäsduk och en dopmössa som jag hade gjort när Jesper skulle döpas. Jan var jättenervös. Han skulle ha en kostym på sig för första gången i sitt liv, och slips skulle han ha. Han hade ingen aning om hur slipsen skulle knytas, och inte blev det bättre av att vara så nervös. Det slutade med att prästen knöt slipsen åt honom. Prästen var en äldre man med mycket humor. Jan var inte religiös för fem öre, så han ville inte ha för mycket av gudssnack. Prästen respekterade det. Jag tror att det var därför Jan tyckte om honom så mycket., dopet gick snabbt och smidigt med mycket glädje och humor. Solen sken, Oscar var gudomligt söt, jag var fadder. Det kunde inte bli en bättre dag.

Jan flyttar.

Jan och Marre beslutade att flytta upp till Kiruna. Dom köpte ett hus i Krokvik. Det ligger strax innan Bergsfors. Jag ville inte att dom skulle flytta dit. Samtidigt som jag var glad för deras skull. Dom hade två hundar också Sessan och Bella. Sessan är mamma till Bella. Det var världens goaste hundar. I deras nya hus fanns en verkstad. Där brukar Jan och hundarna hålla till. Han hade fått jobb på ett äldreboende. Han brukade stå för den sociala biten med de gamla. En kvinna som också arbetar där brukar säga till Jan att det ska städas. Han sa då: jag jobbar inte här för att städa. Jag är här för dom som bor här. Hon sa inget mera. På boendet fanns en farbror som va jätte intresserad av bilar och motorcyklar. Jan köpte med tidningar satte sig med farbrodern i soffan. Jan läste för mannen och dom tittade på bilder. Den gamla mannen var så oerhört tacksam. Det bodde en gammal tant där också, hon var väldigt orolig av sig. Hon kunde vara aggressiv. Jan jobbade natt och tanten var fruktansvärt orolig och rädd. Jan kom in till henne, la sig i sängen bredvid tanten och klappade henne i håret, hon blev betydligt mycket lugnare av Jans handlande. Hon kände sig trygg och kunde somna i lugn och ro. Jan var verkligen där för dom gamla, det visade han på många olika sätt.

Jag tog över huset

Jag tog över huset som dom hyrde innan. Jag målade om och huset till mitt. Det var två rum och kök, och en lagom stor trädgård med ett äppleträd. Pojkarna bodde hos mig ganska mycket. Ena veckan fem nätter och andra två. Sune hade nu bara barnen varannan helg. Jag trivdes som bäst när pojkarna var hos mig, Max var också med. Max var en gammal tax. Han hackade tänder och var en go 16 årig sällskaplig hund. Han hade en egen personlighet kan man säga. Ibland kunde man leta efter honom, ingen visste var han var. Vi hittade honom då i någon säng, under täcket där låg han och sov. Han skulle alltid ligga i sängen med oss andra, man visste aldrig om han hade munnen eller rumpan upp mot våra ansikten. Han luktade lika illa från båda håll. Ja han var underbar våran gamla vovve. Mamma hämtade alltid pojkarna hos mig på mornarna när hon slutat jobbet, hon körde dom då till skola och dagis. Många andra var inte vana med att man hjälps åt så mycket i en familj. Men för mig var det alltid självklart. Mamma har alltid gjort sitt bästa för oss alla, så för mig var det inget konstigt att göra vad jag kan. Jag hade ju dessutom lovat pojkarna att alltid ta hand om dom, och finnas för dom. Familjen är det viktigaste för mig, utan dom är jag ingenting.

Januari 1999.

Jan ringde, det var januari. Han berättade att han mådde dåligt. Han berättade att han var rädd att han inte skulle vara en bra pappa för Oscar. Jag sa att han är en underbar pappa. Men han var rädd för att bli som våran pappa var. Han sa: det är farsan eller jag! Han sa inget mer. Men det var ju precis dom orden som jag själv hade sagt till mamma som 10 åring. Så visst förstod jag vad han menade. Men jag fick en oroskänsla i kroppen, innerst inne visste jag vad han menade, men jag ville inte tro det. Han sa att han inte kunde sova på nätterna, han bara gick runt i huset. Ibland grät han som ett barn.

Jan började berätta saker som han hade gjort i livet. Att han hade testat alla droger som finns förutom heroin. Jag ville inte höra, samtidigt som jag förstod att han behövde få ur sig det och lätta sitt hjärta på något vis. Jag försökte ge honom så mycket stöd jag kunde, han visste så väl att jag hatade allt vad droger innebar. Men han behövde öppna sig och berätta om sina hemligheter, och jag har ingen rätt att döma, jag ska bara finnas. Han berättade att han hade slutat med alla droger när han träffade Marre. Det gjorde mig glad inombords. Han flyttade för att komma ifrån sitt gamla liv och börja ett nytt familjeliv med Marre och Oscar. Det blev inte som Jan hade hoppats, ångesten och oron kom ikapp honom, han orkade inte mer. Vi har alltid haft en nära relation, men Jan är inte den personen som pratar om sina egna känslor, så detta var första gången han öppnade sig för mig. Jag var så stolt över att han kände den tilliten till mig. Jag dömde aldrig Jan för hans tidigare misstag i livet, det var då, nu är nu. Han ville inte att jag skulle säga något till mamma, han ville inte oroa henne. Jag lovade att behålla det för mig själv. Jag ville att Jan skulle komma hem och bo hos mig ett tag, vi kunde uppsöka läkare tillsammans, men Jan sa: det spelar ingen roll vart jag är, jag mår lika dåligt i alla fall, och läkarna tror inte på mig. Du kommer väl ihåg när jag sökte hjälp för ryggen?! Jag kom ihåg. Läkaren sa då att han bara var ute efter tabletter, att han inte alls hade ont. Samma sak var det när han hade problem med knäna. Ingen trodde på honom. Förrän han fick en privat läkare. Jag försökte ändå övertala honom att vi måste söka hjälp, och jag följer med honom. Jan började gråta, ingen tror på mig! Jag vet, svarade jag med gråten i halsen, men vi måste kämpa, vi måste kämpa tillsammans. Men jag fick bara till svar att han inte hade någon ork till att kämpa. Jag blev tvungen att acceptera han svar, men jag gjorde klart för honom att jag alltid kommer att finnas för honom, han visste det. Vi skulle höras en annan dag och det var extremt tungt att lägga på luren. Efter samtalet mådde jag fruktansvärt dåligt, jag hade en tung hemlighet som jag var tvungen att bära själv. Ibland fick jag ångestattacker, hjärtat rusade, jag höll på att svimma jag trodde att jag skulle dö när jag hade starka smärtor i bröstet. Det värsta var att jag inte kunde berätta för någon. Jan var över 30 mil bort, jag ville ha hem honom så jag kunde ha koll och hjälpa honom. Jag kände mig otillräcklig och helt handfallen. Det tog några dagar så pratade jag med Jan igen, han mådde nu sämre. Han berättade att han hade börjat få självmordstankar och var rädd för sig själv. Han hade tagit sig till akut psyk i Kiruna, men när dom ville lägga in honom drabbades han av panik så han fick med sig mediciner hem istället. Han skulle också få komma in på ljusterapi. Jag var så lättad och stolt över att han tillslut bad om hjälp, och på egen hand dessutom. Men oron låg och gnagde där inom mig hela tiden. Jan fyller 26 år den 26 mars 1999. Oscar hade precis fyllt 1 år 9 mars. Vi brukade aldrig fira födelsedagar på den dagen om det var någon som jobbade. Då firade vi efteråt, med tanke på avståndet. Men just detta året var det oerhört viktigt för mig att åka till Jan och fira hans födelsedag. Mamma jobbade hela helgen och hade ingen möjlighet att ta ledigt, och det var helt ok för Jan. Men jag hade så starka känslor, jag måste åka upp till honom. Jag kan inte sätta ord på vad som hände inom mig, men inget kunde stoppa mig. Jag frågade en kompis Richard om han hade möjlighet att följa med mig, jag hade ingen bil som jag vågade köra med så långt, Richard tyckte att det lät kul så han följde gärna med. För Jan gick det också bra. Han var bara så glad att jag skulle komma dit. Vi kom fram på fredag eftermiddag. Marre och Jan hade gjort mat som vi satte oss och njöt av på en gång. Vi satt och pratade hela natten. Marre jobbade hela helgen så vi åkte till

Kiruna och fönstershoppade lite. Vi åt på den berömda restaurangen där dom har den gigantiska kebab tallriken. Vi njöt av varje sekund. Jan hittade en skinnjacka som han köpte. Vi tillbringade hela dagen med att bara mysa och njuta av varandras sällskap. Det var en oförglömlig dag. Helgen gick fort och söndagen kom, det var dags att åka hem. Jag ville inte åka, vi beslutade att vi skulle åka till Biltema innan hemfärden. När stunden var inne då vi skulle skiljas åt, ja då kom tårarna. Jag grinade som vanligt, jag hatade verkligen farväl. Jan kramade om mig skrattade och sa: det är du och morsan, ni grinar jämt. Oscar var i Jans famn och vi kramades länge, jag ville inte släppa taget. Tillslut blev jag tvungen att hoppa in i bilen. Vi vinkade åt varandra, tårarna rann så jag såg nästan inget. Jag torkade dessa tårar så det gjorde ont. Det var en sak som skiljde sig mycket åt från tidigare farväl. Då kramades vi grinade en skvätt sedan åka. Men den här gången stod Jan kvar vid bagageluckan vid sin bil med Oscar i sin famn. Jag vände mig om och vi vinkade tills vi inte längre kunde se varandra. Det var precis som att vi inte ville släppa taget om varandra. Jag funderade på vad det var som gjorde att jag kände så starkt behov av att åka till honom. Vad var det som gjorde att det här farvälet var så jobbigt? Varför släppte vi inte varandra ur sikte? Frågorna och tankarna var fastklistrade i mitt huvud. Jag hade känslor i kroppen som jag inte hade upplevt på samma sätt förut. Allting kändes bara upp och ner, jag visste varken ut eller in. Jag hade en inre stress som var fruktansvärd att hantera. För tillfället hade jag ju inget att oroa mig för. Jag var singel, hade bra med arbete, hade vänner runt om kring. Jag kunde inte hitta orsaken till varför jag mådde så dåligt. Visst att jag kunde få depressioner men inte som det här. Jag ville bara krypa under jorden och aldrig återvända.

Jan är död.

Det gick drygt en vecka. Jag hade sovit hos mamma. Marre hade ringt dagen innan och var orolig över Jan. Han mådde nu så dåligt att han inte visste vart han skulle ta vägen. Detta var första gången som mamma fick veta sanningen. Självklart var det fruktansvärt för mamma, det blev som en chock för henne viket man kan förstå. Men mamma visade ingenting, hon ville vara stark för Jans skull. Vi pratade om att vi skulle åka och hämta Jan dagen efter. Den natten blev det inte mycket sömn. Oron över Jan tog överhand. Jag ville åka på en gång, paniken kom över mig. Det var svårt att kontrollera alla känslor. Jag la mig i sängen, någon minut senare vankade jag fram och tillbaka. Jag hade ingen ro i kroppen, jag kunde inte få någon ro att ligga ner i sängen, samtidigt var jag så fruktansvärt trött. Jag visste inte vart jag skulle ta vägen. Morgonen kom och mamma kom hem ifrån jobbet. Vi ringde till Jan under förmiddagen. Han hade lämnat Oscar hos Marres bror, Jan mådde inte bra och Marre arbetade. Han litade inte på sig själv när det gällde att ta hand om Oscar. Mamma pratade med Jan och försökte få honom lugn. Han ville att vi skulle komma till honom, och ta med honom hem till mamma. Han mådde nu så dåligt, han orkade inte mer. Jag pratade med honom också, jag sa åt honom att jag bara skulle åka hem och duscha och få på mig nya kläder. Vi bestämde att vi skulle åka vid 14 tiden. Jan sa att han var trött och skulle försöka sova lite. Han hade inte sovit en blund under natten. Vi sa hej då, ses sen. Jag sa till mamma att jag skulle åka hem och göra mig iordning för resan. Mamma skulle göra detsamma. Strax innan klockan två 5 april 1999, ringer mamma. Du får komma hit! Lugna ner dig, vad har hänt frågade jag upprört. Kom bara hit skrek mamma och lade på luren. Jag fick en fruktansvärd känsla i kroppen. Jag minns hur jag pratade högt för mig själv: va fan har du gjort Jan? Vad har du gjort? Jag slängde ner mina tillhörigheter i en väska och kastade mig in i bilen. Jag har alltid varit noga med att hålla hastigheten, men nu gick det inte. Mina tankar var att Jan nu hade flippat ur, druckit sig full och tagit bilen och därefter blivit tagen av polisen. Tankarna bara for runt i huvudet på mig, Jan vad har du gjort? Mamma sa ju aldrig på telefonen att det handlade om Jan, men jag visste. Jag kände det i hela kroppen. När jag kom fram till mammas hus satt hon ute på trappan. Jag samlade ihop mina saker som hade ramlat ur väskan i bara farten, kliver ur bilen. Mamma ställer sig upp och skriker rätt ut: Jan är död!! Jag tappade allt jag hade i min famn och bara skrek NEJ;NEJ;NEJ. Jag blev hysterisk, mamma sprang fram och omfamnade mig. Pojkarna var inte så gamla, Jesper sprang in i skogen, Erik sprang och gömde sig och Kalle blev helt apatisk. Dom blev naturligtvis jätterädda för mig så som jag skrek, men det gick inte att kontrollera. Hela min värld rasade den dagen. Jag ramlade ihop ute på trappan, hysterisk, okontaktbar. Jag fick astmaanfall, mamma försökte få i mig min medicin, men det gick inte. Jag slog omkring mig, mamma visste inte vad hon skulle göra. Jag hysterisk, två små barn som var borta, en pojk som stod helt apatisk, sin egen panik över att just mist sin son. Mamma gick in och ringde mormor. Inom en timma så var mormor, mammas fyra syskon och en del av syskonbarnen hemma hos mamma. Alla bodde alltifrån 4 mil till 6 mil bort så det gick fort för alla att komma. Jag fick blackout vid några tillfällen. Nu efteråt har dom sagt att jag bara försvann. Jag minns att jag vaknade upp och låg i mammas säng. Jag hade bestämt mig för att jag skulle åka upp till Jan. Jag måste träffa Jan!! Lisa mammas syster försökte lugna mig och förklara att jag inte kommer att få träffa Jan. Jag vägrade att acceptera det. Det var min Jan. Mamma berättade för alla hur det hade gått till. Vi skulle ju åka upp till Jan när telefonen ringde till mamma. Det var Marre, hon sa att hon varit på jobbet då dom hörde en ambulans, hon och hennes arbetskamrater hade sagt till varandra: usch nu har det hänt nåt i Krokvik, va otrevligt! Marre skulle sluta jobbet strax efter två men fick sluta innan två och åkte hem. När hon närmar sig deras hem ser hon ambulansen på deras uppfart. Hon parkerar bilen och springer ut till ambulansen. Där låg Jan livlös, hon blev chockad och förkrossad och bad om att få ringa mamma. Det var då mamma fick beskedet att Jan var borta. När Marre berättade för mamma vad som hänt hade mamma sagt: nä, du pratar skit får jag prata med nån som vet vad dom säger. Ambulanspersonalen tog över luren och bekräftade att det faktiskt var så som Marre sagt. Därefter ringde mamma till mig. Jag låg där i sängen och hörde mamma berätta, jag ville inte höra. Jag vill bara åka dit. Mamma sa att vi skulle åka dagen efter, men jag måste träffa en läkare först. Lisa och hennes dotter Elsa skulle följa med, det kändes skönt att ha dom med. Mamma ringde våran läkare

René morgonen där på, vi fick komma direkt. Jag gick in till honom redo att falla ihop. Han sa: här ska vi inte sitta, röker du? Ja svarade jag. Kom så går vi någon annanstans och pratar, han tog mig in i hans tvättstuga. Han hade sin praktik i en vanlig villa. Vi satte oss ner, började prata. Det kändes bra att sitta där med honom. Jag fick inte känslan patient och läkare utan här var det en medmänniska som ville lyssna på mig och hjälpa mig i min sorg. Vi satt där i tvättstugan närmare två timmar. Han ville att jag skulle ha en medicin så jag fick sova ordentligt, han sa att kroppen inte orkaratt bearbeta sorg, om den aldrig får vila. Jag tyckte att han hade rätt i det han sa, men jag vet inte om jag var så närvarande egentligen under dom timmarna. Men för mig spelar det ingen roll, han var ett stort stöd, en människa med medkänsla och en enorm empati och medmänsklighet. Det han gjorde för mig den gången kommer jag aldrig att glömma. Efter läkarbesöket åkte vi upp mot Krokvik. Jag ville komma fram snabbt samtidigt som jag var livrädd över vad jag skulle möta där. Efter några timmar i bilen började vi närma oss. Jag började skaka, svettas och hjärtat rusade inombords som aldrig förr. Jag vill inte!! Mamma parkerade bilen intill staketet. Jag tittar upp och ser trappan där Jan dog igår. Jag skrek, fick panik. Mamma och Lisa försökte lugna mig men det gick inte. Marres pappa och bror fick komma ut och ta hand om mig, jag hade varit totalt galen. Jag minns ingenting om det, men mamma berättade i efterhand. Dom hade varit nära att tillkalla ambulans för dom blev rädda över mitt tillstånd. Jag hade drabbats av en psykisk kollaps. Det tog en stund sen lugnade jag ner mig en aning, jag hade svårt att passera trappsteget, men till slut kom jag in i huset. I hallen möts jag av Oscar kopia av Jan, då kom nästa kollaps, jag hade bara skrikit: Ta bort honom!! Ta bort honom !! jag kunde inte se denna underbara pojke. Mamma fick i mig en lugnande, jag

somnade på soffan av ren utmattning.
Grannen mitt emot kom över, beklagade
sorgen och sa att det var hon som hade
tillkallat ambulans. Hon berättade att
hon hade sett Jan ute i trädgården, vankat
fram och tillbaka. Han hade gått in en
stund och sedan kommit ut igen klädd i
kalsonger och T-shirt och tänt en cigarett.
Grannen hade en väninna hos sig, dom
satt i köket och fikade när dom såg Jan.
När hon hade sett Jan gå så tunnklädd
ute sa hon till väninnan: jag kanske ska gå
över och fråga hur han mår, det är för kallt
att vara så tunnklädd. Väninnan sa då att
dom inte borde lägga sig i, så dom
avstod. Dom tänkte att han kanske var
full. Efter en stund hade han satt sig på
trappan, lutade huvudet mot
järnstaketet. Grannen reste sig upp och
sa att hon skulle gå över till Jan, det är
kallt ute. När hon kom fram till Jan rann
det blod från näsa och mun. Hon försökte
få liv i honom, det gick inte. Hon ringde
efter ambulans. Denna stackars granne
mådde så fruktansvärt dåligt. Tänk om

hon hade kunnat förhindra det som skedde? Mamma sa att hon inte kunde det, han hade bestämt sig. Men hon fick fruktansvärda skuldkänslor. Hon sa: om jag hade gått ut första gången, då hade han överlevt. Mamma sa att det troligtvis inte hade gjort någon skillnad. Det gick inte att rädda hans liv. Sessan Jans hund låg på trappan och vägrade att komma in. Varje gång det körde förbi en bil, lyfte hon på huvudet och viftade på svansen, när hon upptäckte att det inte var Jan som kom sjönk hon ihop igen. Hon varken åt eller drack, hon bara låg där. Sessan var en stor hund, blandning mellan labrador och rottweiler. Marre fick nästan bära in henne på kvällen, hon vägrade att gå in. Kvällen kom och vi skulle sova. Jag sov på soffan i tv rummet. Lisa och Elsa sov på en madrass inne hos mig. Jag hade tagit min medicin så jag somnade ganska snabbt. Det gjorde inte Lisa och Elsa. Elsa sa: mamma kände du nåt? Ja svarade Lisa, det kändes precis som att någon klappade mig på kinden. Det kände jag också sa Elsa. Dom blev rädda över upplevelsen, samtidigt som dom visste att det var Jan som gjorde det. Det kunde inte vara någon annan, inte idag efter vad som inträffade igår. När vi var små fick jag och Jan varsin väggklocka av farmor och farfar. Dom var bruna, mörkbruna och ganska stora. Jan hade försökt att få igång sin i flera månader, tillslut lyckades han få den att fungera, den ding donga varje timma. När Jan mådde som sämst så tyckte han att det var jobbigt med ljudet från klockan, så han skulle stoppa den, men nu var det problem åt andra hållet. Han lyckades inte få den att stanna. Samma natt som Lisa och Elsa kände klappen på kinden, stannade klockan. Det gick aldrig att få den att fungera igen. Under några nätter framåt hände det märkliga saker i huset. Jan och Marre hade hängande fönsterlampor ovanför sängen. När Jan mådde dåligt så brukade han skruva ur lampan ovanför sin sida. Han klarade inte av ljuset när han mådde så dåligt. När Jan

hade dött skruvade mamma i lampan
igen. Dom släckte ner för att sova.
Mamma sov på Jans sida av sängen.
Marre och mamma låg och pratade, helt
plötsligt smäller det till. Mamma skulle
tända lampan för att se efter vad som
hände. Lampan var sönder, det var den
som hade smällt.
Marre blev livrädd men mamma lugnade
henne och sa att det var Jan som visade
att han är med oss. Mamma hann knappt
säga färdigt meningen förrän dom hörde
ett klirr ute i köket, dom for upp ur sängen
och ut i köket. På golvet fick dom syn på
skålen, där Marre hade lagt Jans
förlovningsring. Skålen kunde omöjligt ha
ramlat ner för egen maskin, fläkten var av
äldre modell och hade en platt hyll plan
ca 15 cm bred. Skålen var liten, så den
kan inte ramlat ner av sig själv. Nu hade
dom verkligen bevis på att det var Jan.
Den uppfattningen hade vi alla när vi
berättade allas upplevelser. En gatlampa
började blinka, Sessan blev orolig
började gny. Hon sprang mot ytterdörren

och visade att hon ville ut. När hon
släpptes ut sprang hon direkt till
verkstaden och skällde utanför. Vi
öppnade dörren, hon sprang in och la sig
i sin fåtölj. Jan hade ställt in varsin fåtölj
åt hundarna som dom låg i när han fixade
och grejade i verkstaden. Det gick inte att
få henne att lämna sin fåtölj, hon bara låg
där. Vi lockade med extra god mat men
ingenting hjälpte. Sessan sörjde lika
mycket som vi andra. Jag kramade om
henne och satt hos henne, hon la
huvudet i mitt knä och där satt vi jag och
Sessan. Hon väntade, men det hon
väntade på kom aldrig. Det tog många
dagar innan Sessan åt eller drack. Bella
var en valp och hade inte beteende som
Sessan. Hon var mer som vanligt, men
hon märkte ju att det inte var som vanligt.
Men hon sörjde inte så som Sessan. En
dag åkte vi till en bror till Marre Fredrik. Vi
satt i köket och drack kaffe och pratade.
Vi pratade lite om begravningen, ingen
ville prata om det men vi var tvungna.
Mamma ville att Jan skulle komma hem,

Marre höll med om det. Mamma sa till Marre att det var jätteviktigt att hon ringde till försäkringsbolagen. När det kom på tal börjar Fredrik plötsligt gnida sina händer och säger: nu får du massa pengar Marre, det är ju bra!! Marre och mamma var i ett samtal, jag tror inte att någon av dom hörde vad han just sagt. Men jag hörde, jag fick inte fram ett ljud, jag kände hur jag blev ilsken inombords. Men jag fick inte fram ett ord. Jag lämnade rummet och ville aldrig se honom igen. Hemma hos Jan och Marre hittade vi ett grönt litet kollegieblock, Jan hade skrivit några rader. Det var daterat 4 mars 1999. Mådde verkligen skitdåligt, ringde läkarstationen och fick tid hos Joakim S. Var otroligt nervös och rastlös inför mötet med J S. Åkte dit ! svårt att förklara hur jag mår. Han skrev ut antidepressiv medicin. Tog första tabletten samma kväll. Pratade med Marre, gick bättre än jag trodde. Somnade

5 mars 1999 Var ute och skottade medan Oscar låg och sov. Kom ungefär halvvägs, började grina och gick in. Satt på golvet och grät som ett barn. Andades så jag trodde lungorna skulle spricka. Gick ner i källaren, tog en cigg och försökte lugna ner mig. Mådde lite bättre efter ungefär en kvart –

Min dikt till Jan

Du försvann från vår fysiska jord

Det finns inga hjälpande ord, ingen tröst att få

Alla frågor som aldrig kan få svar

Alla ensamma stunder och önskan att du vore kvar

Jag ser bilder av dig och minnen av oss

Du var mitt kött och blod

Du var min älskade bror

Efter några dagar åkte vi hem igen. Vi kunde inte få träffa Jan, han var på väg till obduktion. Jag hatade tanken att dom skulle sprätta upp min bror. Låt han få frid! Låt honom vara! Jag visste ju att dom måste göra så, men jag klarade inte av tanken. Marres mamma ringde. Hon och Marre hade varit i kontakt med psykvården dit Jan hade varit. Inte nog med vad vi redan varit med om. Nu kom nästa chock. Nu fick vi reda på hela sanningen. Jan hade påbörjat ljusterapibehandling. Han tyckte att det kändes bra och var glad över att det fanns något som hjälpte honom. Han hade fått olika antidepressiva mediciner eftersom han inte hade märkt någon effekt av dom han hade provat. Han hade fått gå på ljusterapi vid ett par tillfällen, sen var det slut för säsongen. Nu var det vår, då behöver man ingen ljusterapi enligt sjukvården. Det blev en stor besvikelse för Jan eftersom han hade känt effekt av just den behandlingen. Den 5 april 1999 samma dag som vi skulle hämta hem Jan, hade han ringt till akutpsykiatrin och sagt att han hade tagit en viss mängd med tabletter. Han hade ångrat sig och ringde därför och bad om hjälp. Den så kallade välutbildade sköterskan hade då sagt till Jan att uppsöka närmsta granne och be om hjälp. Hon struntade fullkomligt i Jans fråga om hjälp, och skickade heller ingen ambulans. Hon valde att nonchalera Jan fullständigt. Enligt obduktionen så hade Jan börjat ta tabletterna redan på förmiddagen, alltså hade han börjat när jag och mamma pratade med honom, var det därför han kände sig trött? I våra egna spekulationer så tror vi att efter samtalet med psykiatrin hade han tagit alla tabletter som han kom åt. Han fick återigen bevis på att sjukvården inte trodde på honom och gav upp. Det som tog Jans liv var inte alla de antidepressiva mediciner, utan Distalgesic. En värktablett. Sköterskan fick behålla sin legitimation, hon fick en ynka prick på sig. Vi miste våran älskade Jan. Hon hjälpte Jan att ta det steget som han var rädd för, nu fick han hjälp av en så kallad empatisk, välutbildad inom psykiatrin som mer eller mindre talade om för Jan att han inte var någonting värd. Jag blev så oerhört upprörd när jag fick höra detta, en prick? För ett människoliv?? Obduktionen visade inga tecken på varken alkohol eller narkotika, det gjorde oss lugnare i familjen. Vi visste att han kämpade, han kämpade för att få hjälp ifrån sjukvården, han kämpade för hans ångest gentemot Oscar, han kämpade för att inte visa hur han egentligen mådde. Han kämpade livet ut. Jag hade aldrig klandrat honom om han hade haft narkotika eller alkohol i kroppen. Han fick ju inte den hjälpen som han skrek efter att få. Så det hade inte varit konstigt om han hade tagit till andra medel för att slippa känna för en stund. Nu gjorde han inte det, han är min hjälte och det kommer han alltid att vara. Vi mötte upp Jan hemma i Hortlax, han skulle ligga nära oss. Vi ville att prästen som döpte Oscar skulle vara prästen även mot Jans sista färd. Han hade ingen tid förrän efter tre veckor, men för oss spelade det ingen roll. Huvudsaken var att det blev han. Jan fick ligga i kylrummet som låg i anslutning till kyrkogården. Jan skulle komma hem, när vi såg bilen då fick jag en bekräftelse på att det var sant på riktigt. Jag ville inbilla mig att allt bara har varit en fruktansvärd mardröm. Det var det inte. Dom bar in Jans kista in i kylrummet. Lennart från Fonus bad oss vänta lite innan vi skulle komma in. Han ville öppna kistan och sätta på Jan kalsonger och en skjorta då ja bad om hjälp med det. Jag tyckte att det kändes bäst så. Jag ville inte se ärren efter obduktionen. Jag kände också att det inte var rätt att Jan skulle blotta sig för mig. Respekten mot Jan var väldigt viktig för både mig och mamma. Vi gick in, mamma, jag och Marre höll hårt i varandra när vi sakta närmade oss Jan. Han var så fin, han var så fridfull, så lugn. Han hade inte ont längre. Han hade rosenröda kinder. Det enda som var missfärgat var fingertopparna. Jag och Marre började klä på honom kläderna. Han skulle ha sin kostym som han hade på Oscars dop. Det var den värsta upplevelsen som jag någonsin varit med om, samtidigt som det var den finaste. Han såg så fridfull ut, lugn på något sätt. Vi la ett av Jans fiskespö bredvid honom och la ett kort på

Oscar i hans hand. Pojkarna hade ritat teckningar som vi också la hos honom. Mamma ville inte vara med och klä Jan, hon sa: jag klädde Jan som barn, men jag kan inte klä honom som vuxen. Vi respekterade mammas ord och vilja. Vi förstod vad hon menade. Hon har gjort allt hon har kunnat för alla sina barn, men klä sin först födda som vuxen, det var inte rätt. Man ska inte överleva sina barn, det är inte rättvist. Vi tog många fotografier hos Jan. Vi tyckte att det var viktigt som en slags bekräftelse de stunder man tvivlar på sanningen. Jag blev sängliggande, jag kunde inte ta mig upp. Mamma pratar med mig och jag hör henne, men jag lyssnade inte. Familjen turades om att bo hos oss. Alla var helt underbara, dom tog verkligen hand om oss. Ann-Charlott mammas arbetskamrat och goda vän kom hem helt oväntat med matkassar. Hon tyckte inte att vi skulle behöva tänka på mat. Det var det finaste hon kunde göra för oss. Hon fanns där för oss, hon behövde inte säga någonting, bara finnas. Och det gjorde hon verkligen. Sonny kom hem. Det var

Jans bästa kompis här uppe på dal. Han ville så gärna ha Jans keps. Jan hade alltid den där fula kepsen på huvudet, men det var han. Sonny fick självklart kepsen och det blev väldigt känslosamt för honom. Jag låg i mammas säng, hade inte ätit på flera dagar. Jag hörde mamma och Sonny ute i köket. Dom pratade minnen. Ena stunden grät dom andra skrattade dom. Sonny berättade gamla fiskeminnen, dom kunde inte göra annat än att skratta åt dom. Det var en salig blandning mellan glädje och sorg. Jag blev arg, hur kan ni skratta? Jan är död skrek jag och brast ut i gråt. Mamma kom in till mig, satte sig vid sängkanten. Hon sa: vi skrattar inte åt Jan, vi skrattar med Jan. Man måste få tillåta alla känslor, glädje, sorg, förtvivlan, ilska. Alla känslor är rätt, och Jan hade också skrattat om han hade varit med oss nu. Jag sa till mamma att jag inte tyckte om när dom skrattade. Han är död mamma!! Jag vet sa mamma med tårarna rinnande längst hennes kinder. Men Jan är vår glädje, fast att vi har mist honom. Han kommer alltid att finnas i våra hjärtan, och minnena kommer vi alltid att bära med oss. Det kan ingen ta ifrån oss. Så även i denna fruktansvärda, ofattbara stund så måste vi få tillåta oss alla känslor. Mamma pussade mig på kinden, jag somnade. Kyrkvaktmästaren lämnade sitt telefonnummer till mamma. Vi fick ringa dygnet runt, om vi ville åka till Jan. Han skulle komma och öppna åt oss när som helst. Vi kunde åka dit flera gånger om dan. Bara klappa på honom, ge honom en puss på kinden. Jag kunde se stiften på Jans hals efter obduktionen. Men Jan gillade inte att ha sista knappen knäppt, så det skulle han inte ha nu heller. Han sa alltid att han kände sig kvävd, och den känslan skulle han inte ha nu heller. Han skulle vara ledig och fri. När Jan hade legat där i två veckor sa kyrkvaktmästaren att vi skulle undvika att pussa på Jan. Det hade blivit förändringar sa han. Vi förstod direkt vad han menade, men jag tror att det var oerhört jobbigt för honom att behöva säga dom orden till oss. Men samtidigt har naturen sin gång och det kan vi inte påverka. Vi fortsatte att åka till Jan men inte lika ofta den sista veckan. Det kändes inte rätt, vi hade nog sagt vårat farväl. Vi pratade hemma hur begravningen skulle vara. Det blev för mycket för mig, jag ville inte lyssna. Det enda som jag sa till dom var att jag ville ha en jordbegravning. Jag vill inte att Jan ska eldas upp. Hans skelett skulle bevaras. Om han skulle brännas då hade det varit som att han aldrig hade funnits. Så är det ju naturligtvis inte, men så kändes det. Jag ville ha en grav där jag visste att Jan låg. Mamma och Marre höll med. Mamma ville ha tryggare kan ingen vara, vem kan segla. Marre ville att dom skulle spela Titanic låten med Celine Dion. Några dagar innan begravningen började Marre bli sugen på alla dess konstiga saker i tid och otid. Hon vaknade en morgon och var sugen på en räksmörgås. Mamma och jag sa direkt att vi får åka till mödravården för att ta ett graviditetstest. Vi åkte in till Kåge, mamma och jag väntade otåligt i bilen. Marre kom tillbaka satte sig i bilen och säger: jag är gravid. Vi grät av lycka, samtidigt som det fanns en sorg idet. Jan skulle få ett kärleksbarn till, fast från andra sidan.

Begravningsdagen kom.

Jag hade på mig min isblåa klänning som jag hade när Oscar döptes. Alla i familjen hade ljusa kläder. Vi stod utanför kyrkan och såg alla strömma in. Jans alla vänner och gamla flickvänner var där. Några bodde numera utomlands men dom kom för att hedra, och följa honom på sin sista resa. Jag såg Rickard, då bröt både jag och mamma ihop. Rickard levde inget bra liv, han hade gått ner sig fruktansvärt mycket i alkoholen. Men när han kom gåendes mot oss, så var han så fin. Fina kläder, välkammat hår. Man såg att han ansträngt sig för Jans skull. Hans vänner berättade att Rickard hade kämpat hårt. Han hade hållit sig nykter i två veckor för att vara värdig på Jans begravning. Han ville hedra Jan på detta sätt och det gjorde han verkligen, flera gånger om. Jag minns när vi kom in i kyrkan. Jans kista var vit klädd med massa vackra blomsteruppsättningar. Hans fiskespö var också där, och nallen som han hade fått på sin 6 månaders dag. Jag kommer ihåg att vi satt på första raden på höger sida om Jan. Jag har en del minnesluckor från den dagen. Men jag minns Amazing Grace, och vem kan segla. Jag minns vissa delar av vad Lennart sa. Jag minns att han sa att han skulle läsa upp en dikt som jag hade skrivit till Jan.

Jag tänker tillbaka på saker vi sa för längesen

Nu sitter jag här ensam och ser när världen passerar förbi

Varje gång vi skiljdes åt kändes det alltid så tomt

Nu har du lämnat mig

Men var du än är och vad du än gör så älskar jag dig. Du kommer alltid att hålla en bit av mig, vart du än går

Jag saknar tiden vi hade och saker vi brukade göra

Jag saknar tiden då allt gick våran väg

Jag saknar dig och älskar dig av hela mitt hjärta

Och även att jag inte kan se dig

Så är du hos mig ändå.

Nästa minne som jag har var när ceremonin var slut i kyrkan. Jag minns att det var Mats, Oscar, Sonny och Lennart som bar kistan. Det kanske var fler men det minns jag inte. Vägen fram till platsen där Jan skulle ligga var hemsk. Jag minns inte ens vem som tog hand om mamma. Vi kom fram till det stora mörka hålet, prästen började prata. Jag hörde inte ett ord av vad han sa, jag ville inte att Jan skulle ner i det där hålet. Prästen gjorde tecken på att det var tid för att sänka Jan. Jesper Jans närmsta vän knäböjde tillsammans med Jan. Jag fick panik, jag vände mig om och gick och skrek. Jag kunde inte se på när Jan försvann ifrån mig för gott. Jag föll ihop, Mats kom och omfamnade mig. Han släppte inte taget om mig, han var tryggheten och min räddande ängel. Utan honom hade jag inte stått upp, jag hade aldrig klarat av att vara kvar om inte Mats hade funnits vid min sida och stöttat mig genom denna brutala upplevelse. Vi gick till församlingshemmet, jag kommer inte ihåg vilka som var där. Men jag kommer ihåg låten. Marre vill att dom skulle spela My heart will go on med Celine Dion. Jag har så många minnesluckor från den dagen och det gör mig ledsen. Jag minns inte ens vilket datum det var den dagen. På något sätt så minns jag inte, den dagen finns inte på något sätt. Jag vill inte att den ska finnas, på samma sätt som den 5 april inte skulle få finnas. Det gör så ont i mig, jag kan aldrig förklara med ord hur mycket detta krossade mitt hjärta, och det är en bit som aldrig kommer att bli hel igen. I församlingshemmet över räckte kyrkvaktmästaren ett kassettband till mamma. Dom hade spelat in hela ceremonin inne i kyrkan, han sa att det kan vara bra att ha det när man tvivlar och det kan hjälpa till i sorgearbetet. Han sa att man inte är i medvetande under begravningen, och det kan dyka upp frågor i efterhand och då kan det vara bra att lyssna på bandet. Vi tog tacksamt emot det. Jag ville flytta ifrån huset, det var alldeles för jobbigt med alla minnen efter Jan. Inte att han orsakade mer smärta, utan att jag kände att det blev för mycket känslor att bearbeta. Jag behövde komma bort för att kunna börja mitt sorg arbete.

Jag flyttade

Jag fick en tvåa i Kåge, mitt i centrum. Jag hade egentligen bara behövt en etta för jag kunde inte sova i sovrummet, utan jag låg på soffan. Jag hade behov av att kunna se både ytterdörr och balkongdörren samtidigt. Jag var så otrygg i mig själv och jag tog mig inte för att kliva upp, så jag låg bara där. Jag varken åt eller skötte om mig själv. När jag väl kom in i duschen så hoppade jag i min pyjamas igen. Jag orkade inte ta mig för någonting. Jag låste in mig i mig själv. Under två veckor hade jag gått ner 14 kg. Jag såg ut som ett levande lik. Jag hade kämpat så länge för att gå upp i vikt, jag hade lyckats att gå upp till 54 kg, men nu var jag nere på 40. Mamma ringde mig typ varannan timma och frågade hur det var, om jag hade ätit, om jag hade varit ute lite. Jag ljög varenda gång och sa att jag hade gjort vissa av dessa saker. Jag som aldrig har ljugit för mamma. Jag fick ångest över att jag ljög, men jag ville inte oroa mamma. Hon visste nog, men jag kunde bara inte säga som det var, jag tror inte att mamma hade klarat det. Men det var klart att hon såg. För mig spelade ingenting längre någon roll, jag orkade inte, jag orkade ingenting.

Pappa dog.

Det blev morsdag 1999, mamma var hemma hos mig när telefonen ringde. Det var Jimmy. Han berättade att polisen hade ringt till honom och meddelat att dom hade hittat min pappa död i sin lägenhet i Bergviken. Jimmy ville att jag skulle ringa till polisen och informera att jag har fått informationen. Jimmy sa också att vi inte fick gå in i lägenheten, han ville att polisen skulle förklara närmare för mig. Jag blev chockad, fast ändå inte. Men tankarna föll tillbaka på vad Jan sa till mig den där gången i januari. Det är farsan eller jag. Varför kommer det sig att pappa dör sju veckor efter Jan? Jag ringde till polisen och bestämde att jag skulle komma ner. Jag och mamma åkte, det var en jobbig resa. Jag ville inte vara med om detta. Inte nog med att Jan precis hade dött, nu var det pappa också. Jag var den enda kvar som fick ordna och fixa med allting med pappa också. Han hade bara mig och Jan, så allt ansvar vilade på mina redan nedtryckta axlar. Polisen sa till mig att vi inte fick gå in i lägenheten, det måste saneras innan. Mag och tarmsystemet hade brustit. Det var blod och avföring överallt. Han hade supit ihjäl sig. När Jan hade dött så ringde jag till pappa och berättade att han hade dött. Pappa säger då: oh fan hade han taskiga nerver?! Jag har aldrig sagt ett ont ord till pappa, men den här gången brast det. Jag sa upp bekantskapen och var fruktansvärt arg på honom. Och för första gången i mitt liv så vågade jag visa det och talade om det för honom. Jag slängde på luren i örat på honom. De kommande dagarna ringde pappa och hotade Marre. Han skulle minsann komma och "TA" henne. Han skulle göra livet surt för Marre. Varför hon blev behandlad på det sätten vet ingen av oss. Det är ju ändå han som är orsaken till Jans utgång. Pappa fyllde 50 år den 16 maj. Ca två veckor senare var han död. Jag hade alltid sagt i alla år att pappa överlever inte sin 50 års dag, det gjorde han med två veckor. Saneringen var klar, mamma och jag åkte dit. Jag ville inte, men jag var ju tvungen. Ingen annan fick ta hand om allting så jag hade ju inget val. Vi mötte upp Jimmy, vi öppnade lägenhetsdörren. Jag fick rysningar i hela kroppen. Det var fruktansvärt otrevligt att gå in. Vi började rensa bland alla pappas saker. Jimmy tog pappas havsfiskespö och en klocka. När vi kom in i köket och öppnade skåpen var det som att öppna dörren till 70 talet igen. Där stod kristallglasen, kaffeservisen som mamma och pappa hade fått i bröllopspresent. Allting var oanvänt. Han hade kvar allt från mammas tid, sängkläder, gamla födelsedagskort som pappa fick av Mats och Betty på sin 30 års dag. Det var nästan kusligt att se, han levde kvar i det gamla. Vi hittade ett gevär i garderoben. Tankarna kommer tillbaka om det geväret var just det han hade använt på mamma när jag var barn? När mamma bad honom trycka av. Jag vet inte hur mamma kände eller tänkte där och då och jag ville inte fråga henne heller. Jag fick en klump i magen av obehag. Vi valde att åka till polisen med det, jag visste inte vart jag skulle göra av det och jag ville verkligen inte ha med det att göra. Vi packade bilen med de saker som vi fick plats med och åkte hem. Jag åkte till Fonus och träffade Lennart. Han visste en del om relationen mellan pappa och oss, så vi behövde inte gå ingående på bakgrunder. Det ska vara en enkel borglig begravning. Han ska kremeras, jag ville inte ha någon grav att ta hand om. Jag visste att pappa ville bli spridd över havet. Lennart sa att jag måste ansöka om tillstånd. Det kan ta allt ifrån ett halvår till ett år innan man får besked. Jag ändrade mig, jag ville inte ha det hängande över mig. Det får bli i minneslunden istället. Pappa skulle få en värdig begravning, varken mer eller mindre. Mats och Anna följde med på begravningen, inte för pappas skull utan som stöd för mig i egenskap som faddrar. Jag hade valt musik: det blev Brigde over troubble water. Och där rosor aldrig dör.

Jag visste att pappa tycker om dom. I kapellet var det inte många som kom. Mats, Anna, jag, mamma, Jimmy och tre stycken alkoholist kompisar. Var var alla så kallade vänner? När han hade sprit och pengar då hade han hur mycket vänner som helst. Nu när han var död och inte längre kunde bidra till sprit så var han ingenting värd längre. Fina vänner!!! Efter begravningen åkte vi till lägenheten. Vi hittade pappas bankkort, med ett kontoutdrag. Det visade sig att någon hade tagit ut 6000 kr från hans konto. Det som var märkligt var att uttaget hade skett efter pappas död. Pappa hade legat död hemma i soffan i flera dagar när polisen upptäckte honom. Och om man jämför vad obduktion protokollet och uttaget, så stämmer det inte. Någon hade gått in i pappas lägenhet och varit fräck nog att hämta kontokortet och tagit ut pengar på hans konto. Sedan gått in och lämnat kortet och kontodraget, medan pappa låg blodig, fastklistrad i soffan. Man kan ju undra vad det är för sjuka människor som finns här i världen. Det visade sig också att någon hade tagit pappas båt och motor. Dom återfanns aldrig, och jag vet inte vem som tog dom sakerna. Jag orkade inte göra anmälningar. Jag ville bara därifrån. I lägenheten upptäckte vi flera saker som saknades. Mamma saknade alla silverbestick som pappa hade från mammas tid. Det gjorde mig arg hur någon kunde gå in i pappas lägenhet och stjäla saker och pengar ifrån honom. Det kom aldrig fram vem det var som hade gjort dessa saker, jag hade mina misstankar men kunde inte bevisa något, så jag struntade i det. Jag ville bara bli klar med lägenheten och allt runt omkring. Det tog ett tag, och Lennart från Fonus ringde. Urnan var nu ner grävd. Dom hade gjort flera urgrävningar för att man inte skulle kunna veta vart dom grävt ner just pappa. Mamma ringde en dag som alla andra, hon sa att jag skulle göra mig iordning, vi skulle iväg på en sak. Jag hade naturligtvis ingen lust, men mamma envisades med att det var viktigt. Jag minns att jag grät över att jag var tvungen att göra mig iordning, det var så tungt och så jobbigt. Det tog lång tid att göra det jag skulle, men tillslut var jag färdig. Vi skulle åka någonstans, jag kom ut, det värkte i mina ögon, jag såg nästan ingenting. Jag var ju van att vara inlåst i min lägenhet med fördragna persienner. Vi åkte norr om Kåge till Skötterud gård. Vad ska vi göra här? Du ska få se sa mamma. Vi parkerade bilen och gick ur. Vi möttes av en kvinna, hon började ropa: Nisse Sjögren. Jag tänkte: ropar hon på en gubbe? Va är detta? Hon ropar igen: Nisse Sjögren. Nu äntligen kommer han sa hon och skrattade. Jag tänkte var är det roliga? Fram kommer det en 12 veckor gammal hundvalp, blandning mellan labrador och Chefer. Han var så söt, helt gudomlig, svart med lite vitt, stora tassar hade han, ja helt underbar. Mamma frågade om jag ville ha honom. Jag trodde inte mina öron, men svarade tveklöst JA. Då är han din sa ägaren. Jag kände så stark kärlek till denna lilla underbara hund. Men Nisse Sjögren lär han inte heta länge till. Nä Ludde det var namnet, han såg ut som en Ludde, så det blev det. Efter att jag fick honom så vände mycket i mitt liv. Nu hade jag ett ansvar, jag får inte låta honom lida för att jag inte orkar, eller att jag tycker att livet är piss och skit. Nu blev jag helt plötsligt tvungen att gå upp på morgonen, jag var tvungen att gå ut flera gånger om dagen, sköta kost och omvårdnad både på honom och på mig. Ludde räddade mitt liv. Han fick mig att komma upp ifrån det mörka skrämmande hålet som jag befann mig i. Det tog tid, men jag gjorde framsteg varje dag. Och jag började få hyffsat iordning på min tillvaro. Jag hade börjat skriva, det hjälpte mig mycket i mitt sorg arbete. Jag skrev dikter, massvis av dikter. Jag skrev in en insändare i tidningen. Jag skrev om hur Jan hade blivit behandlad av sjukvården. Den publicerades fredagen den 10 September 1999.

Rubriken var:

Sjukvården är som en bilverkstad.

Vad är det som gör att människor blir så olika behandlade inom vården? Min bror dog på grund av att ingen tog hans sjukdom på allvar. Hur kan systemet vara så idiotiskt att man har säsongsbehandlingar. Vad är det? Jo, på hösten startar dom tex ljusterapi. Men när det sedan blir sommartid, då är det slut för säsongen. För då blir det sommar och sol, då ska allt bli bra. Psykiska sjukdomar är inte säsongbenägna. Min bror fick ljusterapi, men när det blev säsongsuppehåll, vad fick han istället? Ingenting. Sjukvården är som en bilverkstad. Man väljer ut vissa för att se om det går att reparera de skador som finns. En del blir hela, en del blir halva, men framförallt är det en stor del som går till skroten. Det är ingen mening med att ens försöka. Om man inte kan lita på sjukvården och känna sig trygg och väl omhändertagen där, vem kan man då lita på? Min bror ringer till akut psyk och säger att han tagit 40 stycken Distalgesic men ångrat sig. Han blir inte trodd, så därför skickas ingen ambulans. Han blir istället rådd att gå till närmaste granne, för att be om hjälp. När en människa blir behandlad på detta sätt, då är det väl ändå nåt fel i vårt samhälle? Ingen medmänsklighet överhuvudtaget. En utbildad undersköterska ska väl ändå veta att Distalgesic är bland den farligaste medicin som skrivs ut. Vid för många tabletter påverkas andningen och man kvävs till döds. Är det tillåtet att nonchalera livsfarliga läkemedel på detta sätt? Ska vi acceptera att våra psykiskt sjuka inte blir trodda? Oftast är den enda utvägen för dessa människor döden. Det är inte nog med sjukdomen, dom orkar inte kämpa för sin rätt. Vad ska vi anhöriga och vänner göra, när en människa är så sjuk och inte får den vård och hjälp hon behöver av samhället. Ska vi bara låta dessa personer dö framför ögonen på oss? Det finns så otroligt många som har psykiska sjukdomar och det kommer sluta med att ingen vågar be om hjälp. För hur man än vänder och vrider på det, så är det förnedrande och fruktansvärt jobbigt att be om hjälp för själsliga sår. Dom syns inte men dom känns. Det här ska föreställa bra vård år 1999. Öppna ögonen och se vad som egentligen håller på att hända! Nina Ps. Det som hände min bror har inte inträffat i vårt sjukvårdsdistrikt.

Namnbyte och Josefin föds.

Jag ansökte om namnbyte. Jag hatade Britt-Marie. Det var pappa som hade valt det namnet och jag hatade det över allt annat. Det skulle bara bort. För mig var det ett lätt beslut och jag behövde aldrig fundera på vilket namn jag skulle ha. Jag ville föra över Jans namn till mitt. Det var viktigt för mig att vara en del av det. Jag valde Janina För mig var det extremt viktigt att börja på ny kula, minnena

kommer alltid att finnas och vara en del
av mig. Men jag ville liksom lämna mitt
gamla jag bakom mig och hitta någon
slags styrka i mitt nya.

Den 18 december 1999 föds Jans andra
kärleksbarn, Josefin. Hon hade kolsvart
hår och var helt underbar. Oscar var
kopia av Jan, Josefin var kopia av Marre.
Jan hade gett oss ytterligare en gåva. Jag
skulle vara fadder även för detta lilla
knyte, det var jag mer än gärna. Josefin
skulle döpas, det blev en otrolig
känslomässig dag. Jag var ledsen över att
Jan inte fick uppleva sitt andra barn
samtidigt som lyckan över hans familj var
total. Marre hade en gammal
arbetskamrat. Karl hette han, han var
lugn och trygg, otroligt snäll. Han hade
varit ett stort stöd för Marre och Oscar
efter Jans bortgång. Tingsrätten hörde av
sig, Oscar var tvungen att stämma Josefin
för att hon skulle få rätt till sin del av Jans
arv. Jag fattade ingenting, småbarn måste
stämma varandra. Jag tyckte det var helt
vansinnigt. Men jag skulle vara Oscars

företrädare i målet. Jag behövde aldrig åka upp till Tingsrätten utan dom förhörde mig via telefonen. Dom ringde en eftermiddag och skulle ställa några frågor. Jag gillade inte känslan av situationen. Vi hade redan innan Jan begravdes diskuterat om det behövdes ta ett DNA ifrån honom. Vi fick då till svar att det inte behövdes eftersom dom hade sparat en del av hans hjärta vid obduktionen. Jag kunde inte förstå hur man kunde utsätta oss alla för en tingsrättsförhandling när bevisen redan fanns att Jan var far till flickan. Jag fick massa konstiga frågor, exempel fick jag en fråga om jag garanterade att Jan är far till Josefin. Jag blev förbannad över den frågan, men jag svarade att jag inte kan garantera någonting. Jag har aldrig varit med och sett vad som föregått i deras sovrum, men jag hoppas och tror att Josefin är Jans barn. Något annat har jag aldrig trott. Jag sa att jag aldrig kunde tänka mig att Marre skulle vara otrogen mot Jan. Tingsrätten var nöjd med mina svar, och vi avslutade samtalet. Efteråt blev jag arg, och ledsen. Jag tyckte att det var en fruktansvärd kränkande handling mot Jan, ja mot Marre också för den delen. Det kändes som att jag var tvungen att försvara både barnen och Jan, varför skulle det inte varit hans barn? Nä det här gillade jag inte. Tur var i alla fall att Tingsrätten bedömde att det inte fanns några tvivel. Josefin fick sitt arv, och vi behövde inte strida för hennes rättighet.

Nyår i Göteborg.

Jag, Ulrika, hennes mamma och en väninna skulle fira nyår tillsammans. Vi beslutade oss för att åka till Göteborg. En extremt lång resa men det var skönt att lämna allt och bara komma bort, och att känna sig anonym på nåt sätt. Vi skulle bo på hotell och ha en rolig utekväll. Vi gjorde oss iordning på hotellet, vi hade så roligt att vi hade kunnat stanna där hela kvällen. Men vi gick till Parklein i

Göteborg, det var ett känt uteställe. Vi satt där och pratade, skrattade och hade hur kul som helst. Vi satt vid baren när jag fick syn på ett känt ansikte. Det var en mycket känd artist. Med sig hade han ett par killar och en transa. Transan var jättelång hade uppseendeväckande kläder och stora silverörhängen formade som hjärtan. Han hade inte kommit ut som homosexuell ännu, men jag var bara tvungen att ha ett kort, jag sa till Ullrika att titta på mig. Jag riktade kameran så jag fick med både henne, honom och transan. När han såg att jag såg honom, då gömde han sig bakom en spegelpelare. Jag brydde mig inte om vem han var där med heller inte om han var heterosexuell, bi, eller homo. Men jag kunde förstå att han blev stressad. Han kunde vara lugn, den bilden hade jag för mig själv och hade aldrig delat med mig av den till media. Jag tror att det var det som han var stressad över, andra kanske hade upplyst media, men inte jag. Det var

inte min rätt att göra så. Jag var bara glad
över kortet.

Försökte ta mig ut

Jag började åka till min morbror Oscar
ofta, han hade en tjej Ylva. Jag trivdes i
deras sällskap. Dom hade två hundar. Vi
brukade åka ut till olika skogar och sjöar,
där vi kunde låta hundarna leka av sig
och bada lite. Det var en sån frihet, och vi
njöt alla av naturens känsla. Jag trivdes
inte i Kåge, jag ville komma hem. Hem var
Rosvik där jag kom ifrån. Pojkarna klarade
av att sova hemma själva, grannen fanns
alldeles intill om det skulle vara något.
Jag fick tag i en enrummare. Inte i det
bästa området direkt, men jag kom i alla
fall hem. Jag tänkte att jag kan söka annat
boende senare. Jag fick jobb på en gång
inom äldrevården. Jag kunde jobba i stort
sett hur mycket jag ville. I mitt trapphus
bodde Sara. Hon var mina bröders

halvsysters halvsyster. Hon var arbetslös och gick på socialbidrag. Jag försökte få in henne inom vården, men det var inget arbete som hon kunde tänka sig. Hon köpte en hund, en pitbullterrier. Den var svart/vit. Och vi gick ofta ut på promenad tillsammans och drack kaffe nästan varje dag. Vi spelade också mycket kort och kunde sitta och prata i timtal. Jag blev bjuden på en tjejkväll. Ines och några av hennes kompisar skulle ha tjejmiddag och gå ut på krogen. Ines tyckte att jag behövde komma ut lite efter allt som hade hänt med Jan och så. Jag tackade ja och vi skulle vara hos en tjej som heter Malin. En jättego tjej, jag fick känslan av att hon också hade lite i sin ryggsäck. Men det var ingenting som jag frågade, det kan man ju inte göra. Men jag kände känslan. Vi satt och åt i vardagsrummet, vi kom in på Jan, de flesta visste mycket väl vem han var och dom undrade hur det var med mig och familjen nu en tid efteråt. Malin hade själv en son, så hon kunde förstå mamma när det gäller kärleken till sina barn. Jag berättade att några dagar innan begravningen fick vi veta att Marre var gravid, och det som kändes jobbigt var att Jan aldrig skulle få veta att han skulle bli pappa igen. Jag hann knappt säga färdigt meningen förrän det small till. Vi blev vettskrämda allihop. En tavla hade plötsligt ramlat ner från väggen, glaset var krossat men på baksidan var den hel och kroken satt fortfarande fast i väggen. Malin reste sig upp och tog upp tavlan och sa, nää det är inte sant. Ingen fattade vad hon menade, inte förrän hon vände på tavlan och vi såg vad det var för motiv. Hon hade ramat in sina ultraljudsbilder på sin son. Vi ställde oss frågan varför just den tavlan ramlade ner, svaret blev ju enkelt, Jan var med oss. Jag kände en värme inom mig, jag hade bevis att han inte övergett mig. Jag kände ett lugn, han vet tänkte jag. Dom andra tyckte att det var läskigt. Men jag uppskattade det. Malin tyckte att det var så otrevligt att hon ville att vi skulle gå ut. Jag var med ute en liten stund, sen ville jag åka hem. Jag tog en Taxi, han var jättetrevlig chauffören. Innan jag klev av sa han att han skulle vänta tills jag hade kommit in ordentligt, han bad mig att visa mig i fönstret så han visste att jag var i säkerhet. Det uppskattade jag väldigt mycket.

Jag träffade Simon via en arbetskamrat.

Jag jobbade mycket på ett äldreboende, jag hade en arbetskamrat som jag lärde känna även privat, Virre. Vi jobbade bra tillsammans, vi gillade inte dom där lata människorna som man ibland fick jobba med. Virre var av utländsk härkomst. Hon hade en lite manlig stil, inte speciellt tjejig om man säger så. Jag hade aldrig sett henne med tjejiga kläder eller smink. Smink behöver man ju inte ha, men jag fick känslan av att hon var homosexuell. Jag frågade aldrig henne om det var så, jag tyckte om henne som hon var och för mig spelade det ingen roll. Virre berättade själv efter ett tag. Det kom inte som någon chock direkt. Jag sa till henne på ett skämtsamt sätt: bara du ger fan i mig så får du vara vad du vill. Vi skrattade. Hon sa att hon aldrig skulle kunna bli kär i mig, nähä är jag så ful? Sa jag. Nej inte så sa hon och skrattade. Jag känner om en person är lesbisk eller bisexuell, en sån person kan jag bli kär i, men hos dig finns inga tendenser åt det hållet, därför blir jag inte intresserad av dig på det sätten. Va skönt sa jag med ett leende, då kan jag vara avslappnad i ditt sällskap. Vi hade väldigt roligt ihop Virre och jag. Virre hade en tjej Tina, hon jobbade på Fabrik. Vi började gå hem till henne och käkade på matrasterna. Efter ett tag sa Tina att hon hade en arbetskamrat, en jättetrevlig kille. Det hade varit något för mig. Jag va inte speciellt intresserad, jag hade knappt börjat bearbetningen efter Jan. Tiden gick och jag blev hembjuden till Tina och Virre, dom skulle ha filmkväll med mat och mys, det lät ju trevligt så jag tackade ja. Jag hade nästan precis kommit och satt i soffan, när det ringde på dörren. Det var den där killen dom hade pratat om, Simon hette han. Det var en jättetrevlig kväll med god mat och gott sällskap. Jag tackade för mig och åkte hem. Simon och Virre kom hem till mig några dagar senare, sedan slutade det med att Simon började komma själv. Vi blev ett par.

Farmor hamnade på hem.

Ett äldre boende i Luleå kommun ringde. Farmor hade ramlat hemma och hade legat i några dagar. Grannarna hade reagerat på att hon inte hade gått ut på flera dagar, vilket var ovanligt eftersom hon varje dag gick till sin syster som bodde på andra sidan stan. Vaktmästaren hade gått in i hennes lägenhet eftersom hon inte öppnade. Farmor hade då legat på övervåningen, uttorkad och ganska illa däran. Dom hade hittat ett tillfälligt äldreboende till henne som hon fick komma till efter sjukhusvistelsen på tre veckor. Jag och mamma åkte dit med kläder och allt vad hon behövde. Farmor var så pass klar att hon kunde skriva på en fullmakt till mig, och att hon godkände försäljning av lägenheten. Vi anlitade en fastighetsförmedling som satte ut lägenheten för försäljning. Mamma och jag skulle börja rensa i lägenheten. Vi visste inte om vi skulle skratta eller gråta. Hon sparade på precis allt, exempel så det var inte tre paket med ljus, det var femtio. Servetter till förbannelse, oöppnade påslakan sett och handdukar var väl säkert ett tiotal av varje. Smågrejer överallt. Men det värsta var att hon hade varit så snål att hon hade stängt av kylen och frysen. I skafferiet hittade vi smörpaket, mjölkprodukter, allt som hörde till kylen fanns i skafferiet. Gamla såser som var tio år gamla, ja vi hittade precis allt. Mögel överallt, vi höll på att spy när vi skulle ta hand om det. I kylskåpet låg det tomma ölburkar. Hon hade ett brev ifrån Luleås Tingsrätt där hon hade fått femhundra kronor i böter för att ha stulit en ölburk. Det blev en extremt dyr öl. Vi var på övervåningen, när vi tittade på sängen så var lakanen brun - svarta, dom var säkert inte bytta på flera år. Det var fullt med maskar i sängen, såg ut som små risgryn. Överallt var det mask. Alla fina möbler som hon hade var fullt av mask. Jag gick in på toaletten, jag möttes av en stank som inte var av denna värld. I badkaret stod en hink med vatten eller vad jag ska kalla det. Jag höll på att spy när jag såg vad som låg i hinken. Ett par trosor som var som en seg stinkande geléklump. Jag fick vända och gå ut därifrån, jag klarade inte av stanken, inte heller synen. Vi lämnade övervåningen och gick ner i källaren. Vad möttes vi av där. Mängder av olika konserverade frukter som var tjugo till trettio år gamla. Det stod en frys där också. Vi öppnade dörren, det kryllade av maskar. Det var fullt med mat, bär och annat. Vi smällde igen dörren och insåg att vi inte klarar av detta på egen hand.

Det var maskar i alla möbler, det kryllade överallt. Nä fy fan, vi får anlita en saneringsfirma. Vi bestämde en tid då vi skulle visa vilket arbete dom hade att vänta sig. Hon fick en chock när hon kom in och fick se allt i lägenheten. Men hon antog sig jobbet, vi blev själaglada. Hon fick hyra en container där hon fick slänga att som var maskätet och liknande. Det tog ca en vecka, dom hade slitit hårt den veckan. Lägenheten var nu klar för att kunna ha visning för intresserade köpare. Vi fick sålt lägenheten ganska snabbt, det var en barnfamilj som köpte den.

Jag och Simon flyttade ihop.

Jag och Simon beslutade oss för att flytta ihop, vi hade fått en lägenhet i Luleå. Jag började läsa på Komvux i Piteå, undersköterska och habiliteringsassistent. Jag läste i ett och ett halvt år. På avslutningsfesten blev jag så fruktansvärt dålig. Jag hade inte druckit mycket men ändå blev jag så fruktansvärt dålig. Någon vecka senare gjorde jag ett graviditetstest, jag var gravid. Jag födde min underbara dotter Jasmine den 9 september 2002 klockan 01.23. Tiden som jag levde ihop med Simon och många år framåt får bli en senare historia i denna bok. Det är så känsloladdat och så mycket, så det får komma mot slutet av resan om mitt liv. Efter att jag lämnade Simon var jag ensam ganska länge. Jag träffade en kille under några månader, men insåg att det aldrig kunde leda till ett fast förhållande, så för att skydda mig själv från känslomässiga splittringar valde jag att avsluta förhållandet innan det blev allt för känslosamt. Det gick ett tag sen träffade jag en annan. Vi sågs bara ett litet tag, han var ingenting för mig. Handlingsförlamad mammagris som bara ville bli uppassad och omhändertagen. Nej ingen mes för mig tack.

Jag träffade Matte.

Under tiden som jag fortfarande träffade honom, pratade jag med min gamla kompis Ines. Hon sa att hon kände en kille som var precis som jag, och att vi skulle passa så bra ihop. Jag sa att jag inte träffar andra när jag har någon annan. Jag visste ju att den killen som jag träffade inte var någonting för mig, men jag vill inte kasta mig från en till en annan. Killen som Ines pratade om hade precis gått ifrån ett dåligt förhållande och var heller inte redo för något nytt. Det gick några månader, jag hade lämnat mesen. Och kände mig ganska stark i mig själv. Ines ringde, frågade återigen om jag inte kunde komma hem till dom på middag. Dom skulle bjuda den där killen också, efter en del övertalande så accepterade jag inbjudan. Jag tänkte att det kunde vara trevligt att träffas på middag och bara umgås i en lugn miljö. Vi skulle träffas på fredag, när dagen D kom var jag nervös. Vid tolv tiden ringer Ines mig på jobbet, hon berättar att han redan är hemma hos dom. Jag slutade inte jobbet förrän fyra, sen skulle jag hem och göra mig iordning. Jag blev förstås ännu mer nervös när hon sa att han redan var där. Han var också nervös, det kändes ju lite bättre så att det inte bara var jag. Jag slutade jobbet och åkte hem för att göra mig iordning. Jag kom hem till Ines och pelle vid sextiden. Jag kom in i hallen, skakade som ett asplöv. Ines mötte upp mig, sen kom Pelle och sist kom den hemliga mannen fram. Åh shit tänkte jag, utseende mässigt var han precis i min smak. Full tatuerad, rakat huvud, ja vad ska man säga? Precis så som jag vill att en kille ska vara. Vi satte oss för att äta. Vi pratade som att vi hade känt varandra hela livet. Det var väldigt lättsamt och trevligt. Natten kom och jag skulle åka hem. Matte skulle också hem så jag erbjöd mig att ge honom skjuts. När vi var framme hos honom frågade han om jag ville träffa honom dagen efter, självklart sa jag. Vi bestämde att han skulle ringa mig. Vi kramade om varandra och sa hejdå. På vägen hem var jag jätte nöjd med dagen, allt kändes hur bra som helst. Jag kom till brandstationen i Luleå, när jag fick ett sms. Det var från Matte han sa att han längtade till nästa dag och att han hade haft en jättetrevlig kväll. Jag svarade att det var ömsesidigt och att jag såg fram emot dagen efter. Jasmine hade namnsdag på lördagen så jag skulle bara åka till henne en stund innan jag kom till honom. Jag somnade väldigt gott den natten. Dagen efter åkte jag till Jasmine, det blev inte så långvarigt. Det gick inte att vara där för Simon var aggressiv som vanligt och bara skällde och gapade. Jasmine var jätte ledsen när jag skulle åka, hon ville följa med mig. Men Simon hade ingen empati för henne som vanligt, och slet henne ur min famn. Jag hörde ända ut till bilen hur Jasmine skrek efter mig, men jag kunde inget göra. Jag åkte hem till Matte, vi satt och pratade i hans soffa i flera timmar. Tanken var att vi skulle gå ut och äta, men tiden bara rann iväg så när vi tänkte gå, då var klockan så sent så vi beslutade att gå ner till pizzerian som låg i hörnet av huset bredvid. Vi tog varsin sallad, jag tog räkor, han tog kyckling. Vi satt där och bara mös av varandras sällskap. Vi gick hem till Jan igen, drack lite vin och bara satt och pratade. När vi såg på klockan var den fem på morgonen. Inte undra på att vi var trötta. Jag blev kvar över natten eller vad man ska kalla det. Efter den dagen förblev vi ett par. Det var våren 2005. Den kommande veckan skulle Matte jobba eftermiddag, det var ingen direkt drömstart med tanke på att vi var nykära och ville ägna all tid för varandra. Jag jobbade dagtid och slutade klockan fyra, och Matte började jobba klockan fyra. Men vi lyckades lösa det ganska bra ändå. Jag kom hem till honom på min lunchrast, då hade han maten färdig och vi kunde umgås. Det blev inte mycket tid att umgås på, men vi var glada för den stunden som gick. Matte ringde till mig från jobbet, hans ex flickvän hade ringt till honom och var helt hysterisk. Vi hade inte berättat för någon att vi var ett par, heller inte hunnit visa oss ute bland folk, så vi fattade inte hur hon kunde veta att Matte hade träffat mig. Vi trodde båda två att hon spionerade på Matte och enda chansen hon hade att se mig, var när jag rökte på hans balkong. Vi bara skrattade åt alltihop, en vuxen människa på trettiofem + som beter sig så fruktansvärt barnsligt. Matte berättade att hon skickade mail till honom också, där hon skulle göra livet surt för mig, enligt henne hade jag tagit Matte ifrån henne. Konstigt tyckte Matte eftersom dom inte hade haft någon kontakt på flera månader. Nu hade vi varsina hysteriska psykopatiska personer efter oss, och än var det inte slut. Matte hade varit tillsammans med en tjej innan den här sista hysteriska sak. Hon hade en son som inte var mer än året och han hade ingen kontakt med sin biologiska pappa. Matte tog sig an pojken som sin egen, och när det tog slut mellan dom fortsatte han att ha pojken varannan helg och några veckor på sommaren. När jag träffade Matte så var pojken 8 år, så

Matte hade haft honom i sitt liv i många år. Men så kommer vi till mamman. En person som vill styra och ställa och allting ska anpassas till henne och hennes behov. Hon kunde hindra Matte från att ha pojken om det inte passade henne för stunden. Så det var ju perioder då Matte inte fick ha honom. Men hon var van vid att Matte alltid kom krypandes tillbaka och gick med på hennes ändrade dagar och så vidare, enbart för att han skulle få ha pojken. När jag och Matte blev ett par så hade jag Jasmine varannan vecka. Så vi ville ha Anton som pojken heter, samtidigt som vi hade Jasmine. Dom var ju som syskon, så självklart ville vi att dom skulle lära känna varandra. Kors i taket!! Ulla som mamman heter gick med på att vi fick ha Anton samma helg som Jasmine. Men det varade inte länge såklart. Vi hämtade Anton en fredag, vi var hemma hos mig i Luleå. Vi hade det jätte mysigt. Vi var på lekplatsen och lekte i flera timmar, vi umgicks som en familj. Anton accepterade mig direkt och jag honom. På lördagen åkte vi och badade i Rosvik, på vägen hem ringde Ulla. Jaha nu var det slut på friden, en dag varade den lyckan. Hon hade ändrat sig och ville byta helg igen, Matte sa till henne att hon hade accepterat att vi skulle ha Anton samtidigt som Jasmine. Hon blev vansinnig och sa att om vi inte ändrar helg, så får vi inte ha honom överhuvudtaget. Det som var så tragiskt var att Anton satt i bilen med Matte, och fick höra när sin mamma gapade och skrek och skulle hindra pojken från att träffa sin "pappa". Matte hade ju ingen chans att gå undan och prata eftersom dom åkte i bilen. Matte svarade: att då får det bli som hon vill, men kom aldrig och säg att jag inte har kämpat för att få ha honom. Ulla trodde att Matte skulle acceptera att byta helg. Hon blev nog förvånad att Matte inte krusade denna gången. Hon var ju van att Matte alltid kom krypandes, men inte denna gången. Det slutade med att vi aldrig träffade Anton igen. Det var många gånger som

Matte var på väg att ge upp, han saknade Anton så oerhört mycket. Jag sa till Matte att vi var tvungna att vara bestämda den här gången. Vi har inte gjort något fel, det är Ulla som någon gång måste ge sig och inte ändra kappan efter vind hela tiden. Jag saknade också Anton otroligt mycket och ville han honom i min familj, men Ulla skadade inte bara oss genom sitt egoistiska beteende. Anton var ju den som blev allra mest drabbad och det brydde hon sig inte om. Anledningen till att hon ställde till med bråk och helt plötsligt ville byta helg och våra barn inte skulle få träffa varandra, var att hon hade en kompis som var barnledig motsatt helg och då kunde inte hon gå ut på krogen med henne. Festande och krogbesök var alltså anledningen till att vi inte skulle få ha Anton mera, om vi inte gick med på hennes villkor. Och det gick vi självklart inte med på. Vi skulle inte vara barnvakt, vi skulle ha Mattes pojke och betrakta honom som en familjemedlem, inte en helg barnvakt.

Ulla ringde och fjäskade några gånger, men det hade hon ingenting för. Vi vägrade att gå med på hennes patetiska krav. Helst av allt skulle vi vilja ha Anton varannan vecka, men det slutade med ingenting. Ryktes vägen sa att Ulla sagt till Anton att vi inte ville ha honom. Vilket absolut inte var sant. Men vi valde att inte kommentera det, det kan vi prata med Anton om när han blir stor i så fall. Om han skulle söka upp oss senare i livet. Ja, känslorna blir starka när barn blir drabbade på alla dessa hemska sätt och ibland önskar jag att vissa människor skulle tvångssteriliseras och aldrig få rätten att ha några barn. Vi fick senare höra att han vid 9 års ålder hängde på stan, både dagar och kvällar. Vad ska en liten pojke på stan och göra själv på kvällarna? Och hur mycket kontroll har då mamman? Vi hörde också att han hade flyttat hem till sin mormor och morfar. Äntligen fanns det folk som kunde ta hand om honom, och se till att han har det bra. Vi var glada av att höra att han bodde där, skönt att han kom ifrån den människan, samtidigt är det hans mamma och självklart söker han kärlek och trygghet hos henne. Men hon hade uppenbarligen inte kärlek över till någon annan än till sig själv. Jag och Matte beslutade att vi skulle flytta ihop. Vi sökte lägenhet i Rosvik och det dröjde inte länge förrän vi fick en fyrarummare i en förort till Rosvik. Vi hade inte varit tillsammans så länge men allt kändes rätt för oss båda, och Jasmine avgudade Matte. Hon hade börjat kalla honom för pappa. Det var Jans flicka in i själen. Jag skulle nu försöka att få Simon att samarbeta, det visste jag skulle bli svårt. Han har inte visat dom sidorna hittills så det skulle nog inte bli någon större skillnad än tidigare. Simon och jag hade varit isär lite drygt ett och ett halvt år. Han hade under året ändrat veckor, helger, ja det mesta för att det skulle anpassas efter hans behov och vilja. Jag bråkade aldrig om det, jag tyckte inte att det var värt det. Nu ville jag att Simon skulle skriva på adressändringen men det vägrade han såklart. Det var ingen direkt överraskning att det skulle bli bråk över det. Jag var beredd att skicka in ansökan utan hans underskrift. Det tog några dagar sen ringer Simon och vill att jag ska skriva under en pass ansökan till Jasmine. Jag sa då till honom att jag inte var intresserad av det, för det första så hade han hotat mig så fruktansvärt många gånger att han skulle ta Jasmine och sticka, jag skulle aldrig få se henne igen. Och för det andra, varför ska jag skriva på den ansökan när han inte skriver på min?. Han blev naturligtvis hysterisk och skrek som en kärring vilket han alltid gör när något inte går hans väg. När han hade lugnat ner sig några hekto sa han att vi kunde sköta underskrifterna på familjerätten i Luleå. Det lät som en bra ide så Simon bokade upp en tid. Vi hade varit där en gång förut. Då Simon vägrade att tro på mig ang. Växelvist boende för Jasmine. Jag var inte ute efter att bråka så för mig var det inga problem att skriva på dom papperna. Jag hade aldrig gett honom någon anledning till att misstro mig, men som vanligt så fantiserade han ihop egna slutsatser och beskyllde mig för alla dess olika saker. Problemet med Simon är att han aldrig litar på någon annan än sig själv. Därför blir det alltid mer bråk än vad som behövs. Vi åkte till familjerätten igen för att få våra papper påskrivna. Vi satt där i varsin stol. Simon la fram pass ansökan och jag la fram adressändringen. Jag skrev på hans papper. När det var gjort stoppade han ner det i jack fickan och var nöjd så. När jag sa åt honom att göra sin del av vårat avtal sa han bara att han inte tänker skriva på mitt papper. Jag höll som vanligt det jag hade lovat, och Simon gjorde det såklart inte. Jag tyckte att det kändes så barnsligt att ödsla deras tid till sånt här. Vad skulle vi dit och göra när Simon ändå hade valt att jävlas. Just då ville jag bara vrida nacken av fanskapet, men det gjorde jag ju självklart inte. Jag hade aldrig ens vågat att slå honom och varför skulle jag sjunka till hans nivå? Det var ju så han gjorde så fort han inte fick sin vilja igenom. Skrek som en kärring och slog. Nä aldrig att jag skulle bli en sån fruktansvärd människa som han. Det var han inte värd. Men jag kokade inombords, det bubblade för fullt men jag var tvungen att försöka coola ner mig lite. Han ville att jag skulle tappa behärskningen och bli rosen rasande, och det nöjet skulle han inte få. Det slutade med att jag fick skicka in adressändringen utan Simons godkännande. När vi skulle flytta in i lägenheten fick vi veta att Simon hade sålt huset. Och flyttat till en lägenhet i samma stad som oss. Varför bråkade han då om adressändringen, och varför sa han inget om att han skulle flytta till Rosvik, för mig dessutom. Jag hade lagt ner jätte mycket tid och energi på att få tag på ett dagis som skulle passa Simon. Det var ju trots allt jag som skulle flytta så då var det inte mer än rätt att jag ordnade ett dagis som var till hans fördel. Men det behövde jag ju uppenbarligen inte göra, eftersom han ändå flyttat han också. Jag och Matte ville ha barn så jag slutade med mina p-piller. Matte hade drabbats av en komplikation efter en operation när han var barn, så han hade inte stora chanser att kunna bli pappa på naturligt sätt. Men vi bestämde oss för att inte ha för stora förhoppningar. Blir det så blir det. Annars skulle man bara bli så besviken om det inte skulle lyckas. Jesper och Jasmine fick var sitt rum, alla trivdes jätte bra i lägenheten. Bra lekplats, Jasmine fick jämnåriga kompisar. Efter nästan ett och ett halvt års väntande fick hon äntligen en dagisplats. Eftersom Simon inte skrev på adressändringen, så hade inte Jasmine någon adress på över ett år. Skatteverkets jurister var tvungna att ta det beslutet. Och Simon överklaga hela tiden, för att det inte blev som han ville. Därför dröjde det så länge. Tillslut kunde inte Simon längre överklaga och hon fick adressen hos mig. När det blev klart, det var först då som vi fick sätta upp henne på dagis kö. Så denna flickan blev drabbad flera gånger på grund av hans egoism. I slutet av Juni gjorde jag ett graviditetstest. Jag var gravid, jag kunde inte sluta stirra på testet om och om igen. Det var nästan att jag inte trodde mina ögon. Matte var inte hemma, så jag visste inte vart jag skulle göra av testet. Jag ville verkligen överraska honom. Jag lindade in testet i papper och in i asken. Jag kommer ihåg att jag velade fram och tillbaka. Tillslut la jag asken under hans kudde, jag tänkte att då upptäcker han det när han lägger sig. Spänd som aldrig förr satt jag och väntade på honom. När jag hörde honom öppna dörren visste jag inte vad jag skulle göra, jag ville skrika av lycka, så jag fick bita mig i tungan flera gånger om. Han satte sig i soffan, och tittade på tv:n. jag tyckte att det tog evigheter och nu kunde Jag inte vänta längre, jag smög in i sovrummet och hämtade testet och gömde det bakom ryggen. Jag satte mig i soffan bredvid honom och gav honom testet. Han frågade vad det var för nåt. Jag svarade inte bara log. Han öppnade och såg vad det var för något, han tittade frågande på mig. Jag såg hur han skakade medan han läste instruktionerna. Är det sant jublade han. Ja jag är gravid och kunde inte sluta att le. Matte grät av lycka. Jag mådde mycket illa, och fick tidigt fog lossning. Det gick en månad och det var typiskt sommarväder, regn och kallt. Matte hade tänkt att vi skulle åka till kusten, men på grund av vädret fick vi avstå. Vi bestämde att vi skulle åka till Överby istället. Jag gick in i duschen, när jag stod där med schampo i hela huvudet och tvålen rann ner i ögonen, så slänger Matte upp dörren till dusch kabinen ställer sig på knä och friar till mig. I handen har han en ask med förlovningsringar. Jag blev så chockad, där stod han på knä, vattenstrålarna skvätte i hans ansikte. Jag såg ut som en tomte med löddrande schampo i hela ansiktet. Självklart svarade jag JA. Det var en obeskrivlig känsla. Jag var så lycklig. Vi var lyckliga. Vi hade pratat mycket om förlovning och dess betydelse. Jag hade sagt till Matte att en förlovning betyder ingenting för mig, i så fall ska det bli giftermål. Matte var av samma inställning, vi hade båda varit förlovade flera gånger förut, men det betydde ingenting. Det var bara en rolig grej utan äkta känslor. Så vi delade samma uppfattning. Och han friade... han menade allvar. Vi planerade in att vi skulle gifta oss sommaren året efter. Hösten kom och jag blev allt större. Vi skulle på ultraljud i v 16, barnmorskan frågade om jag inte hade lång tid kvar av graviditeten. Jag svarade att jag var ca fyra månader gången, men hon trodde inte på mig. Jag hade redan en stor mage, och hade en vankande stil som om jag snart skulle föda. Enligt ultraljudet hade jag rätt. Andre mars var barnet beräknat att komma. Jag blev sjukskriven i vecka sjutton, jag hade en fruktansvärd fog lossning, och fick börja hos sjukgymnastik. Jag fick ett bälte som skulle underlätta för mig. Jag jobbade då som bygg städerska och det var mycket ensam arbete med tunga lyft och mycket gång i trappor, stegar mm. Jag klarade inte av det, så jag blev hemma resten av graviditeten. Jasmine uttryckte allt oftare att hon inte ville åka till sin pappa. Hon berättade att han slagit henne på handen, då hon kom hem och var illröd. Jag pratade med Simon, men till ingen nytta. Jag var dum i huvudet, och Jasmine ljuger. När jag skulle lämna henne till honom, satte hon sig som ett frimärke på mig och sa: inte pappa mamma. Inte pappa. Jag försökte prata med Simon om vi kanske kunde minska tiden hos honom, och utöka när det känns bättre för Jasmine. Han såg ju gång på gång hur hon skrek att hon inte ville till honom. Men han slet henne ifrån mig och sa att det var hans vecka, punkt slut. Många gånger hörde jag hur Jasmine skrek efter mig när jag gick mot bilen. Jag hörde också Simon hur han höjde rösten och skrek åt henne att lägga av. Jag grät och jag kände mig som världens sämsta mamma som var tvungen att lämna mitt barn till honom som hon så tydligt visade rädsla och ilska emot. Men jag försökte prata med honom, och det enda som blev resultat av det, var att han blev hotfull och gapade och skrek åt mig inför Jasmine. Jag var så rädd för honom att jag inte ens vågade stå emot och skydda mitt barn. Jag var rädd att hon skulle utsättas för att behöva bevittna mer våld ifrån honom mot mig. Jag var rädd för egen del, han kunde vara kapabel att ta sig till vad som helst, det hade han ju visat förut. Ingen skulle tro på mig ändå. Simon är en manipulativ och visar sig som en redig, artig, bestämd kille. Jag hade ju fått bevisat för mig på familjerätten hur han smörade in sig hos den handläggaren, och han fick mig att framstå som en värdelös mamma. Jag vet att jag är en bra mamma, och jag gör allt för mitt barn. Men hur skulle jag kunna övertyga myndigheter att det är jag som ser till mitt barns bästa, att det är jag som försöker få en bra relation mellan Jasmine och sin pappa, att det är jag som ber Simon att stanna upp och ta hänsyn till Jasmine. Jag får tala om för honom att han inte får skada Jasmine. Men hela tiden får jag höra att jag är dum i huvudet och han vet allting bäst, det har han läst i böcker osv. Och det som är mest skrämmande är att exempel familjerätten går på hans fantasi historier och lögner. Det gjorde mig så ont när jag tänkte på hur Jasmine skrek efter mig, och jag kan ingenting göra. Bara höra hur Simon skriker på henne att hon ska passa sig, och att det är hans vecka. Nej, usch det går inte att beskriva i ord hur det skar i hjärtat. Jag var nu inne på slutet av graviditeten. Jag hade gått upp femton kilo. Bakifrån kunde man inte se att jag var gravid, men när jag vände mig om var det bara en gigantisk mage. Jasmine var så förväntansfull, och längtade efter bebisen. Det gjorde vi alla. Den andre mars kom och det hände ingenting. Jag började putsa fönster, klättra på stolar, jag hittade på allt möjligt för att värkarna skulle sätta igång. Men icke. Morgonen den 3 mars 2006. Klockan var sex och jag gick upp på toaletten. När jag la mig i sängen igen började det rinna, precis som att jag kissade ner mig. Jag hade lagt sängskydd ifall att vattnet skulle gå. Tur var väl det, för snart förstod jag att det var vattnet som gick. Fem minuter efteråt började värkarna. Jag väckte Matte lite försiktigt, berättade att vattnet går. Han blev rent av skit stressad, han for upp ur sängen. Kom tillbaka fullt påklädd. Jag skrattade och frågade vart han var på väg? Till förlossningen säger Matte med en puls på 300. Jag sa att han kunde ta det lugnt, jag bad honom ringa upp till förlossningen. Värkarna kom tätt, fem minuter emellan från första värken. Jag var välkommen upp klockan tolv. Oj, sa jag till Matte, ska man föda på bestämd tid? Det var något nytt. Värkarna kom allt tätare, nu var det tre minuter. Och det ökade även i smärtskala. Jag sa till Matte att vi borde åka upp. Vi skulle åka till Shell, så Matte kunde få med sin någonting att äta. Han kommer ut till

bilen med en tjock korv med räksallad
och bröd i handen. Han äter och mumsar
på denna äckliga tjocka korv, bredvid
sitter jag med värkar, och tar allt hårdare
tag i dörrhandtaget för varje värk som
kommer. Ska du äta upp korven? Eller tror
du att vi kan börja åka frågar jag mitt i en
värk. Matte skäms lite över att han satt
och åt, men skrattade samtidigt över sin
klantighet. Vi kom fram till SJUKHUSET.
Matte var nog ganska stressad över
situationen. Vi parkerade bilen, Matte
klev ur bilen och rusade iväg. Det han
glömde var mig, jag stod fortfarande kvar
vid bilen och bearbetade en värk. När
Matte hade kommit till entrén och
upptäckte att jag inte var med skyndade
han sig tillbaka till mig, bad om ursäkt
och gick vid min sida. Efter några meter
frågade jag om han kunde tänka sig att ta
min stora sportbag som jag släpade med
mig. Nu skämdes han på riktigt, han var
så stressad att han bara ville komma in,
det roliga var att även om han kom in
snabbt, vad skulle det spela för roll när

jag fortfarande var ute och fick stanna varje minut. Jag kunde inte göra annat än att skratta. Det var inte så enkelt att skratta samtidigt som jag gick igenom allt starkare värkar, men rolig, det var han. Vi närmar oss dörren, nu har jag riktigt ont. Jag viker mig av smärta. Matte springer in för att trycka fram hissen. Jag kommer innan för dörrarna sen blir jag hängande över en brits och bearbetar värken. Det kommer en man fram till mig när jag står lutad där och frågar om jag behöver hjälp. Jag tackade så mycket men sa att min man tryckte fram hissen. Han önskade oss lycka till och gick iväg. Barnmorskan mötte upp oss i korridoren, ifrån parkeringen till förlossningen tog det nästan tjugo minuter för mig att gå, i vanliga fall tar det fem. Vi fick ett rum på en gång och dom gjorde undersökning, jag var öppen fem centimeter. Värkarna kom så tätt hela tiden, så jag bad om att få ryggbedövning. Jag hade fått det när jag skulle få Jasmine och den var underbar. Och nu ville jag ha den igen, men sköterskan sa att det fanns ett alternativ som hon trodde skulle vara bra för mig. Ok svarade jag, bara jag får något. Det ångrade jag bittert att jag hade gått med på. Jag skulle få bäckenbotten bedövning, läkaren började lägga den, jag skrek av smärta. Det går inte beskriva med ord smärtan jag hade. Jag skrek och svimmade om vartannat. Det kom in flera stycken sköterskor som fick hålla fast mig. Fyra sköterskor som fick hålla fast mina ben, sen var det ett par stycken till som höll fast mina fötter. Matte berättade efteråt hur han ville nita läkaren, han sa att han såg paniken i mina ögon, men han kunde inte göra någonting. Han sa att han hade tittat ner i golvet istället, medan dom utsatte mig för detta. Han klarade inte av att se mig lida. Han sa också att han undrade vart jag hade fått min styrka ifrån. Jag höll hans hand och hade klämt åt hans fingrar så dom var alldeles blå, han sa att det gjorde fruktansvärt ont, men jag hade troligtvis värre smärta än han, så han härdade ut. När dom hade lagt bedövningen, skulle den börja verka efter ca en kvart. Men naturligtvis hände ingenting. Allt lidande helt förgäves, jag fick klara mig med lustgas istället. Masken satt som fastklistrad i mitt ansikte, jag andades som aldrig förr. Vi hade nu varit på förlossningen i tre timmar. Krystvärkarna satte igång, efter tre krystvärkar var det klart. Den 3 mars 2006, klockan 10,55 föddes vår förstfödda son Oliver. Det var en helt underbar pojke. Jag blev lite full av skratt men det var ett skratt av kärlek, men jag tyckte att han såg ut som en bulldoggsvalp, lika skrynklig och svullen i ansiktet. Men han var världens sötaste. Oliver var en stor pojke, han vägde 4090 gr och var 52 cm lång. Efter en liten stund gick jag in och duschade, jag var hur pigg som helst. Inga bristningar, inga komplikationer så jag gick som vanligt. Fött barn, vad då inga problem? Jag skulle få komma till en avdelning, Matte åkte i sängen med Oliver dit och jag gick bredvid. Personalen skrattade gott när dom såg hur vi kom. Dom hade ju naturligtvis räknat med att jag skulle åka i sängen, men inte. Dagen efter ville Matte ha med sig Jasmine från Simon, kors i taket han gick med på det utan bråk och utan att han krävde någonting tillbaka. Så Matte tog med sig Jasmine till mig och Oliver. Nu är familjen samlad, äntligen. Jasmine kröp upp i sängen hos mig och Oliver, hon var nu tre och ett halvt år. Hon höll sin bror i famnen och ville inte släppa taget om honom. Hon var så stolt, hon var med och bytte blöjor, hon fick rapa honom efter att han hade ätit. Hon älskade verkligen Oliver vid första ögonkast. Dagen efter åkte jag och Oliver hem, och efter några dagar kom Jasmine hem efter sin vecka hos Simon. Hon rusade raka vägen till Oliver, hon släppte inte taget om honom. Helt plötsligt säger hon, mamma, vet du farmor sa? Nej sa jag. Hon säger då att farmor säger att Oliver inte är Oliver, han är Lucifer!! Vad sa du sa jag, menar du att farmor sa att Oliver är Lucifer? Jaa hon sa det, och

farmor och pappa skrattade, men det var
inte roligt mamma. Nä det var inte snällt
att säga så. Jasmine sa att hon var arg på
dom för att ha sagt så. Jag kokade
inombords, men ville inte visa min ilska
för Jasmine, utan sa bara till henne att
inte lyssna på sånt dumt prat. Jag kunde
inte i min vildaste fantasi förstå hur en
människa kunde sjunka så lågt, en
farmor dessutom som ser att sitt
barnbarn vara så stolt. Hon förstod inte
vem Lucifer är, men hon var arg över att
dom kallade honom för annat än Oliver.

Giftermål och dop.

Vi skulle gifta oss om tre månader, den 24
juni var den stora dagen, och Oliver skulle
döpas. Jasmine, Alvin och Felicia skulle
vara med. Vi hade planerat vilka kläder
barnen skulle ha. Jag skulle ha min
studentklänning som jag hade ritat
mönster till och sytt upp tolv år tidigare.
Den var av ljusaprikos satin, lång
figursydd med ett långt sprund på höger

sida. Trettiotvå handgjorda knappar i ryggen. Jag kom i klänningen fast att jag precis hade fött barn. Jag var så glad att den passade. Lisa skulle vara fadder och min tärna, Nicke skulle också vara fadder och bestman. Mammas högsta dröm var att jag skulle gifta mig i hennes trädgård. När vi berättade att vi skulle gifta oss och döpa Oliver i hennes trädgård, grät mamma av lycka. Mamma skulle få sågat ner en enorm ek på tomten som var på väg att dö. Hon lät dom såga eken i tre olika höjder och etapper. Perfekt för dopskål, ljus och altare vid vårat bröllop. Mamma hade bokat två stycken limousiner från femtio och sextio talet. Vi skulle ha festen i bygdegården sex kilometer bort. Vi ordnade med cateringfirma för maten. Det var en kvinna ifrån bygden som hade den och vi ville så gärna beställa från hennes nyöppnade firma. Mammas man Gunnar gjorde bröllopstårtan, han är en gammal konditor så han gjorde allting på egen hand. Alla rosor och alla smyckningar på

tårtan, den var i tre höjder och var så
elegant och fin. Vi skulle åka och hämta
ut våra ringar. Jasmine och Oliver var
med. Jasmine sa till biträdet att snart ska
vi gifta oss, och hon ville också ha en ring.
Vi provade alla dess sorter, men tillslut
hittade vi den. Det var en bred silverring
med ett rosa hjärta, den skulle hon ha.
Hon satte den på sitt lilla ringfinger och
var så stolt över sin ring. Jasmine tittade
upp på biträdet och sa, det här är min
giftering för vi ska gifta oss snart. Biträdet
log åt Jasmine och önskade henne en
lycklig och bra bröllopsdag. Jag tog upp
plånboken för att betala, när Jasmine
stoppar mig och säger med bestämd
röst: mamma det här betalar jag! Hon tog
upp en tjugolapp ur sin plånbok, satte
den mellan pekfingret och långfingret och
sträckte fram till biträdet, varsågod sa
hon stolt. Biträdet fick återigen ett
hjärtligt skratt, hon kunde ju inte annat.
Jasmine 3,5 år gammal och är så
underbar. Jag sa till Jasmine att mamma
får hjälpa till och betala lite grann och tog

upp ett par tusenlappar. Jasmine fick behålla växeln. Gissa om hon sken upp, först en egen giftering och sen mera pengar i plånboken. Ja Jasmine var både glad och stolt över sin gärning idag. Det värmde så oerhört mycket i mitt hjärta av att se denna lilla flicka så lycklig. Jasmine skulle åka till Simon, det var hans vecka. Jasmine ville inte. Jag försökte uppmuntra henne och sa att det säkert blir roligt. Men hon ville inte. Jag ringde till Simon och frågade om hon kunde få stanna hos mig några dagar till, eftersom hon absolut inte ville till honom. Jag fick till svar att jag var dum i huvudet och att det kunde jag glömma. Jag försökte få honom att förstå att det inte var mig det gällde utan hans dotter, men det hjälpte inte. Han blev bara mer och mer aggressiv, gapade och skrek. Hon skulle dit, punkt slut. Jag fick den där känslan av maktlöshet igen, jag var fortfarande väldigt rädd för honom. Jag ville skydda mitt barn, samtidigt som jag inte vågade. Jag önskade att han bara en gång kunde lyssna på sin dotter, men enligt honom hade hon ingen talan, inte jag heller för den delen. Veckan gick och Jasmine kom hem igen. Hon var inte sig själv. Hon var nedstämd, behövde jättemycket närhet. Jag kände med en gång att det var något som inte stämde. Jag frågade hur hon mådde, då svarade hon: Matte är bög. Vem har sagt det? Pappa säger Matte är bög. Jag kände hur ilskan bubblade inom mig, men jag kunde ju inte visa det för henne. Jag tyckte bara att det kändes så tragiskt att han måste utsätta henne för allting, bara för att han själv inte kan hantera sin egen ilska. Men att lasta över massa elakheter på ett litet oskyldigt barn. Undrar vad hans hjärta är gjort av? Betong kanske. Samma dag vid matbordet såg jag att Jasmine var väldigt röd på ena handen. Jag frågade om hon hade fått nare. Jasmine svarar då, nej pappa slår mig. Jag höll på att få hjärtat i halsgropen, men fick snabbt samla mig. Vad sa du? Pappa slår mig där. Hemska ord, det är väldigt illa. Men nu får jag höra att han slår henne också, nu får det vara nog! Jag ringde till Simon senare när Jasmine sov. Jag frågade honom vad tusan han gör med henne egentligen. Han vägrade naturligtvis att erkänna vad han hade gjort. Och blir istället hotfull och aggressiv emot mig. Han hade inte så stort ordförråd, för det han kunde få fram var alltid att jag var dum i huvudet, och psykiskt störd. Ja just det, jag glömde att han faktiskt kunde säga en mening till, passa dig jävligt noga !! det slutade oftast med att jag fick lägga på luren för att slippa höra hans hot och skrik. Snart är det bröllop, planeringarna är i full gång. Nancy Jans syster ringer nu och säger att dom inte kommer till bröllopet. Dom hade blivit bjudna till Spanien för att fira hennes svärfars födelsedag. Matte försökte få henne att boka om hennes och Felicias biljett, men det skulle tydligen bli för dyrt. Matte blev jätteledsen och besviken, speciellt eftersom hon visste mycket väl att bröllopet skulle vara 24 juni. Och resan hade dom bokat långt efter att vi bokat präst och lokalen. Vi kunde ingenting göra, hon gjorde sitt val och avstod från sin enda brors bröllop och sin första brorssons dop. Felicia fick strykas som brudtärna, och det gjorde Jasmine jätteledsen. En enda gång kunde hon väl sagt ifrån till sin man och svärföräldrar. Det gjorde hon inte och vi blev jätte ledsna över att hon inte ens kunde delta med sin familj. Dagen innan kom det massor av folk hem till mamma, vi hade hyrt husvagnar och många hade med sig egna. Alla skulle hjälpa till med förberedelserna. En del plockade blommor, andra marinerade köttet. Vi satt och gjorde hemmagjord potatissallad. Vi hade köpt en hel gris som vi skulle ha till natta mat, vi hade flera tio kilos hinkar med olika kött i, sallader så allt stod klart till den stora dagen. Vissa åkte bort till bygdegården och dukade och ställde iordning bord och stolar. Vi var närmare trettio personer som hjälptes åt. Mamma hade fått tag i några yngre tjejer som ville vara servitriser. Nancy kom också dit för att tala om för tjejerna hur dom skulle servera, vad dom skulle ha på sig. Dessa stackars tjejer blev fruktansvärt nervösa av alla dessa krav, ingen av dom hade serverat förut. Jag fick gå in och styra upp det lite. För det första skulle inte Nancy vara med på bröllopet och för det andra är det mitt. Jag sa till tjejerna att dom ska ha bekväma skor, kunde vara roligt om dom hade vitt upptill och svart nertill. Inget krav på likadana kläder eller skor. Jag sa att dom skulle ta hjälp av köks vagnen när dom serverade och dukade av. Dom ska spara sina ryggar och ben, kvällen blir lång och det ska vara kul. Jag var också bestämd på att om någon skulle ha problem med att dom jobbar på sitt sätt, då kan den klagande gästen lämna lokalen. Dom blev genast mycket lugnare och tyckte nu att det skulle bli roligt igen. Jag blev så irriterad över att någon annan skulle tala om hur dom skulle se ut eller hur dom skulle göra. Nä det accepterade jag bara inte. Kul ska det vara. Natten blev till morgon, hjälp va nervös jag började bli. Jag var stressad för vi hade fortfarande mycket arbete framför oss. Mamma hade köpt en lång röd matta som ledde från parkeringen till altaret. En båge med plockade blommor skulle smyckas. Ingenting fick glömmas. Bröllopet började klockan tre. Och innan dess skulle det göras sallader till nattamaten. Jag skulle åka och fixa mina naglar. Barnen skulle kläs allt skulle vara i sin ordning. Klockan började ticka iväg och jag skulle åka till bygdegården för att göra mig iordning där. Matte fick ju inte se mig innan. Mats min morbror skulle föra fram mig. Han var den enda i hela världen som jag skulle vilja gjorde det. Han var som en fadersgestalt för mig och jag kände mig trygg med honom. Just denna dagen var det också Mats femtio års dag. Han sa att han inte kunde få en finare present än att få äran att föra fram mig till Matte. Limousinen kom och hämtade oss. Det var jag, Jasmine, Mats Lisa och lille Oliver som kördes hem till mamma. Under färden hann jag både gråta och nästan spy av nervositet. Jag bad Mats att hålla i mig hårt när vi kommer fram, annars skulle jag säkert snubbla eller något annat klantigt. Det brukar ju ändå hända nåt. Jag såg Matte, Nicke och Alvin. Matte såg också väldigt nervös ut, ena stunden stod han vänd mot mig, sen mot altaret, sen vände han sig om igen. Han visste nog inte hur han skulle stå eller titta. Jag och Mats gick ur bilen först efter kom Jasmine, Lisa och Oliver. Håll i mig sa jag till Mats, han tog ett stadigt grepp om min arm. Cirka hundratjugo personer stod och tittade på mig. Jag trodde att jag skulle dö, jag hatar ju när jag måste synas och vara i centrum. Jag skakade så mycket att brudbuketten höll på att flyga ur handen på mig. Jag såg mamma, hon grät. Fasen också tänkte jag, nu börjar ju jag med. Jag fick titta bort, jag såg Matte. Han grät han också, många grät, jag också. Usch va nervös jag var. Äntligen kom jag fram till Matte, han tog min hand och vi vände oss mot prästen. Det var en präst med mycket humor. Jag tror att han tyckte att det var roligt att viga och döpa i trädgårds miljö, han verkade i alla fall nöjd med sin position. Kantorn slutade spela och prästen började sitt tal. Vi lovade varandra evig kärlek och bytte våra ringar. Bröllopskyssen som man och fru får vi inte glömma, och det gjorde vi inte heller kan jag lova. Jasmine och Alvin stod och höll varandra i handen hela tiden och Jasmine hade fått på sig sin giftering som hon kallade den. Nu skulle vi döpa Oliver. Prästen började med att säga: ja, här har det gått undan får man säga. Annars brukar man åtminstone hinna vara gift i tio månader innan det bli någon bebis, men här har man bevisligen syndat. Han sa det med ett skratt, och ingen kunde låta bli att skratta åt honom. Alla dop sakerna som Oscar hade haft, hade även Oliver. Jag tyckte om att vissa saker hade gått i generationer i över sjuttio år. När allt var klart körde limousinerna alla gästerna

till festlokalen. Jag, Matte och barnen
kom dit sist. När vi klev ur bilen kastades
det ris och alla jublade. Mats stod i
dörren och välkomnade alla gästerna in
till bords. Vi hade hyrt in ett Irländskt
band, dom spelade Irländsk folkmusik.
Hur bra som helst. Vi åt och drack, när
tårtan kom fram så var det dags för tal.
Mamma ställde sig upp först, vi skrattade
och vi grät när hon stolt gav oss lite av
livets ord och kärleken till våran familj.
Mattes pappa höll också ett jättefint tal
med mycket skratt. Nu var det Mats tur.
När han ställde sig upp bröt alla ut i ett
gapskratt. Han hade tagit på sig sin
Färjestad tröja. Matte och alla hans
Norrländska släktingar var ju Modo, så
gissa om Mats ville retas lite. Mats tal var
väldigt rörande, det kom från hjärtat och
det innehöll både glädje och sorg. Han
berättade om min älskade bror Jan som
hade lämnat oss, han pratade om hur
han hade tagit åt sig fadderskapet för mig
och Jan, och hur mycket det betydde för
honom. Det var också mycket skämt och

roliga historier. Men det som fastnade som mest hos mig var när han avslutade sitt tal med att säga. Jag har varit Ninas fadder i över trettio år, jag har alltid tagit min del av ansvaret på allvar och släppte inte den rollen när hon blev myndig. Men idag lämnar jag mitt fadderskap och överlämnar Nina till dig Matte. Nu är det din roll att ta hand om henne istället för mig. Dom orden var så starka. Inte ett öga var torrt i lokalen, till och med Matte grät, och det fick man inte se ofta. Så det betydde fruktansvärt mycket för honom. Alla talen värmde i hjärtat och den dagen kände jag mig verkligen älskad av alla. Det som hade skrämt mig mest av allt med bröllopet var att jag måste dansa. Jag kan inte dansa och nu skulle över hundra personer stå och titta på. Jag var så nervös, fötterna värkte, bröstmjölken fylldes på så jag trodde att det skulle bli risk för en ansiktsdusch för Mattes del. Jag såg säkert ut som en stel stapplande pinne, som försökte hålla takten, så kände jag mig i alla fall. Det var så skönt när dansen var slut så jag kunde slappna av lite. Trodde jag! Gubbarna bar upp mig på scenen, jag skulle ta av mig strumpebandet som jag hade på låret. Men herregud alltså, jag kunde inte stå stadigt med båda fötterna på golvet, och nu skulle jag naturligtvis stå på ett ben och få av mig det där jädrans bandet. Som sagt alltid händer det nåt, bandet fastnade i klacken och jag började tappa balansen. Där stod jag uppe på scenen, alla tittade på mig, visslade och skrek och jag skulle samtidigt försöka sköta det snyggt. Jo hej du, jag kände mig som en klumpig enbent pingvin som stod där uppe och viftade med armarna. Tillslut fick jag av mig eländet och fick kastat iväg bandet ut till publiken. Nä fy sjutton aldrig mer. Grillarna var i full gång och det var dags för nattamaten. Alla åt sig mätta, dansade, drack och hade hur trevligt som helst. Det blev en hel lyckad kväll trots mina klantigheter. Men jag fick i alla fall bjuda alla på ett gott skratt. När vi kom hem hade mamma och Elin bäddat bröllops sängen, den var så vacker. Det var naturvita satinlakan, överkastet som mamma virkat, det hade tagit henne sju år att göra den. Röda rosenblad var utspridda över sängen, tända ljus. Allting såg så fint ut. Jag ville nästan inte röra sängen så fin var den. Vi hade bestämt att vi skulle åka på bröllopsresa till Danmark. Oliver var så liten så vi vågade inte åka på någon solsemester i varmare breddgrader, och för oss var det väldigt viktigt att barnen var med. Vi hyrde ett jättefint hotell precis vid stranden. Vi satt på balkongen och tittade ut över havet om kvällarna, det var så mysigt. Jasmine mådde som en prinsessa, och Oliver var också helnöjd med tillvaron. Vi gjorde massor av utflykter exempelvis till ett ställe där dom hade massa olika slags djur, undervattens djur, spindlar, ormar ja allt man kan tänka sig. Barnen tyckte att det var spännande. Vi bara njöt och ägnade all tid till varandra. En vecka gick fort och vi var tvungna att åka hem. Jasmine skulle till Simon, hon skrek och grät och ville absolut inte åka till honom. Men som vanligt krävde han att hon skulle till honom, och brydde sig inte om att Jasmine sa till honom att hon inte ville. Till mig sa han att jag skulle vara jävligt tacksam att hon fick vara med på bröllopet. Återigen anklagar han mig, det är Jasmine som inte vill träffa honom, men det slutar alltid med att han skyller på mig. Jag kunde inte förstå hur han kunde säga som han gjorde, vaddå tacksam? Den största dagen i Jasmines liv, och jag skulle vara tacksam. Han kunde inte ens se Jasmines glädje och stolthet, utan måste vara negativ. Jag tyckte att det var tragiskt för Jasmines skull. Jag åkte och skulle lämna henne till Simon, hon gjorde motstånd och skrek efter mig, men han slet henne ur min famn och skrek åt henne att hon skulle passa sig. Jag fick den där ilande känslan i kroppen, jag vet ju vad passa dig står för i hans värld. Han brukade alltid spänna sina svarta ögon i mig och upp med sitt pekfinger framför ögonen på mig. Då visste jag att det snart skulle smälla, eller annat våld. Han var ju så feg, så han vågade aldrig slå mig i ansiktet, det skulle ju synas. Men däremot puttade han omkull mig, kastade saker på mig, kastade in mig i väggar, tog stryptag och massa andra hemska saker, samtidigt som han skrek som en kärring. Så nog vet jag vad passa dig betyder. Men jag ville ju aldrig i min vildaste fantasi tro att han skulle skada henne. Men handen visade att han ändå var våldsam, jag hoppades på att han skulle lägga av eftersom jag hade konfronterat honom med handen. Jasmine ringde mig flera gånger den veckan och ville hem. Hon var jätteledsen och ville inte vara hos honom. Jag hörde hur Simon skrek åt henne i bakgrunden. Det slutade med att han tog hennes telefon så hon inte skulle kunna ringa mig mer den veckan. När hon kom hem berättade hon att pappa tagit telefonen och att hon var arg och jätteledsen över att inte kunna ringa mig mer den veckan. Jag försökte prata många gånger med

Simon utan resultat. Han sa att han skiter i vad Jasmine vill. Vi har skrivna papper på familjerätten, punkt slut. Han ville bara visa att han hade makten att styra och bestämma, inga mänskliga känslor fanns hos honom. När Jasmine äntligen kom hem igen, sprang hon fram och gav mig en bamsekram. Sen sprang hon raka vägen till Matte och skrek pappa och dom omfamnade varandra. Simon ville hon inte ens säga hejdå till. Simon försökte kräva en kram men hon vägrade. Så han blev kolsvart i ögonen och gick. Jag log inombords, det kunde jag göra ibland. Varför ska jag inte kunna få känna lite skadeglädje ibland.? Klart att jag hade många tankar om Simon efter allt som han hade utsatt mig för genom åren, och även tvingat Jasmine att behöva uppleva och se dessa hemska saker. Men jag hade aldrig med handen på hjärtat sagt ett ont ord om Simon till Jasmine. Det var inte min rätt att göra så mot henne. Mina tankar och känslor skulle stanna hos mig. När hon sen blev äldre pratade vi om en

del av vad han gjort mot mig och det var
ju delvis på grund av att hon hade sett
och upplevt så mycket våld mot mig. Men
när hon va så liten så höll jag det för mig
själv, han va trots allt hennes pappa, och
hon måste känna och tycka vad hon vill
om honom. Hon har inte valt sina
föräldrar. Men hon är unik och värdefull
och det skulle hon alltid få känna ifrån
mig och min familj. Jag hade försökt att få
Simon att förstå att om han bara kan
lyssna lite till vad Jasmine vill och mår bra
av, och kanske korta ner tiden hos honom
lite, så kanske det vänder och hon längtar
efter att få komma till honom
istället. Men det gick inte att resonera
med honom. Han ansåg att han hade
ägande rätt om Jasmine. Det ansåg inte
jag. Min mamma sa en väldigt viktig sak
till mig när Jan dog, hon sa: man äger inte
sina barn, man har dom bara till låns !!
dom orden fick mig att tänka när jag själv
fick barn. Mamma hade helt rätt. Jag
anser att man inte har rätt att styra deras
tankar och känslor, man ska vägleda dom

genom livet men aldrig tvinga dom till att vara någon dom inte är!! Man ska bara älska dom för precis den dom är!!! Genom alla diskussioner med Simon, förstod jag att han inte alls hade samma tänkande som jag. Han ansåg att man har rätt att bestämma barns tankar, känslor. Barn har ingen talan, dom ska bara lyda de vuxna. Jag började förstå varför Jasmines känslor för honom blev mer kalla än kärleksfulla.

Mer resor

Vi hade beslutat oss för att åka till Kolmården med Åsa, Nicke med familj. Ännu en lång resa framför oss men vi ville ge barnen så mycket fina och roliga minnen som vi kunde. Vi åkte först till Linköping där vi fick låna en lägenhet av några bekanta. En fin stad som var värd att upplevas. Vi gick ut på promenader i gamla Linköping. Det är så mysigt att bara gå där på kullerstenarna, se alla gamla hus, fönstershoppa och äta en god gräddglass. Dagen efter begav vi oss vidare mot Kolmården, barnen var så förväntansfulla. Det var så varmt ute, inte ska man klaga över det. Men jag tyckte synd om Nicke och hans familj. Deras aircondition hade gått sönder i bilen, och det var ju inte vad man kunde önska sig. Det hjälpte ju knappast att ha nere rutorna, eftersom det var extremt varmt ute. När vi började närma oss Kolmården så blev vi ståendes i en lång kö. Underbart vrålar Åsa. Svetten rann, Nicke höll på att få värmeslag, medan han krypkörde fram. Vi hade det jätte svalt och skönt i våran bil, så för våran del var köbildningen inga problem. Åsa valde att gå ute bredvid bilen, hon tyckte att det var skönare. Jag tyckte så synd om dom. Äntligen var vi framme. Vi gick runt och tittade på alla djuren, barnen lekte och dom var så intresserade av allt dom såg. Vi gick och tittade på delfinshowen. Det var helt otroligt, vilka underbara djur. Jasmine satt i mitt knä, Oliver var i Mattes. Vi var alla så fascinerade av alla dessa vackra djur samt människorna som skötte dom. Vilken närhet!! Jag ville också känna den närheten till ett sånt djur. Delfiner har alltid legat mig varmt om hjärtat, så visst blev jag avundsjuk på alla som hade fördelen att jobba där. Vi var ju tvungna att gå in bland reptilerna också. Matte har haft alla möjliga både giftiga och ofarliga reptiler, så han hade ett stort intresse av dom djuren. Jag är intresserad av sådana djur, men samtidigt är jag livrädd och jag tycker att dom är så fruktansvärt äckliga. Men jag vill ändå lära mig av dom och se på dom. Hur knäpp är man egentligen? Jaja, man måste ju vidga sina Vyer.. klockan blev eftermiddag och det började dra ihop sig. Vi ville åka safarin innan vi skulle åka hem. Det var helt otroligt att åka in bland alla dessa djur som gick hur som helst. Vi fick stanna för en struts kom mot bilen. Den gick fram till Mattes fönster och började picka. Vi gapskrattade allihop. Den gick från sidoruta till sidoruta, och den pickade för fulla muggar. Den hade gett sig den på att vi hade något gott att bjuda på, men det hade vi inte. Vi blev ståendes där en lång stund, vi tänkte att den snart skulle ge sig, men icke. Den gick istället mot framrutan och försökte äta upp våran vindrutetorkare. Men herregud sa vi, vad gör den? Ifrån ingenstans kommer det en stor björn lufsandes mot bilen. Nu trodde vi att det var kört, en struts som ska äta upp våra bildelar, sen kommer en enorm björn. Vad ska den nu hitta på då? Jasmine jublade längst bak i bilen, hon skrattade som aldrig förr. Jag var livrädd att björnen skulle hoppa upp på bilen. Matte släppte inte blicken ifrån strutsen. Vi kunde inte göra annat än att skratta. Ja va ska man säga, vi är ju familjen Taikon så varför skulle det bli en lugn och trygg biltur? Efter en lång stund gav strutsen upp, björnen lät bli bilen och vi kunde fortsätta vår färd. Det blev en hel lyckad dag på Kolmårdens djurpark med mycket skratt och många upplevelser. Vi var alla supernöjda och åkte tillbaka till Linköping igen. Nästa dag var det nya äventyr som väntade. Fun city i Varberg. Vi hade hyrt en stuga där. Det var timmerstugor med två stora våningssängar i, en köks del och en stor altan. Toaletter och köket låg i en separat byggnad alldeles bredvid. Vi skulle tillbringa helgen där. Inne på själva Fun City fanns det badland, djur som man fick gå in och klappa och mata. Karuseller, hoppborgar, båtar, ja allt som barn tycker om att göra. Den helgen i Varberg fick avsluta våran sommarsemester. Efter det väntade en lång resa hemåt igen. Men vi hade fått gjort och sett så mycket, men framför allt var vi tillsammans, jag och min underbara familj. Höst och vintern kom med stormsteg.

Gravid med Lucas.

Jag är gravid igen. Matte blev lika glad som förra gången. Han tyckte att det var helt otroligt att kunna få ett biologiskt barn, och nu skulle han få ett andra. Äntligen blir vi en stor familj. Denna gången kände jag på mig att jag var gravid innan jag ens gjorde testet. Magen hade redan börjat bli rund och det syntes så tydligt eftersom jag var så smal förövrigt. När jag lämnade BB med Oliver var magen tillbaka dragen och platt, inga bristningar eller någonting. Jag hade gått ner tio kilo på väldigt kort tid. Tanken kom och jag undrade vad Jasmines farmor skulle kalla Jasmines syskon denna gången? Jag kunde inte förlåta henne för vad hon kallade Oliver. Hur kan en farmor säga såna fruktansvärda saker till ett barn, Lucifer.. nä usch och fy för avundsjuka människor. Jasmine kom hem ifrån Simon en söndag. Hon gick ut och lekte en stund innan det var dags att äta och göra sig iordning för sängen. Hon la sig som vanligt men efter en stund ropade hon på mig och grät. Jag frågade vad det var. Hon svarade då att hon hade ont där och pekade mot underlivet. Varför har du ont där? Hjärtat slog dubbelvolter och jag hade en stor klump i magen. Jasmine gråter och säger: jag sa nej mamma, men dom slutade inte. Dom gjorde så här jättehårt. Hon visade med sin hand hur dom hade gjort. Vem gjorde så mot dig? Dom stora pojkarna. Paniken kom och jag höll på att svimma. Jag kände mig så maktlös mot min älskade lilla flicka. Jag berättade för Matte, han blev så upprörd att han inte visste vart han skulle ta vägen. Han mådde fruktansvärt dåligt över vad hon berättat. Jag ringde sjukvårdsrådgivningen, dom bad mig att titta hur det såg ut i underlivet och om det var utvidgat. Jag tittade men sa att jag inte visste hur vidgat ett barn i hennes ålder ska vara. Jag bad om att få komma till en läkare så dom kunde titta på henne. Vi fick åka upp till akuten direkt. Vi behövde inte vänta så värst länge förrän en sköterska ropade upp oss. Vi sa hej som man alltid gör. Men hon sa ingenting, hon behandlade oss som världens sämsta föräldrar. Vi var redan stressade och oroliga för Jasmine, så hennes bemötande gjorde inte direkt situationen lättare. På vägen in till rummet pratade jag och Matte om hur otrevligt bemött vi kände oss från sköterskan. Vi sa att vi hoppades att läkaren var bättre och inte dömde oss för vad en vidrig människa har gjort mot vårat barn. Väl inne på rummet la sig Jasmine och jag oss på sängen och läste en bok. Det tog inte många minuter innan läkaren kom. Det var en yngre kvinnlig läkare, hon tog oss i hand och hälsade på ett mycket vänligt sätt. Jasmine berättade vad som hade hänt, vad dom hade gjort. Sen sa jag det till mamma, och mamma ringde doktorn så jag fick åka hit. Jasmine var jätteduktig, doktorn frågade försiktigt om hon fick titta. Ok sa Jasmine lite försynt. Läkaren var lugn, trygg och pratade med en hjärtlig röst. Jag tror att Jasmine kände sig trygg trots situationen. Jag sa till Jasmine att mamma är med dig hela tiden, jag lämnar inte dig. När hon tog av sig byxorna vände Matte ryggen till, han tycker inte att det är rätt att titta en flicka i det området. Hon är så stor att man inte behöver hjälpa henne att tvätta

underlivet, det klarade hon så bra själv.
När läkaren hade tittat färdigt sa hon att
Jasmine hade haft tur. Det var ingenting
som var skadat inuti vaginan, men hon
kunde se att det hade varit våld utanför.
Även om det var fruktansvärt att hon
hade sett skador, så var vi så lättade att
det inte var inre. Vi var så tacksamma
över att vi fick en sån underbar läkare,
som respekterade Jasmine för sin person
men också för att hon inte dömde oss.
Som sköterskan tidigare hade gjort. Det
var en fruktansvärt kränkande känsla
som vi fick av henne, men det viktigaste
var ju att Jasmine var oskadd trots allt.
Efter den händelsen beslutade vi oss för
att flytta.
Vi började genast leta hus, gärna en bit
bort ifrån området vi bodde på. Det
dröjde inte länge förrän vi hittade ett hus
som skulle passa oss. Det var ett
kedjehus i Kopparnäs. Kopparnäs är ett
bra område i stan. Förr bodde det bara
läkare och professorer och sånt där fint
folk, som inte fanns i våran värld. Nu för

tiden hade det ändrats lite grann, vanliga Svensson familjer hade börjat komma in i området efter att de äldre flyttar eller går bort. Vi åkte på en visning av huset, vi fastnade direkt. Och la ett bud redan samma dag. Vi hade bestämt en resa till Värmland, nästan hundra mil bort. Matte har släkt där uppe och vi skulle åka dit på semester. Vi fick följa budgivningen via sms. Och tror du inte på tusan, vi vann budgivningen. Helt plötsligt skulle vi bli husägare. Äntligen lite tur och lycka efter allt elände med Jasmine, och bråk med Simon. Kors i taket, denna gången skrev Simon på adressändringen. Undra vad han har i görningen nu? han brukade aldrig visa nåt samarbete. Han hade kanske träffat en tjej och fått tankarna på något annat. Jag brydde mig egentligen inte om orsaken, jag var bara glad över att slippa bråka om det igen. Vi flyttade in och trivdes jättebra i huset. Det fanns en stor lekplats på framsidan, och en liten på baksidan. Helt perfekt. Jag var stor som ett hus, hade bara någon vecka kvar till bebisen skulle komma. Jasmine var ute på framsidan och lekte i sandlådan, jag satt utanför huset och läste tidningen och höll ett öga på henne. Det kom ett gäng killar på så där elva tolv år till sandlådan där Jasmine lekte. Helt plötsligt reser hon sig upp, samlar ihop sina saker. Jag ser att hon pratar med killarna, dom bara skrattar. Det gör inte Jasmine, hon är arg. Jag sitter och tittar på och avvaktar och ser vad som händer. Jasmine säger någonting vänder sig om och går hemåt. Hon kom ungefär halvvägs så stannar hon, vänder sig mot killarna och säger: ja ska ni säga förlåt eller?? Jag blir ledsen när ni säger så. Killarna tittade på varandra, och säger sedan förlåt. Jasmine fyra år säger då: jaa man måste säga förlåt!! Hon går sedan tillbaka till sandlådan, sätter sig och leker. Jag höll på att sätta kaffet i halsgropen när hon sa så. Men va stolt jag var i det ögonblicket. Jag skrattade för mig själv och tänkte: det är min flicka det, hon vet vad som är rätt och fel. Men

Herregud, hur vågade hon? I den stunden
satt jag bara och njöt av att se henne
glad. Killarna gick till och med fram till
henne och pratade, skrattade och
gungade med henne. Tänk att en nittio
centimeter hög liten flicka kan göra ett
sånt underverk på dessa stora killar.
Det tredje knytet skulle komma 30
augusti 2007. Men det ville inte riktigt
som jag. Jag började som jag gjorde med
Oliver. Jag gick upp och ner för trappan,
putsade fönster, ingenting hjälpte. Jag
hade nog aldrig haft så rena fönster i hela
mitt liv innan, det skrubbades och
torkades. När jag var färdig i
vardagsrummet skulle jag sätta upp nya
gardiner. Jag vänder på gardinstången,
och vad händer? Ja, Änden var som ett
spetsigt spjut kan man säga. När jag
vänder på stången håller jag naturligtvis i
fel ände och det så kallade spjutet åker
med en väldans fart rakt ner i min fot. Jag
skrek, det gjorde så fruktansvärt ont.
Jasmine kom springandes och undrade
vad jag höll på med. Matte var på jobbet

och blodet bara rann. En stor blodpöl på golvet, jag kunde inte röra mig, vilken tur att jag hade Jasmine. Hon sprang och hämtade papper, hjälpte till att torka foten. Hämtade plåster som hon så fint satte på. Det blödde snart igenom, men det gjorde inget, hon försökte i alla fall. Jag hade behövt åka till sjukhuset, men jag ville inte skrämma barnen. Oliver låg och sov, så jag tänkte att jag skulle försöka få ihop det själv på något sätt. Som tur var har jag alltid haft mycket omläggnings och sår material hemma, så till slut fick jag fram strips, kompresser och gud vet vad. Men jag lyckades i alla fall få stopp på blödningen. Men några gardiner kom inte upp den dagen. Jag hade gått över tiden sex dagar, på sjunde dagen vaknade jag på morgonen vid sex och behövde gå på toaletten. På precis samma sätt som med Oliver så gick vattnet när jag var tillbaka i sängen. Jag väckte Matte. Han lovade att inte glömma mig den här gången. Vi fick ringa efter farmor som hade lovat att vara barnvakt.

Hon kom så gott som i pyjamas. Stackaren var stressad. Jag ringde och berättade för mamma att det var dags. Hon var på väg att köra Kalle till skolbussen, så hon skulle komma hon också. Värkarna kom med täta mellanrum, fem minuter. Berit Mattes mamma tyckte att vi skulle åka till förlossningen med tanke på tätheten. Men jag kände att det inte var så kraftigt att jag behövde det. Mamma kom, hon sa inte så mycket. Hon iakttog mig och höll koll på klockan. Matte var mycket lugnare denna gången så han ställde fram väskan och la skydd i bilen med ett lugnare tempo. Berit var upp i varv, det var jag som fick lugna henne istället för tvärtom. Det hade gått någon timma, nu var det tre minuter mellan värkarna och dom blev allt starkare. Mamma hade inte sagt ett ord, utan lät mig få hantera situationen själv. Jag tyckte att det var skönt att ha dom där, när det började gå mot två minuter mellan värkarna sa mamma för första gången. Det kanske vore läge att åka upp nu, med tanke på smärtan och tätheten. Jag sa att det var ganska lugnt än och ville vänta en stund till. Mamma respekterade det, och var tyst. Det dröjde inte speciellt länge förrän jag kände att det kanske var läge att åka. Nu hade jag riktigt ont, och det var en minut emellan. Mamma och Berit sa att jag måste åka. Denna gången sa jag inte emot. Jag satte mig i bilen, nu gjorde det ont. Vi kom upp till förlossningen, denna gången parkerade Matte precis utanför ingången för att det inte skulle bli som förra gången. Vi möttes upp av en sköterska och fick ett rum med en gång. Jag bad om att få ryggbedövning. Jag berättade om bäckenbottens bedövningen sist gång, och hon sa direkt. Nej den erbjuder inte jag för den är så fruktansvärt smärtsam att få och oftast ger den ingen effekt. Hon sa att hon tyckte att jag skulle ta ryggbedövning, men en variant som inte höll i sig lika länge. Hon sa att jag inte behövde någon långvarig bedövning för förlossningen skulle troligtvis gå snabbt.

Jag var tacksam, och inväntade narkosläkaren. Det dröjde inte länge förrän jag hade fått min bedövning, och den hjälpte direkt. Jag och Matte tog en promenad i korridoren när vi såg att det stod en våg lite längre bort. Jag ville väga mig för att se hur mycket vattenavgången hade gjort i vikt. Sex kilo. Jag började känna ett tryck bak i ryggen och sa att vi nog skulle gå tillbaka till rummet. Sköterskan undersökte mig, jag var helt öppen och snart var det dags att krysta. Jag låg på sidan och krystningsarbetet började. Femton minuter sen var det klart. Det var en pojke. En underbar liten kille. Inte lika stor som Oliver var men annars en kopia av sin bror. Lucas hade kommit till världen, 3645 gr och 52 cm lång. Matte grät av lycka även denna gången. Det var en lätt förlossning, inga bristningar och allt gick som förväntat. Jag var piggelin och var snart inne i duschen. Han tog bröstet direkt och mjölken var i full produktion. Vi skulle komma till avdelningen. Matte ville gå så jag satt i en rullstol med det lilla knytet i famnen. Matte åkte senare hem för att visa kort till Oliver och Jasmine, tog en dusch. Matte, och barnen kom upp till BB. Barnen var så stolta över sin underbara lillebror. Dom turades om och höll honom. Vi var så lyckliga, Hela familjen var samlad och lyckan var total. Allting var bra med både Lucas och mig så jag valde att åka hem dagen efter. Vi fick komma tillbaka efter något dygn för att ta PK provet. Våran lilla Lucas döptes i stadskyrkan, och bar samma dopklänning som Oliver. Vi hade mammas konfirmations näsduk för att torka hans huvud och morfars dopskål. Nicke och Lisa var faddrar även denna gången. Och Lucas fick en jättefin dag. Lucas var fyra månader när han plötsligt blev jättesjuk. Han hade svårt med andningen och var förkyld. På sjukhuset upptäckte dom att han hade fått RS viruset. Vi blev genast inlagda på barnavdelningen. Där fick han ventilera flera gånger om dagen. Han var

uppkopplad med syremätnings apparat
så personalen kunde följa honom hela
tiden. Matte och jag turades om och var
med Lucas. Dom andra barnen behövde
ju oss båda också. Matte hade precis
kommit och bytt av mig på sjukhuset. Jag
åkte hem för att ta en dusch och vara
med dom andra barnen. Mamma var
hemma och hjälpte till i familjen. Jag
hade duschat och gick ner till mamma,
hon hade gjort middag när jag fick en
otrevlig känsla i kroppen. Det kändes
som att det var nåt med Lucas, jag kände
en sån stark känsla. Jag sa till mamma att
jag var tvungen att åka tillbaka till
sjukhuset. Hon försökte att jag skulle äta
lite innan, men jag ville bara åka vilket jag
gjorde. När jag kom in på rummet såg jag
Matte helt färdig, och Lucas var alldeles
utmattad. Han berättade att Lucas
syremätning hade rasat jättemycket, det
hade rusat in massa sköterskor, läkare
hela rummet var fullt. Dom hade hängt
Lucas upp och ner, ruskat och skakat.
Matte blev livrädd när han såg vad dom

gjorde. Dom hade gett honom mediciner, tillslut höjde sig syret i kroppen. Och faran var över. Matte sa att han inte hann att fatta riktigt vad som hände, allting gick så fort. Än en gång stämde mina känslor om att det var något som inte stod rätt till. Jag kunde bli lite skrämd av det, jag blev rädd för mina känslor. Samtidigt var jag tacksam att jag hade förmågan att känna. Lucas blev bättre efter en vecka och vi fick åka hem. Matte skulle ta med Jasmine på sitt första stora äventyr. Dom skulle åka på en hockey, Frölunda – Modo. Jasmine var så exalterad och hon förberedde sig hela dagen för detta. Hon hade satt på sig ett par svart - röda trosor, sin Modo pyjamas.

Den skulle hon bara ha, hon brydde sig inte om att det var en pyjamas. Det var MODO. Hon satte på sig sin overall och tog med sig en bilkudde som hon skulle sitta på under matchen. Matte berättade efteråt att när dom hade kommit närmare arenan då sa hon: pappa det känns konstigt i magen. Har du fjärilar i magen?

Ja svarade hon och tog ett hårdare tag i hans hand. Då är du bara nervös gumman. Detta kommer att bli jätteroligt ska du se. Dom kom in och satte sig på sina platser, Jasmine satt rakryggad och var världens stoltaste. Musiken började och alla spelare gjorde entré, publiken visslade jublade, ropade hejar ramsor. Spelet kom igång, Matte och Jasmine hade hur kul som helst. Modo förlorade den matchen, men för Jasmine gjorde det ingenting. Hon var den stoltaste, gladaste flickan i stan.

Jasmine visade tecken på att nåt var fel

Jasmine fortsatte att protestera mot att åka till Simon. Hon började kissa på sig, drömde mardrömmar och ville inte åka till honom. Hon kunde stå ute i hallen utanför toalettdörren och kissa på sig. Detta var verkligen ingenting som hon hade gjort förut, så vi reagerade väldigt starkt på det. Jag frågade varför hon inte gick på toaletten. Hon säger då att pappa låser in henne på toaletten när hon varit dum. Jag kände ilskan komma inom mig, men som alltid fick jag hålla god min för Jasmine. Jag frågade om han hade gjort så många gånger. Hon svarade ja på den frågan. Jag tog kontakt med Simon som bekräftade att det var sant. Jag frågade hur i helsicke han tänkte. Han försvarade sig med att han hade börjat med att låsa in henne på sitt rum när hon var dum. Men det hade inte varit så lyckat, för då ville hon inte leka där. Så han låste in henne på toaletten istället. Det tyckte han var bättre. Jag var så arg att jag kokade. Jag sa till honom att aldrig göra så igen. Om hon skulle komma och berätta något sådant här igen, då skulle han få se på jävlar. Jag var så ilsk, så jag hade kunnat strypa honom genom telefonen. Inte bara för vad han hade gjort mot henne, utan för att han dessutom ansåg att det var en normal uppfostringsmetod

Planerar ombyggnad

Vi hade funderingar hur vi skulle kunna renovera om i huset, så att alla barn fick varsitt rum. Vi såg ganska snart att det inte skulle fungera. Rummen hade blivit alldeles för små. Vi pratade om att köpa ett större hus i närheten. Vi kollade runt och hittade ett hus bara några kvarter bort. Ett stort hus på nästan trehundra kvadrat. Huset vi bodde nu var på hundrafjorton så det var en enorm skillnad. Det var sommar och vi skulle åka på semester, vi ringde upp ägaren till huset och frågade om vi kunde få komma och titta. Vi var välkomna så vi åkte dit. Mannen som bodde där hade ganska nyligen blivit änkeman och huset var för stort för honom att ta hand om själv. Han var jättetrevlig och väldigt snäll. Han visade oss runt och berättade allt om huset. Vi blev intresserade på en gång. Vi tackade för oss och gick hem för att ringa mäklaren för att lägga ett bud. Vi skulle åka till Skellefteå och campa. Vi följde budgivningen via sms, och kontakt med

mäklaren. Vi hade bestämt oss för att ha
ett max tak på 2 100 000 kr. Tyvärr
översteg buden det, och vi var besvikna
över att ha förlorat budgivningen. Plötsligt
ringer telefonen, det var mäklaren. Han
sa att det hade hänt något som han aldrig
hade varit med om i sin karriär förut.
Mannen som ägde huset hade ringt till
mäklaren och stoppat budgivningen. Vi
fattade ingenting. Matte sa att vi inte kan
gå längre. Och budet låg nu på över 2 300
000 kr. Då säger mäklaren, ni förstår inte.
Han vill att ni ska ha huset. Han tyckte så
bra om er och för honom är det viktigare
att det blir bra människor och inte
pengarna. Han hade backat 200 000 kr
bara för att vi skulle få det. Vi trodde att
dolda kameran var igång eller nåt. Men
det var sant. Vi stannade bara i Skellefteå
en natt sen ville vi bara hem. Vi gick till
banken och hämtade handpenningen,
och sen skrev vi papperna. Vi var så
tacksamma och glada. Dagen då vi
gjorde sista delen av köpet. Vi fick alla
nycklar och papper. Vi skyndade oss så

mycket vi kunde bort för att se vårat nya hus. Vi öppnade dörren och gick in. På bänken stod det en champagneflaska med ett kort, det stod: Välkomna hem!! Mvh Örjan och Milo. Milo var hans hund, en jättesnäll stor hund. Han var herren i huset, trodde han i alla fall. Vi var jättenöjda med vårt nya hus. Matte startade en tatuerings studio. Han hade ju sitt vanliga arbete, men hade studion som en hobbyverksamhet. Det var mycket som skulle ordnas för att kunna starta firman. Det skulle vara godkännande från miljöverket. Massor av inköp, olika installationer. Vi hade ju studion i huset, men eftersom vi hade gott om ytor, så var det aldrig några problem, utan vi delade av huset så att han hade verksamheten avskilt från huset. Det blev kanon.

Campingsemester

Vi köpte en husbil, vi hade ju provat på campinglivet och vi älskade det. Vi diskuterade kring för och nackdelar med husvagn och husbil. Barnen var ju inte så gamla och det är jobbigt att åka längre sträckor, så vi valde husbil. Då kan barnen ha större utrymme för benen och man kan spela spel och rita under resan. Vi köpte en SMC sex bäddars. Den var stor och rymlig. Vi ordnade så att alla barnens bilstolar satt fastmonterade i sofforna så vi inte riskerade något kring barnens säkerhet när vi åkte. Barnen älskade den, det gjorde vi också. När jag körde den höll mötande bilar på att köra av vägen. Dom mötte min blick tittade rakt fram, sen slängde dom blicken mot mig igen. Det var precis som att dom trodde att ett barn körde detta stora fordon. Jag minns en gång då jag körde, vi skulle stanna för en kiss paus. Jag svängde in på en rastplats, där stod en kvinna med sin hund. Hon tittade på mig som alla andra brukade göra men det roliga var att när jag gick ur bilen stirrade hon verkligen på mig. Ur detta monster kommer jag 1.58 cm lång, typ 45 kilo. Jag kunde knappt komma in i bilen eftersom den var så hög. Undra vad hon tänkte egentligen? Frågande såg hon ut i alla fall. Vi hade jätteroligt åt alla vi mötte. Ett däck var dåligt och jag skulle åka och byta det. Jag körde genom stan och till en verkstad. När jag såg porten och den branta backen som jag skulle ner för och komma igenom, tänkte jag att nu är det klippt. Hur i hela friden ska jag kunna komma igenom där? Jag kunde ju inte visa mig osäker nu när det stod tre gubbar och tittade på mig. Nä nu gällde det att ha tungan rätt i mun. Men se på sjutton sa jag när jag gick ur bilen, det gick ju lysande. Lite stolt över mig själv var jag faktiskt. Gubbarna var imponerade att jag som var så liten klarade av att hantera detta stora fordon. Inga problem sa jag rakryggad!! Vi åkte till Borgholm på Öland med Po och Katta med familj. När vi precis körde upp på bron från Kalmar så ropar Oliver: Håll i hatten för nu kommer viii!! Alla brast ut i skratt, Matte och jag tittade på varandra och såg nog väldigt undrande ut fast på ett positivt sätt. Men vi undrade var han hade fått uttrycket ifrån. Vet inte sa Oliver, och tyckte själv att han var rolig. Det var han ju verkligen. Vi var i Borgholm samma vecka som Prinsessan Viktoria fyllde år, så det var ju extra mycket aktiviteter i stan. Viktoria kom till en byggnad på torget, hon stod på en stor balkong och fick ta emot folkets gratulationer.

Jag blev arbetslös.

Jag blev uppsagd från mitt arbete, det var ett litet företag med mindre än tio anställda. Det hade blivit stor press inom byggbranschen, dom hade stora indragningar och därför blev ju städ delen väldigt drabbad. Jag var inte speciellt nöjd med att bli arbetslös, men vad skulle jag göra. Det var bara att försöka söka nya arbeten. Jag fick en jobbcoach på arbetsförmedlingen, som var jättebra. Han hjälpte mig att skriva ett CV. Jag hade aldrig gjort det förut. När jag sökte jobb innan sökte jag personligen och det hade ju gått bra. Men nu för tiden räckte inte det för att bli godkänd som arbetssökande. Jag var hos honom vid tre tillfällen, sen hittade han ett arbete för mig. Det var bemanningsföretag, och för min del spelade det ingen roll vad det var för slags arbete, huvudsaken att jag får ett jobb. Dagen efter ringde chefen för bemanningen och frågade om jag ville komma på intervju samma dag. Jag hade ingen barnvakt just den dagen, men vi bestämde att jag skulle komma dagen där på. Jag åkte dit, mötet gick jättebra tyckte jag själv i alla fall. Jag visste att det var ett tiotal till som skulle intervjuas så jag hade inga större förhoppningar. Men efter två dagar så kom samtalet som jag hade väntat på. Det var chefen för bemanningsföretaget som ringde, hon hade avbokat resterande intervjuer. Hon ville ha mig till jobbet. Hon frågade om jag kunde komma dagen efter och skriva kontrakt. Självklart ville jag det, och så blev det. Jag kom dit skrev alla papper och fick mina arbetskläder. Redan på måndag morgon skulle jag börja mitt nya arbete. Jag skulle bli inhyrd till en fabrik. Jag skulle ha ansvar för ett område, där jag skulle städa. Mig gjorde det ingenting att det var städjobb, jag var bara så glad att jag slapp att bli arbetslös. Matte jobbade också där fast som svetsare, och han var på en avdelning som jag inte hade. Men vi såg varandra ibland ändå. Jag blev kvar där ett år, sedan blev det uppsägningar inom det företaget som jag jobbade för. Jag blev flyttad till en annan fabrik som dom också hade. Där var jag bara i några månader, sen fick dom krav att återanställa folk och då behövdes inte jag längre. Men utan uppdrag blev jag inte. Jag hamnade till sist på ett företag i Luleå. Fabriksarbete. Det var ganska ok fast det var enformigt, men jag fick lära mig mycket om olika slags plåtmaterial, och framför allt träffade jag nya trevliga människor. På det företaget var det ungefär femtio procent som kom ifrån samma bemanningsföretag som jag. Sommaren kom och jag började få fruktansvärt ont i huvudet, nacken och smärtan gick ut i vänster arm. Jag uppsökte vårdcentralen, där sa dom att det var spänningshuvudvärk. I armen? det lät väldigt konstigt men det var inte mer med det. Under hösten blev det värre, jag hade fått hög feber jätte ofta, men jag jobbade ändå. Jag ville inte säga något om mina besvär på jobbet. Då kanske företaget inte ville ha kvar mig och jag skulle bli utan uppdrag. Nä det ville jag inte. Vänster armen blev svagare och värken var extrem. Jag försökte dölja det genom att inte använda vänster arm så mycket i arbetet. Febern fortsatte, nu var jag tvungen att vara hemma. Jag hade fyrtio grader och hade så fruktansvärt ont överallt. Jag blev muskelsvag i kroppen, framför allt vänstersidan, mina ben orkade inte bära mig längre, hade ont i alla leder och muskler. Jag sökte återigen läkare. Han tog prover som visade att jag hade förhöjda värden på CRP och SR. Läkaren misstänkte reumatism och skickade en remiss till reumatologen. Jag blev sjukskriven i några veckor.

Mamma och jag på semester.

Matte skickade iväg mig och mamma till Spanien Gran Canaria en vecka. Han ville att jag skulle få avkoppling och förhoppningsvis skulle värmen göra mig gott. Mamma visste ingenting, jag hade bara sagt att hon skulle säga till sin chef att hon kunde behöva ta semester med kort varsel och att hon skulle ha giltigt pass. Väskan skulle vara packad för olika väderslag. Vi fick tag i en resa, vi skulle åka om två dagar, jag ringde mamma och sa att hon var tvungen att sova hos oss och säga till sin chef. Barnen tyckte inte alls om att jag skulle åka, jag hade aldrig varit ifrån dom själv förut. Dom ville inte släppa taget om mig. Jag fick dåligt samvete samtidigt som jag verkligen behövde komma bort och bara tänka på mig själv. Vi åkte tidigt på morgonen till Landvetter. Efter fem timmar var vi i

Spanien. Vi kom till hotellet, det var en lägenhet med en stor balkong. Vi bytte om och la oss vid poolen. Det var varmt och helt underbart. Vi låg vid poolen om dagarna, lagade lunch på hotellet. På eftermiddagen åt vi ute på restaurang. En dag tog vi Taxi till Mogan. Det var den otrevligaste taxiresan jag varit med om. Inte för att han körde som en galning, utan att vägarna var så smala och varje gång vi fick möte trodde jag att vi skulle krocka. Det var ett litet räcke vid vägkanten, tittade man ner så var det bara ett stup rätt ner. Vi kom tillslut fram välbehållna. Det var ett fruktansvärt vackert ställe med fina blomsteruppsättningar, en underbar fiskehamn. Vi tillbringade hela dagen där, vi tog det bara lugnt och hade en underbar dag. Vi åkte på marknad, och besåg oss lite runt omkring. Jag kände hur värmen gjorde mig gott mot den ständiga värken. Jag blev smidigare i lederna och kunde röra mig på ett helt annat sätt än vad jag gjorde hemma i kylan. Men framförallt var den resan en uppladdning för både kropp och själ.

Utredningen.

Jag kom in till reumatologen, han tog massor av prover och skickade en remiss för att göra en muskelbiopsi. Jag blev fortsatt sjukskriven. Juni kom och jag skulle in på muskelbiopsin. Det var på kirurgmottagningen. Jag kom in på ett rum, sköterskan var jättetrevlig, men så kom läkaren. Han var nonchalant hälsade knappt. Och beklagade sig över att behöva göra ett sånt här ingrepp. Jag var redan nervös innan, men nu var jag vettskrämd. Han skulle lägga bedövningen, han stack in sprutan på några ställen, vände sig om och hämtade skalpellen. Jag trodde att man kanske väntade mer än två minuter innan man började skära i folk, men inte han. Han skällde på sköterskan för att hon inte hade lagt fram någonting. Han var otrevlig och jag märkte att sköterskan var nervös i hans sällskap. Han började snitta i benet, efter några snitt sa jag att jag började känna. Han struntade i det och skar i alla fall, det fanns ingen bedövning där. Jag skrek av smärta, tårarna rann. Det gjorde fruktansvärt ont. Han fräste till och tog en spruta till i benet, sen skar han igen. När han hade tryckt fram lårmuskeln och började pilla på den sa jag att jag kände mycket igen, men som första gången så struntade han i det och skar. Jag höll på att svimma, jag skrek högt, jag såg stjärnor framför ögonen. Det går inte att beskriva den smärtan. Läkaren sa inte ett ljud utan tog en spruta till rätt in i muskeln, nu fick jag nästan panik. Han skar av ett par centimeter och sydde ihop mig. Aldrig mer tänkte jag. Jag kände mig som en gris på ett slaktbord. Vilken idiot till läkare. Dom hade berättat att det kunde strama lite i benet efter ett sådant här ingrepp, och det var ju inte så konstigt. Samma dag fast lite senare skulle jag till reumatologen för att göra ryggmärgsprovet. Jag kom dit, mitt ben var helt förlamat efter biopsin. Jag frågade om det var normalt, men han hade aldrig varit med om det tidigare. Han försökte undersöka mig, men höger ben gick inte. Jag berättade hur jag hade blivit bemött, då frågade min läkare om det var en äldre man med grått hår som hade utfört ingreppet. Ja svarade jag. Ja, jag misstänkte det sa han bara, inget mer. Han gjorde ryggmärgsprovet och jag blev kvar på sjukhuset i några timmar efteråt. Min moster Lisa kom och hämtade mig den dagen, hon blev förtvivlad när hon fick se mig och höra hur min dag hade varit. Jag blev rullstolsburen i en vecka pga förlamningen. Jag anmälde läkaren till LÖF men fick svara att han hade utfört sitt arbete korrekt. Jag ringde upp dom för att få en förklaring, och det enda han sa var att ett snitt tar ca två sekunder så det var ju inget långt lidande. Så det räknades inte, läkarens bemötande och vårdslöshet kunde man heller inte klaga på. Dom hade nämligen en egen kirurg som gjorde bedömningen att han hade gjort helt rätt. Jag trodde inte att det var sant det han just hade sagt till mig. Men det var det. Jag överklagade beslutet, men förgäves. Jag blev remitterad till neurofysiologi där dom gick in med nålar med elektricitet för att kolla musklernas och nervernas funktion. Jag fick till svar att jag hade en bristande aktivitetsstimulering ifrån hjärnan. Ok, vad betyder det? Det fick jag inte några riktiga svar på utan bara att det kunde bero på smärta eller annan funktionell störning. Alla prover som var avskiljande frågade jag om, men allt jag fick till svar var att det var marginellt och diffust. Oj vilka bra svar man får inom sjukvården. Jag hade varit och gjort en datortornografi av buk och bröstkorg, det hade heller inte visat något enligt läkaren. Men veckan efter fick jag såna buksmärtor och magen svällde upp så jag såg ut att vara gravid i sjunde månaden. Jag åkte till akuten, där misstänkte dom blindtarmen. Jag åkte in på ultraljud. När jag låg där och läkaren undersökte mig sa han att jag hade några förstorade körtlar i buken. Han förklarade att dom inte ska synas på ultraljud. Jag frågade varför jag hade det? Läkaren svarade då, ja det visar att du har något skit i närområdet. Sen berättade han att jag hade tre stora gallstenar, men gallblåsan såg ok ut. Men herregud sa jag, jag var ju på röntgen förra veckan, och då sa dom att det inte syntes någonting. Konstigt tyckte läkaren med tanke på att hans upptäckt inte hade kommit över en natt. Jag blev skickad tillbaka till akuten för att prata med läkaren. Dom lade in mig på en avdelning för observation. Jag fick bara ha ett dropp, och jag hade ont i hela kroppen. Jag fick inte ens en Alvedon. Hemma åt jag sjutton tabletter om dagen, och nu fick jag inget. Jag grät och ville bara åka hem. Dagen efter kom en läkare på ronden, jag bad om att få åka hem, jag stod inte ut längre. Han sa att det var ok med tanke på att vi bodde så nära. Men jag fick lova att komma tillbaka om det blev värre. Jajamän sa jag. Tankarna sa något annat. Jag fick med mig en remiss, jag skulle tillbaka dagen efter till akuten för att åka in på en skiktröntgen. Jag kom tillbaka, men jag sa till den ansvarige läkaren att jag inte fick röntgas så snabbt efter min datatermografi som jag hade gjort veckan innan. Men hon vägrade att lyssna på mig och la in mig på en avdelning i väntan på röntgen. På avdelningen kom läkaren, han sa att jag inte skulle få göra röntgen pga. Att jag gjorde en förra veckan. Då blev jag arg och berättade att jag hade sagt till läkaren på akuten precis det han just sagt till mig. Jag sa att jag ville bli utskriven omedelbart. Han ville inte, men jag var mycket bestämd. Han sa att han godkände det om jag lovade att komma tillbaka om något händer. Nä du sa jag, ni tar dö på mig här. Ingen mat inga värktabletter, jag ska bara ligga här och plågas. Det gör jag hellre hemma i så fall hos min familj. Om jag kommer tillbaka, då är jag medvetslös annars lär vi inte ses igen. Jag var så trött på alltihop. Trött på hela sjukvården.

Barnens tankar

Barnen brukar säga att när mamma blir frisk då kan hon följa med oss ut och cykla. Jag brukar följa med dom ut, men då åker jag i rullstolen om det är längre sträckor och dom cyklar eller går bredvid. Eftersom jag inte kan vara med i deras aktiva lekar så tycker jag att det är så viktigt att vara med och titta på när dom har sina aktiviteter. Lucas är med i NIF gymnasterna, lika så Jasmine. Oliver och Jasmine har också en gemensam idrott, friidrott. Alla mina tre barn har alltid visat mycket känslor. Vi pratar ofta om känslor med barnen och hur mycket vi älskar dem alla. Oliver, han är ganska lugn och lite försiktig. Han kan komma och säga: vilken tur att jag valde er till mina föräldrar, för jag tycker att ni är den bästa mamman och pappan som finns i hela världen. När ens barn uttrycker sig på ett sådant sätt blir man så varm i hjärtat. Lucas, han är våran lilla Emil brukar vi skoja om. Han är busarnas buse men kommer gärna och ger en kram och en puss helt utan förvarning. Han är just nu i en ålder när han undrar mycket om var bebisar kommer ifrån. När vi förklarar att bebisen kommer ifrån pappas pung, då skrattar han så gott sen säger han. Jag kommer att ha en jättestor pung när jag blir stor, varför då frågar jag. Joo för jag ska ha tio barn när jag blir stor, hans ord samtidigt som han formar sina armar till en stor boll och böjer sig ner i höjd med sitt underliv. Hans tankar och uttryck ger så mycket glädje. Det finns bara en sak att säga: Underbart med barn!! Jasmine, hon är känslomässig som dom andra barnen är. Kryper gärna upp i ens knä och gosar lite. Hon är framåt och tar gärna kontakt med människor. Hon brukar säga till mig att jag är den bästa mamman i världen, och att hon älskar mig. Det känns så varmt i hjärtat när hon säger de orden. Jag älskar att lyssna på mina barn och se glimten i deras ögon. Då vet man att på något sätt att man har lyckats med sina barn. Man har verkligen lärt dom vad kärlek är, och att det är viktigt att både få höra men också klara av att säga orden. Jag är stolt över mina barn. Alla är egna individer och man ska bevara deras personligheter. Min uppgift är att lära dom vad som är rätt och fel. Lära dom att man måste vara ärlig och alltid be om ursäkt om man gjort något fel. Att ge dom trygghet och kärlek. Att vägleda dom genom livet utan att bestämma över deras tankar och känslor. Och framför allt att få dom att tro på sig själva och känna sig stolta över dom underbara människor som dom verkligen är. **Skytteklubben** Hela familjen var tidigare med i skytteklubben. Åldersgränsen där är sju år, men ledarna kollade på Lucas och Oliver när dom sköt och dom var så duktiga att dom fick bli medlem redan som fyraåring, Oliver var fem. Kravet var att dom alltid skulle ha en vuxen bredvid sig hela tiden. Det är självklart, vi

lämnade inte någon av barnen oavsett
ålder. I slutet av året var det
prisutdelning, då blev man bjuden på fika
och medaljer och pokaler lämnades ut.
Det var både interna tävlingar men också
tävlingar utanför. Ledaren delade ut
massor av priser. Ledaren ropar upp
vinnaren för bästa sju års gruppen, och
vinnaren är Lucas Jönsson. Vi blev
chockade allihop, men vad glada vi blev.
Lucas visste inte riktigt vad han skulle ta
sig till, han ställde sig stolt upp tog pappa
i handen och gick fram för att hämta sitt
pris. Han tog ledaren i hand och tackade
så mycket. Alla i lokalen jublade och
gratulerade Lucas som blev allt mer
generad. Men va stolt han var. Ledaren
ropar sedan upp tvåan i sju års gruppen,
Oliver Jönsson oj oj oj Oliver sken upp
som en sol, han visste inte vart han skulle
ta vägen, men han tog pappa i handen
och hämtade sitt pris. Tack så han blyg till
ledaren. Alla jublade även denna gången.
Jasmine sköt i tio års gruppen och kom
på en fjärde plats. Hon var lite besviken

att komma fyra, men vi sa att hon är jätteduktig, och det är flera barn som tävlar i hennes klass. Så hon skulle vara jättestolt över en fjärde plats. Det var hon, men hon hade velat ha en medalj. Pappa hade också fått en medalj. Han hängde den om Jasmines hals. Hon blev jätteglad över att ha fått den. Matte var aktiv i den skytteklubben redan som barn, och då vann han alla tävlingar som fanns. Men i vuxen ålder sköt han ingenting. Inte förrän hela familjen började tillsammans. Det blev vinter och väglaget gjorde att vi inte vågade åka ut dit. Det ligger en bit ut på landet, och Matte var mycket bortrest så jag vågade mig inte ut på vägarna själv med barnen, därför fick det bli ett uppehåll under vintern.

Jasmine stannar hos oss

Jasmine åkte inte längre till Simon. Det hade framkommit att hon råkat ut för fruktansvärda saker av honom. Misshandel, sexuella övergrepp, våldtäkt

mot barn mm. Polisanmälningar gjordes
och Jasmine var fruktansvärt rädd. Jag
hade ständig kontakt med socialtjänsten
för att få råd. Jag skulle inte lämna henne
till honom.

Jag blev diagnoserad

Jag fick mina diagnoser Jag fick min
diagnos EHLERS- DANLOS
SYNDROM, ME, IBS, DISOSSIATIV
MOTORISKSTÖRNING efter misshandeln
från Simon där han utsatte mig för
upprepade skall trauman, Senare fick jag
också diagnosen; Posttraumatisk
stresssyndrom, högt blodtryck, och
svårbehandlad kaliumbrist.Efter många
undersökningar fick jag veta att Simon
orsakade en hjärnskada hos mig efter
upprepade trauman mot huvudet som
troligtvis aldrig kommer bli helt återställd.
Man får lära sig att leva med bekymren. Vi
måste alla bearbeta det som Jasmine
varit med om. Alla barnen behöver
professionell hjälp att komma vidare. Jag
behöver också få hjälp med att hantera

Jasmines fruktansvärda tid. Vi behöver alla anpassa oss till en ny vardag med nya vägar och utmaningar. Det kommer att ta tid, vilket vi måste acceptera. Jag brukar tänka: Ensam är jag svag, men tillsammans är vi starka. Jag har min familj där vi respekterar varandra, uppskattar och värdesätter varandra. Så självklart kommer vi övervinna allt det här. När rättvisan träder fram, då går vi där som vinnare.

Som en mycket god vän sa till mig: Nina! Dom som inte har varit med om någonting i livet. Dom kan inte känna som vi. Dom vet inte vad glädje innebär. Vi värdesätter de små sakerna i livet, vi gläds åt andras lycka. Vi kan känna på ett sätt som dom aldrig kommer att kunna. När jag tänker på vad hon sagt så har hon helt rätt. Jag kan se många som tänker pengar och material. Gråter av en bruten nagel., eller att man bryter ihop för att man inte kan köpa den där Gucci väskan. För oss betyder det ingenting. För oss kan sann glädje vara att man lyckats få någon att skratta en dag eller att solen skiner. Det är lycka, och att lyckas. Hon är en otroligt viktig person för vår familj. Hon har varit Jasmines stödpelare, och mitt bollplank. Hon har varit och kommer alltid att vara en del av oss, både hon och hennes underbara barn. Jag har också henne att tacka för att det tillslut blev en bok, hon tyckte att jag behövde skriva av mig för att kunna bearbeta och gå vidare. Ja, vad skulle vi gjort utan dig Viola?! Du är och kommer alltid att förbli våran guldklimp!

Här fortsätter min berättelse

Här börjar livet innan, med och efter Simon. Men denna bok kommer också innehålla mitt liv fram till detta år 2024. Där det har varit en tuff sorgsen men också en underbar resa som jag på något sätt inte vill ha ogjord. Jag har lärt mig så mycket om vikten av mig och mina barns betydelse i vår tuffa grymma värld, och jag skulle göra om samma resa igen om jag hade blivit tvungen till det. Som tidigare nämnt så träffade jag Simon via en arbetskamrat. Detta va drygt 6 månader efter att min bror Jan hade lämnat jordelivet och oss. Jag var fortfarande skör och mådde såklart inte bra psykiskt. Allt kring Jan var så svårt att bearbeta och acceptera. Jag var ju tvungen att respektera hans beslut men att acceptera blev en omöjlighet för mig. Simon var mörkhårig med vältrimmat skägg. Snygg, rolig å han kändes ödmjuk och verkade vara en vänlig och godhjärtad själ. Han bodde i Luleå i en 2 rummare och jag i min enrummare på Norrfjärden i Rosvik. Jag arbetade på olika äldreboende i Rosvik. Han på Fabrik. Efter några månader flyttade vi ihop i en 2 rum och kök i centrala Luleå. Allt va bra och jag var lycklig för första gången på väldigt länge. Jag beslutade mig för att om utbilda mig till undersköterska på Komvux i Piteå. Jag hade inget intresse av att arbeta inom beklädnad och dessutom hade jag fått stor erfarenhet kring vården under alla år i yrket. Simon hjälpte till som volontär på bingon varje onsdag. Det var ungdomar som var där i egenskap av hockeylaget i Luleå. Han hade ett gott rykte och va omtyckt av alla damer på bingon. Jag fick ofta höra att jag hade träffat en fin och underbar kille. Det trodde jag också under en tid. Men lyckan jag kände och tryggheten som jag trodde att jag va värd att uppleva visade sig senare enbart bli en tortyr och ett liv i rädsla och skräck.

Skenet bedrar

Till en början va han väldigt mån och rädd om mig. Han hade en glidare och jag fick inte åka med förrän vi hade köpt en ryggskena å rejäla mc kläder och skor åt mig. Vi åkte på semester till Öland och campade. Åkte hela Öland från syd till norr. Vi besåg oss och hade otroligt rolig semester. Vi åkte också på mc träffar på High Chaparall där vi umgicks, festade å hade svinkul med alla dessa olika varianter av människor.

Våra mödrar

Vi hade bra kontakt och va noga med familjen och att umgås med nära och kära. Vi brukade vara mycket hos hans mamma då hon var ensamstående och jag tyckte inte om känslan att hon skulle sitta ensam hela tiden, så det blev till en naturlig grej att vara hos henne några gånger i veckan. Hon hade ju vänner och älskade att gå på auktioner och baka, men det kändes väldigt viktigt att ge henne av vår tid. Samma sak med min mamma. Skillnaden mellan våra mammor var att min mor hade Gunnar. Mamma och Gunnar hade känt varandra i ca 20 år innan det växte fram kärlek och intima känslor dom emellan. Mamma hade ju fortfarande mindre barn som var hemmaboende 100 % och Gunnar arbetade extremt mycket. Han jobbade på ett fritidscenter där han lagade och renoverade husvagnar. Han va så

noggrann och effektiv så de flesta
kunderna ville bara ha hans hjälp. Det
gjorde att han arbetade 7 dagar i veckan.
Mamma och Gunnar förblev särbo och
mamma åkte till honom i Luleå då
tillfällen gavs. Ofta hade jag pojkarna så
mamma kunde få komma ifrån, andas,
ladda batterierna och njuta av sin kärlek
dom emellan. Jag har alltid haft en
drivkraft inom mig när det gäller min
familj. Mamma har alltid gjort vad hon
har kunnat genom alla år. Inte att hon har
haft massa pengar som hon ödslat på oss
barn, det har hon verkligen aldrig haft
men hon har bakat bröd, kommit med
matkassar, stöttat och gett av allt hon
kunnat. Hon gjorde soppa på en spik om
det krävdes. Gav bort sina materiella
saker till någon som behövde dom bättre
än henne osv. Hon har alltid tänkt på alla
andra före sig själv och har aldrig bett om
något tillbaka, det var såna saker som
gjorde mamma så unik och godhjärtad.
Hon sa en sak som har följt mig sen liten
flicka, hon sa; man ska aldrig döma

någon efter utseende eller livet dom lever idag, du vet inte vad deras ryggsäck innehåller och vi vet heller inte orsaken till deras levene. Jag förstog inte vad hon menade riktigt när jag var liten men som vuxen förstog jag innebörden och att hon hade så rätt. Man kan bara se till sig själv och den upptäckten kom att visa sig även för mor. Hon skiljde sig från Sune när Erik var 4 år Kalle 6 och Jesper 7. Mamma hade tappat känslorna och dom hade inte haft något samliv på väldigt länge. Mamma jobbade ständig natt och Sune gick hemma. Men pga. att han inte hade något körkort lades mycket ansvar över på mamma. Hon fick sköta 90 % av allt vad som krävdes, köra barn till dagis och skolan, köra till fotbollsträning, sköta hemmet. Det Sune hade ansvar över var att ta hand om och ansvara över posten, ingen större belastning anser jag. Men som sagt dom skiljde sig och Sune hyrde ett hus några kilometer ifrån oss. Till en början hade han pojkarna men med tiden blev det mindre och mindre och när han sen fick veta att mamma träffat Gunnar så blev det tvärstopp. Han trodde att han jävlades med mamma men sanningen var att det var hans pojkar som kom i kläm och drabbades hårdast. Trots flera försök att få honom att förstå så gick det inte in hos honom. Jag tog ansvaret över pojkarna när mamma jobbade och man kan säga att vi hade delad vårdnad under några år. Mamma behövde ju också fritid ansåg jag så därför skickade jag gladeligen iväg henne till sin kärlek när tider och dagar passade. Detta var ju såklart inte uppskattat av Sune men det var en sak som vi inte kunde ta hänsyn till eftersom dom hade gått varsin väg och mamma påbörjat sitt nya kärleksfulla liv. Men det fanns också en svart hemlighet i Gunnars liv. Han var periodare och kunde dricka i veckor utan uppehåll. Han blev aldrig våldsam eller elak varken fysiskt eller psykiskt men alkoholen för framförallt mamma och mig var kopplad till hot, våld, skräck, rädslor och upplevdes som en djävulsdryck. Därför blev Gunnars missbruk ett besvär och en ångestfylld upplevelse. Mamma gav honom ett ultimatum, det är alkoholen eller mig sa hon. För Gunnar blev valet väldigt enkelt. Enkelt i viljan men det krävde ett otroligt stort kliv med mycket abstinens och ångest för honom. Han stog fast vid sitt val och bad mamma om hjälp. Självklart gjorde hon allt i sin makt för att han skulle lyckas, så dom bokade in ett läkarbesök i Norge där dom opererade in en antabusstav i hans arm. Den höll sig verksam i 6 månader. Han hade tid för en ny operation efter tiden löpt ut men vid det laget kände han sig stark nog att klara av resten av resan utan medicinsk hjälp. Vi alla va så stolta över hans prestation och att han valt mamma och livet istället för whiskey och sprit. Dom var ute och reste, Bulgarien, Spanien och i Mexico, där gifte dom sig. Inte på papper som mamma brukade säga utan bara för varandra. Romantiskt på en strand i Mexico. Mamma va inte mycket för rött guld så dom valde enklare silverringar och där och då lovade dom varandra tills döden skiljer dom åt. Mamma förblev hans lilla Sara under dryga 20 år och det höll verkligen till döden splittrade dom åt. Gunnar fick problem med blodtrycket, tappade känsel i benen och blev snabbt sämre i sin hälsa. Gammal boxare som han var med en bakgrund som både sjöman och kåkfarare i ungdomens dar så sökte han inte läkare i första taget. Senare fick han också blödande magsår och han blödde från bägge håll. Mamma berättade aldrig allt vad som var felet med honom men den sista tiden kunde han inte längre bo hemma utan blev flyttad till ett temporärt boende för människor i slutskedet av livet. Jag och mamma åkte till honom varje dag och med våra erfarenheter kring just nära döden och livets slutskede så visste vi när det inte va långt kvar. Det va ingenting vi pratade om, vi bara visste och vi såg alla tecken så tydligt. Sista natten i Gunnars liv så sov mamma hos honom. Han hade en vanlig sjukhussäng och de båda vägde runt 85 kg. Smalt och trångt låg mamma nära sin älskade man, pussade honom god natt och höll hans hand. Vid den tidpunkten hade han ont i kroppen och mamma ville inte göra det värre. Så hon halvsov hela natten för att hon inte skulle röra sig så mycket nu när han hade ont. Och eftersom mamma arbetade ständig natt så var det inga problem för henne. Morgonen kom och mamma tvättade och klädde honom i mjukkläder som han älskade att strosa runt i hemma. Mat var inte att tala om men hon baddade hans läppar och fuktade han i munnen. På förmiddagen visste mamma att tiden var inne och han tog sitt sista andetag med mamma vid sin sida. Han fick sin sista vila bredvid sina föräldrar.

Åter till Sune.

Med tiden började det komma massa konstiga brev till mamma, eftersom Sune haft hand om posten så var det inget hon

tidigare sett eller hört något om. När hon
sedan började rensa ut hans kläder och
arbetsbyxorna i tvättstugan fick hon en
chock. Sune hade struntat i att betala
räkningar och även beställt varor och
tjänster i mammas namn utan att hon
vetat om det. Inkassobreven haglade in
och även från kronofogden. Sune hade
inget dåligt samvete och ville heller inte
vara karl nog att göra rätt för sig. Mamma
hamnade i ekonomisk katastrof och hon
var en person som aldrig gnällde,
beklagade sig eller pratade illa om någon.
Inte ens om pappa som trots allt försökt
ta hennes liv vid flera tillfällen. Mamma
gjorde upp avbetalningsplaner och gjorde
så gott hon kunde. Tufft var det innan
men nu va det tusen gånger värre. Senare
visade det sig att han även köpt virke som
han hade satt upp på sin dotter så även
hon fick kronofogden på sig. Åren gick
och mamma hade det jobbigt att klara av
allt på egen hand. Jag bodde i egen
bostad, Jan och Elin var utflugna och
Sune hjälpte inte till med varken barn

eller sitt ansvar vad gällde ekonomi. Sen kom nästa smäll. Mamma fick svamp i huset, försäkringsbolaget tog inte den sortens åkommor och det slutade med att mamma fick 150 000 kr till att behöva betala. Samtidigt som Försäkringskassan bråkade om utbetalningar efter hennes fotoperation. Svampen var giftig och fanns i hela tvättstugan samt badrummet. Vad skulle hon göra? Dom kunde inte bo i ett hus fullt med gifter. Hon blev skuldsatt upp över öronen igen. Samtidigt som det fortsatte att komma kravbrev efter Sune. Mamma försökte få bort hans skulder men det var förgäves eftersom hennes underskrift var där men bevisligen såg det inte ut som mammas, hon hade detaljer som inte syntes på hans förfalskningar. Mamma blev skuldsatt med flera hundra tusen efter honom.

Stugan

Jag va 20 år när vi sålde vår stuga. Stugan ägde jag, Jan och pappa tillsammans.

Farfar hade byggt den och den blev vår.
Pappa och Jan hade inte pratat på flera
år, och jag hade väldigt sparsam kontakt
med pappa. På telefonen gick det hyfsat
bra eftersom han inte kunde göra mig illa
den vägen. Men de få gånger som jag åkte
och träffade honom så vågade jag aldrig
vara ensam. Jag va tvungen att ha med
mig nån kompis och gärna en kille för
trygghetens skull. Men nu skulle vi sälja
stugan och då måste vi träffas allihopa.
Mamma hämtade mig och Jan hämtade
vi upp på hans arbete. Vi tog oss till
Bergviken och ju närmare vi kom desto
mer kom nervositeten och ångesten. Tur
att mamma är med ifall han är full så vi
bara kan dra fort därifrån om det skulle bli
otrevligt. Väl framme ringde vi på hans
dörr. En liten sliten försupen gråhårig
berusad gubbe öppnade dörren. Det där
skulle föreställa min pappa. Tidigare har
han åtminstone varit noga med sin
raggarfrilla å välansat skägg, men detta
vete tusan vad det var för nåt. Skitsamma
tänkte jag, vi ska bara skriva papperna

sen åker vi fort som fan. Vi sätter oss vid köksbordet. Hembränt dunken står på bordet tillsammans med ett dricksglas. Man kunde ju tänka att han kunde vara lite vänlig när vi trots allt la tid på att hälsa på efter flera års uppehåll men nejdå. Han attackerade Jan direkt och ifrågasatte hur fan han ser ut, Jan svarade att han åkte direkt ifrån jobbet och har arbetskläderna på sig. Pappa borde ha varit stolt över sin son som fått ett jobb och dessutom trivdes Jan med det. Men som vanligt kom det bara skit, skit, skit ifrån gubbens mun. Tillslut fick vi honom att skriva på papperna och vi åkte därifrån. Det var sista gången Jan träffade pappa och det var 1996. Vi sålde stugan och jag och Jan tog våra körkort och köpte varsin bil för pengarna. Jag tror inte att jag träffade pappa efter affären var avslutad, han va ju som sagt ingen prioritering i mitt liv.

Mina tankar

Ibland har jag haft starka funderingar på hur människor kan vara så grymma, onda och kränkande. Om jag tänker tillbaka för att få nån form av förståelse så gör jag granskning av pappas liv. Han var det enda barnet. Farfar var en god man med ett enormt hjärta, hårt arbetande man på järnvägen. Jag såg alltid min farfar som lilla Fridolf, snäll, försynt å alldeles underbar. Gift med min iskalla, elaka, ondskefulla farmor, jag har alltid sagt att hon är född med tre sexor i pannan dvs djävulen själv. Farmor var tvilling och hennes tvillingsyster var totala motsatsen mot farmor, hon var som farfar fast kvinna. Tänk om farfar hade valt henne istället, vilket underbart liv han hade fått då. Farmor jobbade tidigare på äldreboende. Men hon slutade där när farfar blev sjuk. Hon skulle ta hand om honom. Det blev inget kärt omhändertagande och det är för mig en helt ologisk tanke att hon arbetat som vårdpersonal. Hur i hela friden kan en sån människa få jobba med levande ting överhuvudtaget? Så långt tillbaka som jag minns så jobbade inte farmor och hon tog heller inte hand om farfar. Stackars alla offer som tvingades vara i samma rum som satmaran. Hon ägnade dagarna åt andra saker. Gick till frissan varje vecka, köpte dyra pälsar som farfar fick betala och gjorde livet surt för grannarna. När jag blev äldre berättade mamma om pappas berättelser om när han var barn. Han hade flera fina leksaksbilar, tåg, filmisar mm men det var ingenting som han fick leka med. Dom skulle stå på hyllan i hans rum och bara beskådas. Ett par gånger i veckan kom det olika män hem till henne medan farfar var på jobbet. Då låste hon in pappa i hans klädgarderob och blev utsläppt först efter att männen gått sin väg. Pappa fick inte ha några vänner. Och allt var styrt av henne. När farfar fick en hjärnblödning så ville hon inte åka med ambulansen till sjukhuset. Hennes argument var då att Valmar kommer ju dö ändå. Det gjorde han inte men han blev kvar länge på sjukhuset och det var en lättnad så länge det varade. Vi brukade ta hem honom till oss så ofta vi kunde och jag var alltid lika glad när jag fick låna hans rullstol ute på gården. Farfar var lugn, trygg och glad hos oss. Till skillnad från hemma hos henne. Hon gick ut på sina ärenden men farfar fick aldrig följa med, varför skulle hon ta ut honom på promenad? En invalid som ändå snart ska dö. Nä så mycket skulle hon aldrig förnedra sig och visa upp hur sanningen är och farfars värde. Innan hon gick la hon alltid fjärrkontrollen så långt bort att han inte skulle nå den. Varför ska han se på tv? Telefonen placerade hon i hallen så han inte kunde svara om det ringde och han fick absolut inte ringa och prata med någon om hon inte var hemma.

Farmor och farfar

Vi åkte dit på söndagsmiddag ibland, jag ville inte åka dit men jag kunde ju inte säga orsaken. Varken mamma eller pappa visste ju om att farmor nöp mig eller slog mig så fort hon fick chansen. Blickarna hon gav mig när ingen såg på, kröp under skinnet på mig och jag var rädd för att vara ensam i samma rum som henne. Ibland hände det att farfar tappade en matbit på golvet, han var halvsidesförlamad och det hade drabbat hans högra sida vilket gjorde det ännu mer besvärligt för honom då han var högerhänt. Straffet då? Jo farfar hade en sak som han såg framemot varje kväll och det var att få se sporten på tv:n. Så det hårdaste hon kunde göra var att inte låta han se den just den kvällen. Med sitt hånfulla vidriga sätt sa hon; sköt dig imorgon så kanske du får se sporten då. Man kunde så tydligt se hur farfar föll ihop och blev ledsen, men det tjänade ingenting till att säga emot, straffen blir då bara fler och värre. Farfar fick senare en blödning till och avled. Jag blev såklart jätteledsen men samtidigt lättad att han äntligen skulle slippa sin häxa till fru. Jan va gullegull och jag var pesten, det talade hon om för mamma när jag var 3 månader. Hon kommer aldrig acceptera

mig och det visade hon tydligt genom alla
år.

Jans revolt

Jan fyllde 18 år. Han hade burit på så
mycket ilska och hat mot farmor och hur
hon betett sig mot mig och farfar. Samma
dag han fyllde år tog han en fylla och
hoppade på bussen till Luleå
Hjortstigenägen. Farmors bostad. Han
bankade på dörren å kärringen öppnar
lite försiktigt och frågar vem han är.
Känner du inte igen ditt egna barnbarn
din jävla hagga skrek Jan. Men Jan sa hon
glatt va roligt att du kommer...Tror jag inte
att du tycker och gick in med stora steg.
Jag skulle aldrig röra dig eller göra dig illa
sa han men du ska få för allt lidande du
utsatt oss för genom alla år. Han slog
sönder spegeln i hallen, rev ner
telefonbänken skrek och va så
fruktansvärt arg. Till sist sa han, nu är vi
kvitt din jävel och slog näven rätt genom
fönsterrutan i ytterdörren sen gick han
stolt därifrån. Farmor ringde då mamma

och skulle beklaga sig och när hon fått säga sitt, svarade mamma: ja du Britta synden straffar sig själv och dessutom är Jan myndig och tar sina egna beslut. Samtalet blev inte längre än så.

Pappa hittas död

Åren gick och vi hade ingen kontakt med farmor. Men mina funderingar kvarstår kring pappas beteende och val i livet, va det pga just sin egen barndom och alla hemska upplevelser som han upplevde? Samtidigt så rättfärdigar inte det hans beteende eller hans val att skada och hota oss på det sättet som han faktisk gjorde under alla år. Och faktum kvarstår, hade han dött före Jan då tror jag att Jan kunnat få ett tryggt och bra liv tillslut. Efter Jans bortgång ringde jag pappa och berättade att Jan var död. Den enda responsen jag fick från honom var ett yttrande som var: åh fan hade han taskiga nerver eller???!!! Jag hade aldrig vågat säga emot eller yttrat mig överhuvudtaget mot pappa men detta va droppen, bägaren rann över och jag visste att han inte kunde komma åt mig och göra mig illa. Jag kommer inte ihåg exakt mina ord men jag bröt all kontakt med honom och bad honom fara åt helvete. Och just det gjorde han sju veckor senare. Morsdag 1999 får jag ett samtal

att pappa hittats avliden i sin soffa fastklistrad i sitt eget blod och

 avföring. Han hade supit ihjäl sig och det enda som gnagde i mitt huvud var orden som Jan sagt till mig så många gånger: det är farsan eller jag. det är farsan eller jag!! Varför kunde inte pappa dött först? Då kanske Jan hade levt?! Jag kunde inte sörja pappas död, det blev en lättnad för mig istället. Äntligen kunde jag känna mig trygg och jag kunde få chansen att frigöra mig från honom förgått. Jag ordnade med begravningen och alla måsten runtomkring, varken mer eller mindre.

Han blev begravd i minneslunden i Bergviken och dit har jag återvänt en gång efter det. Inte för pappas skull utan när Jimmy Pappas fördetta styvson skulle begravas på samma kyrkogård.

Jag var färdigutbildad

Jag gick klart min utbildning och i dec 2001 var jag utbildad habiliteringsassistent och undersköterska. Jag hade redan fått extra jobb inom särskilda omsorgen, ett korttidsboende för funktionshindrade barn och ungdomar.

Simon och jag flyttar

Jag och Simon fick erbjudande om att hyra huset som jag tidigare bodde i när Jan hade dött. Efter endel funderingar fram och tillbaka så valde vi att ta erbjudandet och vi flyttade. Vi målade om och fick nyrenoverat badrum. Vi trivdes bra, och det var nära till mamma bara 6 km. Jag började må illa och gjorde ett graviditetstest vilket visade positivt.

Jag blev glad samtidigt som jag var nervös över hur Simon skulle ta det. Vi hade ju varit ihop i ett par år men ändå. Han kom hem från jobbet och jag visade testet och han blev jätteglad. Det var ju inte planerat men så välkommet. Jag fick massa konstiga idéer för mig tex ville jag ha grillad kyckling mitt i natten så jag ringde en granne som själv hade 5 barn och inte alls förvånad över mitt sug, så dit åkte jag för att äta ny grillad kyckling och grillkrydda. Nästa stund var det knäckebröd med kaviar som stog överst på menyn. Suget fortsatte av olika slag och det gick inte att styra bort tankarna om godsakerna, måste bara ha!!! Simon började visa sidor jag aldrig hade sett hos honom tidigare. Om vi hade någon diskussion så kunde han putta mig så jag ramlade i sängen och började komma hem extremt sent från jobbet under eftermiddags veckorna. Jag frågade såklart varför men fick aldrig några svar. Efter ett tag upphörde det mönstret och allt var bra mellan oss. Men vi tyckte att det började bli väldigt långt att pendla till jobbet varje dag 12 mil per dag. Så vi kollade efter hus att köpa istället.

Köpte ett hus

Några månader innan jag skulle föda hittade vi ett hus i skogen som vi köpte och flyttade in omgående, skogen heter ett litet ställe strax utanför Luleå, lagom långt till jobb och vänner. Jag fick 2 hönor å en tupp i födelsedags present av Simons syskon och mamma. Hönorna hette Britt-Marie och Katrin. Tyvärr minns jag inte tuppens namn men han va mörkgrön å skiftade vackert i solljuset. Jag blev så fruktansvärt glad över dom. Vi umgicks endel med Simons barndomsvän Ludde och Emmy. Och vid några tillfällen berättade Ludde att Simon hade endel aggressionsproblem och därför va han med i boxningsklubben. Även Petra berättade samma sak. Jag fick också höra att Simon hade slagit sin tjej innan mig. Hon kom nånstans neråt i landet till. Och hon lämnade honom efter det. Jag frågade Simon om det men han sa att hon ljög och jag va dum nog att tro på honom. Sommaren började närma sig sitt slut, magen växte som bara den.

Semester

Vi bestämde att åka till Danmark och stanna där i en vecka med mamma och mina bröder. Simon skulle ta motorcykeln och jag körde bilen med husvagn å mor plus syskon. Simon skulle köra före som kartläsare, det gick inte så värst bra direkt. Han läste inte skyltarna och vi hamnade mitt i smeten bland semesterfirare och trånga gator. Simon som aldrig kunde ha fel i någonting skyllde såklart allt på mig trots att han körde först. Efter många om och men lyckades jag vända bil och husvagn och vi va ute på rätt väg igen. Väl framme på campingen var det mysigt och solen värmde så skönt. Simon hade en attityd som inte var ok och han kritiserade oss andra konstant. Så mycket att till och med mamma gick in i husvagnen och fällde en tår men som vanligt sa hon aldrig något. Veckan gick och vi skulle åka hemåt, jag hade nu 3 veckor kvar på min graviditet. Simon skulle ta ett sista dopp och hoppade i havet. När vi sen skulle åka frågade jag efter bilnyckeln, han blev hysteriskt svor och anklagade mig. Men kors i taket så kom han på att det faktiskt va han som hade tagit nyckeln och stoppat den i badbyxorna...men ärligt skrek jag, hur fan ska vi komma hem nu då har du tänkt. Det är lördag och alla verkstäder var stängda.. arg som ett bi vräker jag ur mig, jag vill inte ha en danskregistrerad unge. du får fixa detta bara!! Mamma kunde ju inte hålla sig för skratt å Simon visste inte hur han skulle lösa problemet. Efter en stund kom han på snilleiden att knäcka rattlåset.. jaha sa jag hur fan tänker du nu? Tänk om ratten låser sig å jag kör höggravid, mamma och barn i bilen plus en stor jävla husvagn bak.. Men det enda klyftiga som kom ur hans mun va att jag skulle stanna om det inträffade. Jag va så arg och upprörd, sa till honom att åka så ses vi på Svensk mark när jag kan känna mig något lugnare och så fick det bli. Vi klarade resan hem och Jasmine var duktig som höll sig varm och trygg i mammas mage. Nu i efterhand kan man ju skratta åt eländet men då var det en ren katastrof. Jasmine var beräknad till den 5 september men hon valde att öppna ögonen för världen den 9 sep 2002. Om jag visste då vilket liv som väntade henne så hade jag rymt långt innan hon ens föddes.

Vår kamp om överlevnad

Nu börjar Jasmines och min kamp för överlevnad och strider i en myndighetsvärld där man hellre skyddar gärningsmannen istället för offren. Ett rättssamhälle där man systematiskt försöker tvinga barn att umgås och träffa förövare som har förstört resten av barndomen samt vuxenliv. Där man även förstört tillit till det manliga könet samt förtroendet till myndigheter och andra instanser inom trygghet, säkerhet och rättsväsendet. På vår resa i denna berättelsen får ni höra hur ett barn blir utsatt för misshandel, sexuellt övergrepp och våldtäkt. Där vi har ett samhälle som väljer att inte sätta gärningsmannen i straff läge utan istället skyller man på barnet för att hon inte har talets gåva att förmedla med ord vad hennes biologiska pappa har gjort. Ni kommer också få följa med på en resa där barnpsykiatrin försöker rädda ett barn men trots alla medel är hennes psykiska hälsa förstörd och lever idag.. flera år senare ett liv med posttraumatiskt stressyndrom, ångest, depression, självskadebeteende. Vi har en ung kvinna på 21 år som idag lever ett liv som sjukpensionär pga vad hennes pappa ansåg sig ha rättigheter till när hon var ett litet barn och flera år framåt.

Simons förändring

Jag började märka strax efter att Jasmine föddes att Simon ändrade sig mer och mer. Han blev styrande, aggressiv och både fysiskt och psykiskt elak mot mig. Jag gick in och tog en välbehövlig dusch efter en lång dag. Jag var på gott humör och inga konstigheter överhuvudtaget. Men Simon var inte lika positiv när jag kom ut från badrummet in i köket och skulle gå in i tv rummet som låg bredvid. Han hade Jasmine i famnen när han ilsket kom med hårda steg och svarta ögon. Jag blev rädd av att bara se honom. Väl i dörröppningen vräker han ur sig: va fan tror du att du håller på med?!! Vadå undrade jag. Innan jag visste ordet av så tog han ett stadigt tag runt min hals och tryckte upp mig mot dörrkarmen. Jag kände hur rädslan spred sig genom kroppen och jag ville slå mig fri, men Jasmine var i hans lediga arm och jag kunde inte riskera att göra henne illa. Tårarna kom och jag började gråta. Simon blev argare och argare då jag grina och det skulle jag då inte göra inför min dotter. Han var förbannad över att jag inte sagt till att jag skulle ta en dusch för enligt honom var det hans rättighet att veta om. När han tillslut släppte greppet om halsen bad jag om ursäkt och satte mig på soffan. Inte en tillstymmelse till ånger, ingen ursäkt från honom heller för den delen. Detta var starten av ett långt outhärdligt liv med mitt barns pappa. Ständigt fick jag höra hur ful jag var och att jag skulle vara glad att jag hade honom då ingen annan hade velat ta i mig med tång ensingång. Om jag tvättade i 40 grader då kunde han komma och bli arg för att jag inte tvättade i 60 grader.

Jag blev tvungen att börja arbeta

Jag var mammaledig och hade bara min föräldrapenning och det var ett stort provocerande problem för Simon, så när Jasmine var strax innan 3 månader blev jag tvungen att börja jobba igen. Jag va tvungen att bidra med lika mycket pengar som honom, och det fanns inget tänk om att jag tog hand om barn, hem och trädgård. Jag fick ett kvällsarbete som städare. Jag jobbade då nitton trettio till noll två trettio, söndag kväll till lördag morgon varje vecka. Simon jobbade dagtid på fabrik så jag hade hand om vår dotter från tidig morgon, skötte hem, tvätt, matlagning ja allt vad som behövdes göras. När han sedan kom hem vid halv fem på eftermiddagarna, då var han trött och behövde sova nån timme för att han skulle orka ha Jasmine ett par timmar innan hon skulle sova för natten. Jag behövde ingen vila eller återhämtning enligt honom. Det var bara att bita ihop och ligga han till lags för att slippa våld och elakheter, så jag valde oftast att va tyst och bara lyda hans ord. Jag jobbade så här i ett par månader sen kom nästa grej. Jag hade fortfarande inte kommit upp i samma lönenivå som honom och blev därför tvungen att utöka min plikt med fler arbeten. Jag tog då kontakt med Tidningen där jag hade jobbat några år tidigare. Jag bad om ett till två distrikt och gärna bildistrikt. Jag fick ett till att börja med men det var inget bildistrikt så kroppsligt var det extremt påfrestande, men vad skulle jag göra? Några veckor senare fick jag tillslut bytt mitt dåvarande område till ett större bildistrikt. Jag jobbade då söndag nitton trettio till lördag klockan noll sex varje natt samma tider. Bekymren som blev nu var att jag inte hann hem i tid innan han skulle åka till jobbet och då fick jag ovett för det. Spelar ingen roll orsaken till förseningen, han var aldrig nöjd. Mina löner skulle in på hans konto och jag fick be om pengar för att sedan redovisa dom. Jag sov kanske 10-15 timmar i veckan och min kropp var slutkörd. Lördag morgon till söndag kväll var mitt ansvar att ta hand om Jasmine så han kunde hålla på med sina nöjen dvs motorcykeln eller sova.

Förnedring

Han förnedrade mig jämt och ständigt, han hade kontakt med andra tjejer och enligt honom var det inget fel därför att han kunde inte hjälpa att han var så eftertraktad och att så många ville ha honom. Han ville ha med en av dessa tjejer in i vår sängkammare, och när jag vägrade och tyckte att samlivet är en tvåsamhet och jag vill inte ha fler med i vårt sexliv. Den kommentaren gjorde honom skogstokig och aggressiv. Han drog i mitt hår och väl ute i köket slänger han in mig i köksbordet så jag skadade handen allvarligt. Skyllde på att jag hade halkat men den lögnen gick inte hem hos läkaren som undersökte och satte stödbandage. Men jag var så rädd och jag ville inte att någon skulle veta. Han hade ju talat om för mig ett flertal gånger att ingen skulle tro på mig ändå. Till slut började jag tro på honom. Dessutom använde han Jasmine som ett vapen. När jag fick rymma ifrån honom vid flertalet gånger så vägrade han låta mig ta med Jasmine och han hotade att när jag kommer hem så är han och Jasmine borta. Jag skulle aldrig få se henne igen.

Hur ska jag ställa mig till det? Rädda mitt liv och äventyra min dotter eller ska jag stanna och bli ihjälslagen framför ögonen på min dotter. De valen va inte alltid lätta att ta. Samtidigt som han gång på gång på gång påtalade att om jag inte hade sagt så eller gjort si då hade han inte behövt bli arg och ge sig på mig så det var ju alltid mitt fel hur jag än vände och vred på det. Jag beslöt mig för att inte berätta min verklighet för någon, han va ju smart nog att inte slå mig hårt i ansiktet och mina skador på hals och huvud gick ju att dölja med höga tröjor och utsläppt hår. Som han alltid sa.. ingen kommer tro på dig ändå.

Skräckfärden

Vi var bjudna hem till en arbetskompis till Simon. Pontus. Han och hans tjej bodde bara några kilometer ifrån och det gick en grusväg där man kunde gena. Killarna drack whiskey, hon drack vin och jag drack kaffe eftersom jag ammade och dessutom hade jag inga positiva upplevelser kring alkohol varesig efter pappa eller Simon. Vi satt och pratade, hade trevligt men när klockan började springa iväg föreslog jag att vi skulle åka hem. Jag jobbade så många timmar varje vecka samtidigt som jag hade ansvar för allt runtomkring så jag var extremt trött. Efter många om och men så gick vi till bilen. Självklart var jag inställd på att köra med tanke på att Simon var berusad och absolut inte skulle köra någon bil med mig och hans dotter i. Men han vägrade lyssna och hans kompis visste nog innerst inne vilket humör Herr Simon kunde ha vid motgångar. Motvilligt satte jag fast Jasmine i barnstolen bak och jag fick vackert sätta mig i passagerarsätet. Han börjar gasa och köra från sida till sida, ingen koll överhuvudtaget. Vid nåt tillfälle blev jag så rädd och gjorde ett mindre skrik ifrån mig. Han slänger blicken på mig slår mig i bröstet och vrålar att jag ska hålla käften annars kommer han gasa och köra ihjäl oss alla. Jag börjar gråta tittar bak på Jasmine och ber till gudarna. Han hånflinar då åt mig och gasar, sladdar på rullgruset och njuter av sin prestation. Jag trodde på allvar att vår sista färd va framme. När vi kom hem på grusplanen gick jag till bakdörren för att ta ut Jasmine när han kom med stormsteg och drog tag i min jacka höjde fingret i ansiktet på mig och med sina svarta ögon säger; passa dig jävligt noga. Sen puttade han mig så pass att jag tappade balansen och föll till backen. Vi gick in i huset och Simon var fortfarande irriterad så jag tänkte det var bäst att gå till sängs. Det tyckte inte Simon, vi skulle titta på film. Jag försökte säga att jag var helt slut och behövde sova. Helt plötsligt lyfter han upp Jasmine ur babysittern och tar henne i sin famn. Gå å lägg dig då för fan! men du kan glömma att du får se Jasmine igen, sen gick han ut och mot bilen. Jag fick panik. Han var full aggressiv och hotfull. Han la Jasmine i passagerarsätet och satte sig själv bakom ratten och börnade iväg i hög fart. Jasmine satt inte ens fast och han körde som en galning med min dotter. Där stog jag fullständigt panikslagen av oro över mitt barn och rädslan över att det skulle hända henne något. Inte heller denna gången hade jag någon att prata med. En annan dag stog jag och diskade efter middagen när jag fick en fruktansvärd smärta i bakhuvudet. Simon satt vid köksbordet och hade fått för sig att jag hade sagt något olämpligt tidigare i veckan. Han kastade en sockerskål av plåt rätt i mitt huvud och skrek att jag va en jävla äcklig idiot som bara ska hålla käften och lyda. Jag vågade aldrig berätta för någon hur vi levde eller den totala rädslan som jag måste gömma undan och försöka behärska.

Lucia 2002

En av de grövsta gångerna som han verkligen skadade mig var 13 dec 2002. Han skulle ha luciafest med jobbet. Festen höll till på en krog i Rosvik. Jag var chaufför och min bror Kalle var hemma hos oss den helgen. Kalle var då 14 år gammal. Kalle var en lugn kille med otroligt mycket kärlek och ansvarstagande om små barn framförallt för Jasmine. Han tar avstånd från konflikter, och är inte personen som vågar agera vid orättvisor, Och det kan man inte heller begära av en nyss fyllda 14 årig pojke. Jag står som lovat utanför krogen vid stängningsdags där jag skulle hämta upp Simon och två av hans kompisar. Men det va bara Simon och en vän som kom ut till bilen, den tredje hade träffat en tjej som han ville följa med hem. Killarna pratade och skrattade, Simon satt i framsätet och hade glitter inflätat i skägget. Han tittade sig i spegeln och skröt om den otroligt snygga sexiga tjej som hade hängt med honom hela kvällen och dessutom hade hon flätat hans skägg. Jag tyckte bara att han va patetisk som betedde sig som en barnunge men valde att vara tyst. Jag frågade killen där bak om inte Daniel skulle med så vi inte lämnade honom i Rosvik eftersom han bodde i Luleå. Jag fick då svaret att han blev kvar och att han hade haft det så trevligt under kvällen. Jag svarade då att det verkar som att ni alla haft kul ikväll med ett leende på läpparna. Vi släppte av killen i baksätet och åkte hemåt. Det blev inte många ord sagda under bilresan hem. Vi kom fram och jag klev ur bilen påväg upp för yttertrappan. Simon sliter då tag i min bruna dunjacka, kastar mig ner i gruset. Sätter sig på min bröstkorg och säger att jag aldrig någonsin ska förnedra honom igen inför hans vänner. Jag blev livrädd men försökte behålla lugnet, frågade vad jag hade gjort och bad om ursäkt ifall det uppfattades som kränkande, inte min mening. Han klev av mig och jag reste mig och gick fram till ytterdörren, då slet han tag i mig igen slängde in mig i husväggen sedan slungades jag över till trappräcket där min rygg knäckte till och jag fick en sån fruktansvärd smärta i revbenen. Jag grät, skrek, bad honom sluta men han blir bara värre och värre. Han slängde då ner mig för de 5 trappor som var ner till gruset. Smärtor utan dess like och jag krälade i det snöblandade gruset. Efter kommer Simon och släpar mig genom gruset och upp på altanen. Varje trappsteg slog i mina höftben och jag kunde knappt andas efter skadorna på revbenen. Han blev hysterisk och slängde även ner mig för den trappan. Jag fick tag i min väska som satt på tvären över min ena axel och letade efter telefonen. När jag väl lyckades få upp den sa jag till Simon att nu ringer jag polisen. Men det skulle jag aldrig ha sagt för då slet han tag I väskan å kastade mobilen i backen. Sen släpade han mig återigen mot ytterdörren och upp för trapporna, kastar in mig i väggen och slänger in mig i järnräcket igen, ryggen var som en båge åt fel håll. Just i den stunden såg jag Kalles skräckslagna ögon genom köksfönstret. Jag försökte göra en grismage att han skulle gå därifrån men det lyckades jag inte speciellt bra med.

Men Kalle blev så rädd att han tog Jasmine och låste in sig i gästrummet. När Simon var nöjd med vad han åstadkommit säger han; om du inte hade sagt det du gjorde så hade detta aldrig hänt, så du har ställt till med detta själv sen gick han in och la sig. Jag kunde knappt gå och att andas va inte att tala om. Trodde helt ärligt att han hade spräckt varenda ben i min kropp. Dagen efter var det som att ingenting hade hänt och jag var tyst som vanligt.

Inte som jag tänkt

Livet med Simon blev inte som jag drömt om direkt, ingen äkta kärlek med respekt, harmoni och glädje. Visst fanns det ljusa stunder, det finns det ju oftast i alla förhållanden men jag kunde aldrig känna mig trygg heller inte avslappnad till att tala om mina tankar och känslor. Jag hade ju inte rätt det dom enligt Simon. Ibland hände det att jag helt plötsligt kunde börja gråta av saknaden efter Jan. Jag visste ju sedan tidigare hur Simon skulle reagera på det men det var en sorg som jag inte kunde bearbeta på bestämda tider, så jag blev väldigt ledsen ibland och då brukade jag stänga in mig i gästrummet för att inte reta upp honom mer än vanligt. Han brukade ändå slita upp dörren och fråga vad jag grinade över. När jag då berättade att jag saknade Jan då kom fingret. Fingret som alltid var så nära mitt ansikte och hans stirrande svarta ögon. Du är ju för fan helt psykiskt störd, om du ska grina så kan du försvinna härifrån. Varken jag eller Jasmine är intresserade att se dig. Men vad ska jag göra det kommer ju bara över mig frågade jag och torkade ansiktet. Jaaaa du svara han du får väl för fan skaffa hjälp du är ju ett psykfall som drar in oss i din skit, sen daskade han till mig i huvudet och gick ut ur rummet. Det där fingret betyder bara en sak i min värld, det pekfingret upp i mitt ansikte betyder.. passa dig jävligt noga och mindre eller grövre våld. Allt beror på hur stora behov han hade att avreagera sig på mig. Många gånger när jag blev ledsen så ville jag fly och bara åka min väg för att slippa förnedras av hans elaka uttryck och det där jäkla fingret. En gång när Jasmine var runt året så gjorde han något som jag aldrig kunde förmå mig att ens tänka tanken om, visst att han gärna skadade mig men att utsätta vår dotter var under all kritik. Jasmine började gå tidigt, redan vid tiomånaders ålder men talet däremot var hon senare med än jämnåriga barn. Men just denna dagen kände jag en otrevlig känsla, som vanligt fick jag inte ta med Jasmine på en biltur. Jag gick mot förardörren, han kom efter med Jasmine och undrade hur länge jag skulle vara borta, vart jag skulle, klockslag när jag skulle komma hem mm. Jag kunde inte säga någon tid men jag jobbade ju senare så speciellt länge skulle det inte bli och något mål hade jag inte heller. Jag behövde bara lite egen tid. Han accepterade såklart inte mina svar och brusade upp som vanligt. Jag försöker stänga dörren men han håller emot. Efter många försök att få honom att flytta sig så backar han. Jag trodde naturligtvis att han hade tagit Jasmines hand och skulle gå in. Jag lägger i backen och kollar i backspegeln, jag såg då bara Simons rygg. Så jag började gasa och tittade i sidospegeln, till min skräck ser jag lilla Jasmine komma fram bakom bilen hållande i kofångaren. Jag fick panik inombords när jag såg henne. Snabbt bromsade jag drog i handbromsen och öppnade dörren. Rusar fram till Jasmine och lyfter upp henne. Simon kommer fram till oss och rycker henne från min famn. Hon blev rädd och skrek, han skrek på henne att va tyst. Jag grät, skakade å var knäckt. Så säger han: om du hade backat fortare då hade du kört över och troligtvis dödat ditt egna barn. Hur känns det?? Jag blev totalt nedbruten och knäckt men han fortsatte. Du är ju psykiskt störd, att du till och med skulle kunna köra över din dotter med bilen, fy fan va äcklig du är!! Inte ens i den stunden kunde han rannsaka sig själv och erkänna att det varit han som medvetet ställt Jasmine där och äventyrat hennes liv. Jag tänkte för mig själv, vem fan är psykiskt stöd?? Som ställer ett barn bakom en bil som är påväg att backa??!! Det blev ingen biltur för min del den dagen. Däremot tog han Jasmine och drog iväg i en hög hastighet. Dom va inte tillbaka innan jag skulle till jobbet, svarade heller inte i telefonen så jag visste inte hur det var med mitt barn. Först nästa morgon när jag kom hem såg jag henne ligga i sin säng. Jag minns att jag tänkte: hur kan man göra så som han? Hur långt kan han gå för att ge mig skulden och utsätta Jasmine för denna tortyr? Jag fick på något sätt lära mig att leva i rädsla, osäkerhet och en tillvaro där mina egna känslor, viljor och tankar inte hade någon betydelse. Jag blev tvungen att hålla allt inom mig och bara acceptera att Simon styrde mitt och Jasmines liv.

Jasmines fysiska besvär

Jasmine hade mycket bekymmer med underlivet och jag uppsökte vårdcentralen och bvc vid oberäknliga tillfällen. Dom tog blodprover samt urinprov de gånger som det var möjligt att få något. Varje gång samma sak. Hon har svampinfektion och behandlades med hydrokortison. Rodnaden dämpades något men hon blev aldrig riktigt bra, men jag litade på läkarna och fortsatte smörja år efter år. Simon var en person som var extremt manipulativ. Han fick människor att tro att han var en god, omtänksam person som också var världens bästa pappa. Ett exempel på hans faderskap var tex på när Jasmine var liten hade hon mycket bekymmer med mollusker. Jag tog asolsprit som jag dränkte in i kompresser för att sedan sätta över dom med hjälp av hudvänlig tejp. Simon däremot tog en nagelklippare och klippte bort dom. Jasmine skrek av smärta och jag försökte häjda honom. Men resultatet blev som alltid gap, skrik och våld från hans sida. Han gjorde precis som han ville och jag kunde inte göra något för att stoppa honom. En annan sak som han störde sig på hos Jasmine var att hennes tånaglar inte var raka och fina. Hennes var som mina som små pluppar som växte uppåt. Jag klippte och filade ner dom medan Simon ansåg att dom skulle ryckas bort. När han själv inte lyckades rycka loss naglarna så tvingade han mig åtskilliga gånger att ta upp detta med BVC och BVC läkaren. Jag vågade inget annat men som alltid fick jag samma svar av sjukvården; det är inget fel på flickan och hennes tånaglar ska vara som dom är. Gissa om jag fick skit när jag kom hem? Fick höra att läkaren var dum i huvudet och fattade ingenting. Detta fortsatte så långt jag kan minnas även efter vår separation.

Olyckshändelse

Min bror hade gjort en träpall i slöjden som vi hade i vardagsrummet. En dag när

Jasmine och jag lekte så hämtade hon pallen och lyfte upp den, oturligt nog så tappade hon den över sina små tår och det började blöda vid nagelbandet. Jag rusade dit för att trösta men Simon var ju alltid den som skulle ta henne i famnen. Det kan man ju tycka är ett bra och kärleksfullt handlande av en far. Men i vårt fall handlade de enbart om makt och elakheter. Han tog upp Jasmine i sin famn och blåste på tån, och satte ett plåster: säger gumman om du hade lekt med pappa så hade detta aldrig hänt, se vad mamma gjorde. Mamma är dum säger han och släpper ner henne på golvet igen, sen säger han Jasmine mamma är dum som gjorde så du skadade dig. Slå mamma!! Och som han sagt till henne slog hon mig och sa dumma mamma, slog flera gånger och Simon skrattar, klappar händerna och ger Jasmine beröm för sitt agerande. Jag var ju så van att det alltid skedde såna saker så jag förblev tyst och lämnade rummet. Simon hade en makt över sin dotter och hon va trots allt bara ett litet barn så jag kunde inte beskylla henne direkt. Man ska ju lyssna på sina föräldrar och det gjorde hon till punkt och prickar. Jag bad min bror om ursäkt och tog ut pallen ifrån huset.

Jag rymde oplanerat.

Jasmine var dryga 1,5 år när jag och Jasmine hade åkt till min morbror och hans familj i Gammelstaden. Dom hade en liten flicka som var jämngammal med Jasmine, min kusin Isa. Simon hade ändrat sitt schema och jobbade eftermiddag denna dagen. Oscar min morbror jobbade men Ylva var hemma och mammaledig så vi brukade träffas ibland. Hon reagerade på att jag hade rasat enormt mycket i vikt och just denna dagen mådde jag så fruktansvärt dåligt och för första gången vågade jag öppna upp mig lite grann, absolut inte om allt men om Simons humör och att jag mådde väldigt dåligt. Sa att han slagit mig

nån gång men långt ifrån hela historien.
Ylva bad mig att stanna hos dom och jag
skulle inte åka tillbaka hem. Men jag var
rädd, så rädd att jag skakade. Mådde illa,
ångesten kom krypande över mig. Jag fick
samma känsla i kroppen som när jag var
tvungen att ringa eller träffa pappa som
barn. Efter många försök av Ylva så gick
jag med på att ringa Simon och tala om
att vi inte skulle komma hem mer. Jag tog
modet till mig och ringde, som förväntat
kom det hot om att han skulle krossa mig
och göra mitt liv till ett helvete. Jag
försökte behålla en lugn röst och var
noga med att han skulle förstå att vår
dotter inte fick komma i kläm. Han
lyssnade såklart inte, utan fortsatte att
gapa, hota och var brutalt aggressiv. Jag
talade om att han får Jasmine på
fredagen bara ett par dagar senare. Jag
hade mina nat jobb som var tvunget att
skötas så Ylva och Oscar tog ansvar för
henne de timmarna som jag var borta. Vi
stannade där i några dagar. Åkte till huset
och hämtade de viktigaste tillhörigheter

som vi behövde för att sedan bo lite här och där. Vid några tillfällen sov vi hos min moster i Rosvik och några nätter hos andra i släkten. Vi levde nu mera i en kappsäck utan boende eller trygghet. Min bror Jesper var inackorderad hos mig, då bussförbindelserna inte passade där mamma bodde, så han tvingades följa med på detta äventyr. Simon ringde mig tusen gånger per dag och vissa gånger orkade jag inte svara men då blev det än värre och det visste jag ju innerst inne. Jag lämnade Jasmine på dagis och Simon hämtade henne på fredagen. När han var hemma hos sig med henne ringde han mig och sa att jag nu hade sett henne för sista gången och att det var mitt val att välja bort henne. Skräcken översvämmade mig och jag fick panik av hans hot. Jag berättade aldrig för mamma hur sanningen låg till, bara att jag hade lämnat honom. Eftersom mamma bodde sex mil bort kunde jag inte bo hos henne då jag arbetade nätterna och Jasmine hade dagis i Gammelstaden så jag

orkade inte pendla fram och tillbaka.
Efter ett tag ringde en kusin till mig Vera,
hon skulle flytta ihop med sin kille och vi
fick erbjudande att låna hennes bostad.
Jag var så tacksam över det. Äntligen
hade vi någonstans att vara under tiden
som jag förbrillt sökte egen bostad. Det
var en enrummare, 4 våningar utan hiss.
Det fanns en resesäng och en 14 tums
tjock tv i lägenheten. Vi köpte mat för
dagen och det var trångt men vi hade tak
över huvudet och vi slapp bo i bilen om
man säger så. Dom veckorna som jag inte
hade Jasmine så funkade det jättebra
men med ett litet barn, en bror och ett
nattjobb gjorde vardagen ansträngande.
Jesper och Jasmine åkte ofta med mig
och delade ut tidningar om nätterna,
Jesper kände sig inte trygg att vara ensam
på nätterna. Efter arbetet åkte vi tillbaka
till lägenheten, Jesper gjorde sig iordning
för skolan och Jasmine för dagis. Vid den
här tidpunkten hade jag bara jobbet som
tidningsbud. Jag blev uppsagd från det
andra jobbet efter att Simon misshandlat

mig så pass illa en gång strax innan jag rymde. Jag skadade min högerhand så illa att jag blev sjukskriven. Den gången skyllde jag på att Jasmine hade varit naken och kissat på golvet som jag halkade i och skadade mig. Läkaren trodde mig inte denna gången heller men jag stod fast vid min lögn. Min arbetsgivare sa upp mig efter två veckors sjukskrivning och jag tyckte att det var fel av honom därför kontaktade jag mitt fackförbund som jag då var medlem i. Jag åkte till deras kontor och där träffade jag Tord som var min handläggare. Efter noga granskning av företaget så upptäcktes det att det inte fanns något kollektivavtal eller några försäkringar för oss arbetare, vilket det klart och tydligt hade stått i mitt anställningsavtal. Så på grund av det falska avtalet så vågade inte arbetsgivaren ha kvar mig då han säkerligen skulle bli upptäckt när Försäkringskassan samt andra försäkringsbolag och facket skulle få vetskap om sanningen om hans företag.

Jag hade ju fullt upp i livet med allt kring
Simon så jag valde att strunta i att gå
vidare med det. Jag hade ju i alla fall mitt
distrikt på tidningen som drygade ut min
föräldrapenning något.

Egen lägenhet

Min moster Anna arbetade på ett kontor i
Luleå som ekonomichef och hennes kille
var någon annan chef där. Jag visste att
dom hade fastigheter så jag bad dom om
hjälp med en bostad. Efter någon månad
ringde Anna och gav den glada nyheten
att dom hade en lägenhet till mig i Luleå.
En tre rum och kök på 90 kvadrat nära
centrum. Jag blev själa glad och tackade
ja direkt. Jesper som också skulle flytta
med fick ett eget rum högst upp på
vindsplan med egen toalett. Bostaden var
ett hus med två lägenheter plus ett öppet
vindsplan med två rum hall och toalett. Vi
renoverade och Jesper fick en hel våning
för sig själv. Åt och duscha gjorde han
hos mig men han fick litet eget kryp in.

Jag hade lägenheten på botten våningen. Jag och Simon ägde huset ihop och jag ville inte bråka med honom eller sätta honom i någon ekonomisk knipa trots allt han gjort mot mig genom åren. Jag skrev över min del av huset på honom utan någon värdering eller krav av pengar. Jag ville bara komma så långt bort från honom som möjligt och jag visste vart det skulle bära av om jag även satte honom i ekonomisk kris. För mig var pengar ingenting värt så jag gav bort min del istället. Dagen då jag skulle hämta mina saker så hade jag med mig mina tre bröder, mamma, min morbror Oscar och hans fru Ylva. Det fanns inte en chans i världen att jag skulle kunna eller för den delen våga åka dit ensam. Jag ville inte bråka och jag ville inte att det skulle bli för tomt på möbler för Jasmines skull. Hon skulle inte få drabbas mer än nödvändigt så därför tog jag bara mina egna saker och minimalt med möbler. Jag lämnade alla möbler som vi hade köpt gemensamt samt mina möbler som jag hade ärvt efter farmor. Det var möbler från märket äpplet och jag tyckte verkligen om dom, men eftersom det då skulle bli väldigt lite möbler kvar i huset så valde jag att skänka dom till Simon istället. Det gick över förväntan bra och det berodde nog till största delen på att jag hade många människor med mig som aldrig hade accepterat eller gett Simon utrymme till att skada mig. Nu började jakten efter möbler och dyligt till min nya bostad. Jag hade alltid haft en kärlek till äldre möbler som jag sedan slipade, målade och gjorde om i min smak och mamma hade massvis på vinden, så där rensade jag allt jag kunde och tillslut fick vi ett helt boende med trygghet. Trodde jag, tryggheten som jag var så glad över att äntligen få känna förvandlades snart till ett liv i ovisshet, fortsatta rädslor psykisk och en bråkdel fysiskt våld. Med bråkdel menar jag att det inte va lika ofta som han fick tillfälle att ge sig på mig fysiskt men nu började den psykiska tortyren på riktigt.

Nytt arbete

Ylva arbetade som byggstäderska och hon hjälpte mig att få ett jobb på samma ställe. Jag hade ju svårt att få ihop nattarbete med Jasmine och jag behövde verkligen ett annat jobb med högre lön och dagtid. Efter några månader blev jag fastanställd och jag var så nöjd och stolt att det fungerade så bra. Simon ringde mig konstant på jobbet, vilket gjorde att jag ofta blev ledsen och stressad. Jag ringde familjerätten och vi fick komma dit men det kändes förgäves då Simon inte var samarbetsvillig och hans viljor skulle lydas. Efter cirka ett år av terror så ringde tillslut min chef till familjerätten och bad dom ta ett allvarligt snack med Simon då han påverkade mitt arbete otroligt negativt. Men som vanligt tog inte Simon order från någon annan och även det blev då ogjort arbete. Jag och Jasmine satt och åt middag vid köksbordet när hon plötsligt säger pappa. Nä pappa är inte här sa jag. Pappa där sa hon och pekade mot köksfönstret. Där stog han och tittade in i vårt fönster och krävde att vi skulle öppna. Han hade parkerat bilen på kortsidan bredvid huset och därför kunde jag inte se när han kom. Jag vågade inget annat så jag gick ut och låste upp dörren till trapphuset. Han gick in som om det vore hans egna bostad. Tog Jasmine i handen och gick in med henne på hennes rum. Jag lät dom vara en stund så jag städa upp efter middagen och började förbereda kläder för morgondagen. När jag sen gick in i rummet hör jag hur Simon pratar med Jasmine om hur dum mamma är och att hon ska slå mamma. Jag försöker tillrättavisa Jasmine att man inte får göra så, men Simon säger emot. Jasmine vet varken ut eller in eller vem hon ska lyssna på. Jag sätter mig bredvid henne och börjar leka när Simon säger åt Jasmine att slå mig. Nej säger jag. Jo slå mamma sitter han där och skrattar åt mig och situationen. Det slutar med att Jasmine slår mig, Simon berömmer henne och jag säger aj så får man inte göra. Men eftersom Simon skrattade så trodde hon ju att det var roligt och fortsatte. Efter en liten stund klarade jag inte mer och gick gråtande ut ur rummet. Jag satte mig på toaletten, grät och ventilerade en stund. Klockan började bli sent och jag sa till Simon att Jasmine skulle bada och sova så han behövde gå. Han menade då på att jag inte skulle tala om för honom vad han skulle göra och han avgör själv när han skulle åka. Jag var ju van vid hans hotfulla å aggressiva beteende och jag var rädd för honom så jag accepterade det han sa, då jag inte ville ställa till med något väsen för Jasmine skull, och vår trygghet så jag valde att svälja, satte mig i soffan och väntade på att han skulle behaga och åka hem till sig. Det blev en sen kväll och dagen efter var Jasmine jättetrött när jag lämnade henne på dagis vid kvart över sex. Simon var så uträknande och gjorde så många gånger för att dagispersonalen skulle lägga märke till att hon ofta var trött på mina veckor. Jag va tyst som alltid. Han krävde att Jasmine skulle ringa honom varje dag och säga god natt. Det fick hon naturligtvis göra men vissa gånger ville hon inte och då gapade han och skrek på mig. Men i dom situationerna stod jag på mig. Och jag tvingade henne inte om hon inte ville, på samma sätt som jag aldrig krävde att hon skulle ringa mig. Det skulle hon få möjlighet att avgöra själv.

Sanningen kom fram

Min kusin Klara kom hem till mig, hon hade något att berätta. hon kom och vi drack kaffe när hon plötsligt säger att hon hade mött Simon på krogen och han var på henne som en igel och hon hade bett honom att låta bli vid flera tillfällen. Det upphörde först när en manlig kompis till Klara sa till Simon att lägga av. Klara och hennes vänner hade senare gått hem till Klara för efterfest. Efter en stund ringde det på dörren, hon öppnade och där stog Simon. Han trängde sig på och hon va ju berusad och tänkte skit samma. Han satte sig i soffan bredvid henne och började tafsa på henne, hon blev förbannad och sa åt honom på skarpen. Han reste sig då upp, drog ner byxorna och började onanera framför henne. Hon var vid det laget så jäkla trött på honom och nonchalerade honom då inget annat hjälpte. Han berättade att han var bisexuell och under tiden som jag var ihop med honom hade han hemliga möten med en man några mil bort. Tidpunkten stämde överens med när vi bodde i huset vi hyrde uppe i Byske. Han brukade åka dit under eftermiddags veckorna och han gillade att den mannen var dominerande och Simon njöt av sin position som underlägsen i sexakterna. Klara orkade inte med honom längre så hon gick och la sig. Simon hade då gått in till Inga som låg och sov i rummet bredvid och krupit ner hos henne i sängen där han gjorde närmanden. Men Inga var det krut i, så hon tog tag i honom och bokstavligen kastade ut honom från lägenheten och låste dörren. Jag blev inte förvånad över det hon berättade direkt. Och jag uppskattade att hon valde att berätta så jag fick bekräftat att mina misstankar om otrohet inte bara var en känsla och hjärnspöken.

Jasmine protesterade

Jasmine började allt oftare säga att hon inte ville åka till pappa. Varför fick jag inget begrepp om då hennes talförmåga var så mycket lägre än jämnåriga barn. Hon höll sig fast i mig och ville inte släppa taget om mig de dagar då Simon skulle hämta henne på dagis. Att prata med Simon var meningslöst eftersom jag hade försökt flera gånger när hon inte velat åka till honom. Han tvingade henne oavsett orsak eller anledning. Det gjorde mig ständigt orolig och ledsen. Simon var en person som gärna kritiserade och klagade och även beskyllde andra människor utan anledning. Det gjorde att jag blev tvungen att skriva en dagbok vilket jag gjorde och det hade jag gjort sedan han ändrade sitt beteende efter

Jasmines födsel. Den gömde jag väl
under mina underkläder och det är
därifrån jag kan återberätta endel av vår
historia. Där skrev jag olika händelser
samt samtalsämnen, datum, tid. Jag
skrev så detaljerat som möjligt. Det låter
helt sjukt att man måste göra på det viset
men Simon vägrade att erkänna sin del i
konflikter och våldsamma händelser.
Han sa alltid att jag skulle tala om när,
var, och hur han hade gjort saker eller
sagt till mig vilket ledde till att jag var
tvingad att notera allt. Han anklagade
mig för att jag skulle ta Jasmine ifrån
honom vilket var helt taget ur luften och
det var ju han som alltid hotade mig med
det. Han levde i en fantasi värd där hans
egna hot och agerande lades över på mig.
Han bokade tid till familjerätten då han
fick sina hjärnspöken och skulle ha ett
skriftligt avtal på vårt schema angående
våra veckor med Jasmine. Jag hade inga
problem med det eftersom jag aldrig haft
en tanke om att bråka eller hindra hans

umgänge med sin dotter. Vi skrev avtalet och han var nöjd.

Efter några månader träffade jag Matte.

Jag var glad och såg nåt positivt i livet. Jag somnade väldigt gott den natten. Dagen efter åkte jag hem till Simon. Det var Jasmines namnsdag, men det blev inte så långvarigt. Det gick inte att vara där för Simon var aggressiv som vanligt och bara skällde och gapade. Han va irriterad och sparkade på Jasmines katt och slog hennes hund på nosen bara för att djuren närmade sig honom. Jag fick en iskall känsla inom mig och Jasmine blev jätteledsen och rädd över hans beteende. Hon ville inte att jag skulle åka, och hon ville följa med mig. Men Simon hade ingen empati för henne som vanligt, och slet henne ur min famn. Jag hörde ända ut till bilen hur Jasmine skrek efter mig, men jag kunde inget göra.

Matte och jag blir sambo

Efter ett tag skulle jag å Matte flytta ihop i Rosvik. Jasmine var skriven hos mig och jag bad Simon att skriva under flyttanmälan. Det vägrade han såklart. Jag försökte få honom att förstå att vår flytt inte skulle påverka hans tid med Jasmine och hon hade ju sitt dagis i Gammelstaden där hon skulle fortsätta vara. Men han totalvägrade. Jag stod maktlös som vanligt. Efter ett tag ville Simon skaffa pass åt Jasmine, dom skulle åka utomlands. Jag sa då att med tanke på alla hans hot så kändes det inte bra men åter igen ville jag inte att vår dotter skulle komma i kläm. Så jag körde samma taktik som honom och bokade tid till familjerätten där jag skulle skriva på pass och han flyttanmälan. När vi satt där så skrev jag på passansökan men vad hände sen? Han skrev inte på min blankett utan tackade för sig och gick. Där stog jag igen och hade visat min rättvisa medans han bara struntade i att göra sin del i avtalet. Det slutade med att

jag fick skicka in anmälan utan hans
underskrift.

Jasmine är arg och besviken på farmor

Oliver föddes och Jasmine var världens
stoltaste stora syster. Men hennes lycka
blev snart nertryckt. Det fick vi veta när
Jasmine kom hem efter sin vecka hos
Simon. Hon rusade raka vägen till Oliver,
hon släppte inte taget om honom. Helt
plötsligt säger hon, mamma, vet du
farmor sa? Nej sa jag. Hon säger då att
farmor säger att Oliver inte är Oliver, han
är Lucifer!! Vad sa du sa jag, menar du att
farmor sa att Oliver är Lucifer? Jaa hon sa
det, och farmor och pappa skrattade,
men det var inte roligt mamma. Nä det
var inte snällt att säga så. Jasmine sa att
hon var arg på dom för att ha sagt så. Jag
kokade inombords, men ville inte visa
min ilska för Jasmine, utan sa bara till
henne att inte lyssna på sånt dumt prat.
Jag kunde inte i min vildaste fantasi förstå
hur en människa kunde sjunka så lågt, en
farmor dessutom som ser att sitt

barnbarn vara så stolt. Hon förstod inte vem Lucifer är, men hon var arg över att dom kallade honom för annat än Oliver.

Kampen om att försöka få Simon att förstå

Det fortsatte allt oftare att Jasmine flera gånger inte ville åka till Simon, men det var hans vecka. Men Jasmine ville inte, Hon grät å va förtvivlad och det gjorde så ont I mitt mammahjärta. Jag försökte uppmuntra henne och sa att det säkert blir roligt. Men hon ville inte. Jag ringde till Simon och frågade om hon kunde få stanna hos mig några dagar till, eftersom hon absolut inte ville till honom. Jag fick till svar att jag var dum i huvudet och att det kunde jag glömma. Jag försökte få honom att förstå att det inte var mig det gällde utan hans dotter, men det hjälpte inte. Han blev bara mer och mer aggressiv, gapade och skrek. Hon skulle dit, punkt slut. Jag fick den där känslan av maktlöshet igen, jag var fortfarande väldigt rädd för honom. Jag ville skydda mitt barn, samtidigt som jag inte vågade. Jag önskade att han bara en gång kunde lyssna på sin dotter, men enligt honom hade hon ingen talan, inte jag heller för den delen. Veckan gick och Jasmine kom hem igen. Hon var inte sig själv. Hon var nedstämd, behövde jättemycket närhet. Jag kände med en gång att det var något som inte stämde. Jag frågade hur hon mådde, då svarade hon: Matte är bög. Vem har sagt det? Pappa säger Matte är bög. Jag kände hur ilskan bubblade inom mig, men jag kunde ju inte visa det för henne. Jag tyckte bara att det kändes så tragiskt att han måste utsätta henne för allting, bara för att han själv inte kan hantera sin egen ilska. Men att lasta över massa elakheter på ett litet oskyldigt barn. Undrar vad hans hjärta är gjort av? Betong kanske. Samma dag vid matbordet såg jag att Jasmine var väldigt röd på ena handen. Jag frågade om hon hade fått nare. Jasmine svarar då, nej pappa slår mig. Jag höll på att få hjärtat i halsgropen, men fick snabbt samla mig.

Vad sa du? Pappa slår mig där. Hemska ord, det är väldigt illa. Men nu får jag höra att han slår henne också, nu får det vara nog! Jag ringde till Simon senare när Jasmine sov. Jag frågade honom vad tusan han gör med henne egentligen. Han vägrade naturligtvis att erkänna vad han hade gjort. Och blir istället hotfull och aggressiv emot mig. Han hade inte så stort ordförråd, för det han kunde få fram var alltid att jag var dum i huvudet, och psykiskt störd. Ja just det, jag glömde att han faktiskt kunde säga en mening till, passa dig jävligt noga !! det slutade oftast med att jag fick lägga på luren för att slippa höra hans hot och skrik. Gång på gång på gång uttryckte hon att hon inte ville åka till sin pappa. Hon berättade att han slagit henne på handen, då hon kom hem och var illröd. Jag pratade med Simon men till ingen nytta. Jag var dum i huvudet och Jasmine ljuger. När jag skulle lämna henne till honom, satte hon sig som ett frimärke på mig och sa: inte pappa mamma. Inte pappa. Jag försökte prata med Simon om vi kanske kunde minska tiden hos honom, och utöka när det känns bättre för Jasmine. Han såg ju gång på gång hur hon skrek att hon inte ville till honom. Men han slet henne ifrån mig och sa att det var hans vecka, punkt slut. Många gånger hörde jag hur Jasmine skrek efter mig när jag gick mot bilen. Jag hörde också Simon hur han höjde rösten och skrek åt henne att lägga av, passa dig. Då kunde jag se hans svarta ögon å fingret vilket knäckte mig fullständigt. Jag grät och jag kände mig som världens sämsta mamma som var tvungen att lämna mitt barn till honom som hon så tydligt visade rädsla och ilska emot. Men jag försökte prata med honom, och det enda som blev resultat av det, var att han blev hotfull och gapade och skrek åt mig inför Jasmine. Jag var så rädd för honom att jag inte ens vågade stå emot och skydda mitt barn. Jag var rädd att hon skulle utsättas för att behöva bevittna mer våld ifrån honom mot mig. Jag var rädd för egen del, han kunde vara

kapabel att ta sig till vad som helst, det
hade han ju visat förut. Ingen skulle tro på
mig ändå.

Simon är manipulativ

Simon är en manipulativ person och visar
sig som en redig, artig, bestämd kille i
andras sällskap. Jag hade ju fått bevisat
för mig på familjerätten hur han smörade
in sig hos den handläggaren, och han fick
mig att framstå som en värdelös
mamma. Jag vet att jag är en bra
mamma, och jag gör allt för mitt barn.
Men hur skulle jag kunna övertyga
myndigheter att det är jag som ser till mitt
barns bästa, att det är jag som försöker få
en bra relation mellan Jasmine och sin
pappa, att det är jag som ber Simon att
stanna upp och ta hänsyn till Jasmine.
Jag får tala om för honom att han inte får
skada Jasmine. Men hela tiden får jag
höra att jag är dum i huvudet och han vet
allting bäst, det har han läst i böcker osv.
Och det som är mest skrämmande är att
exempel familjerätten går på hans

fantasihistorier och lögner. Det gjorde mig så ont när jag tänkte på hur Jasmine skrek efter mig, och jag kan ingenting göra. Bara höra hur Simon skriker på henne att hon ska passa sig, och att det är hans vecka. Nej, usch det går inte att beskriva i ord hur det skar i hjärtat. Vi flyttade och efter ca sex månader så hade Simon sålt huset och flyttat till Rosvik.

Jasmine folkbokförd utan adress

Eftersom adressändringen inte var klar för Jasmine så var hon folkbokförd i Luleå utan någon adress. Hon fick då inte vara kvar på dagis i Gammelstaden. Vi fick heller inte sätta henne på kö i Rosvik då hon inte var folkbokförd där. Vi fick ha mamma som barnvakt när vi jobbade och Jasmines farmor tog hand om henne under Simons veckor. Detta blev ett stort bekymmer som Simon anklagade mig för. Men han skrev inte under och när Skatteverkets jurister gjorde bedömningen att hon skulle skrivas hos mig så överklagade han. Hela processen tog ett och ett halvt år, sedan blev det klart att hon fick sin adress hos mig och jag kunde ansöka om dagisplats i Rosvik. Några månader senare fick hon äntligen en plats på dagis och hon kunde få lite socialt umgänge med andra barn och pedagogiska förebilder för hennes utveckling. Tiden gick och Simon gjorde som han alltid gjort, älskade att bråka anklaga och hota å tog till näven när det fanns lust för det.

Jasmines smärtor och tortyr

Jasmine ville inte längre åka till honom och jag förstod aldrig riktigt varför men det fick jag varse om senare, några år senare. Förutom att han klippte bort hennes mollusker med nagelsax och var hårdhänt mot henne kom det också fram att han tvingade Jasmine att sitta vid hans köksbord 1 timme varje dag. Då skulle hon sitta helt tyst och hon fick varken fråga eller pyssla med något under den tiden. Om hon inte gjorde som han sagt så blev hon inlåst på sitt rum eller ännu värre. Den lilla toaletten under trappan var ett ställe som han ofta använde som straffområde. Det gjorde att Jasmine nu inte vågade gå på toaletten och hon började kissa ner sig. Jag tog upp dessa saker hos familjerätten, dagis och såklart Simon men han påstod att det var en uppfostringsform så därför gjorde han inget fel. Han vägrade därför ändra på sitt beteende. Han var våldsam och titt som tätt kom Jasmine hem med blåmärken och hon berättade att pappa gjort dom. Återigen försökte jag resonera med Simon men utan framgång. Jag hade mycket kontakt med socialtjänsten men jag vet helt ärligt inte varför dom aldrig tog tag i situationen, ingenting hände i alla fall.

Simons nya tjej

Simon träffade en ny tjej och jag var så lättad att han kanske skulle lägga sin tid och energi på henne istället för att jävlas med mig. Det gjorde han för en stund men det varade inte länge. Jag trodde att han kanske hade lärt sig något efter livet med mig och allt våld som jag fick utstå, men tydligen inte. Rosa som hon hette var en trevlig tjej som Jasmine tyckte mycket om, vilket glädje mig enormt mycket. Jag och Rosa hade kontakt utan Simons vetskap och hon var tacksam över mitt stöd till henne. Han var nu även elak kränkande och utsatte henne för fysiskt våld som Jasmine bevittnade. En dag hade han fyllt upp diskhon med vatten, Rosa och Jasmine satt vid köksbordet när han fick ett vredesutbrott. Han tryckte ner Rosas ansikte i vattnet och försökte dränka henne. Jasmine blev skräckslagen och skrek, han skrek på henne och Jasmine sprang upp på sitt rum. Han hade nu gett Rosa en läxa, hon gick upp för att byta kläder när Simon följde efter. När hon öppnade klädgarderoben så puttade Simon bokstavligen in henne där och låste så hon inte kunde ta sig ut. Det var en stor klädgarderob som man går in i, med ytor för både hyllor och klädstänger. Även Jasmines bästa kompis som bodde i närheten berättade också olika våldshandlingar som hon bevittnat hemma hos Simon. En annan dag blev Simon aggressiv igen och denna gången öppnade han ytterdörren och skulle kasta ner Rosa för yttertrappan, vid halva trappan fastnade hon med handen i järnräcket och bröt flera fingrar. Som med mig vågade hon inte säga sanningen för sjukvården. Gips och blödande magsår försökte hon härda ut, mest för att vara skyddande mot Jasmine men också för att hon trots allt hade känslor för honom och hon önskade att det skulle ske en förändring. Det gjorde det aldrig och även Rosa flydde en dag för sitt liv och försvann då också från Jasmine, vilket gjorde henne så ledsen. Och det gjorde mig ledsen att se Jasmine sakna och tycka om någon så mycket som sedan bara försvinner. Samtidigt förstod jag

Rosa till 100 procent och jag önskade henne allt gott i livet.

Jasmine fick bältros

Jasmine var 5 år och jag va höggravid med Lucas. Vi bodde i ett mindre hus I Kopparnäs. Jasmine hade fått bältros över ena bröstet och eftersom man konstaterade bältros efter 72 timmar så fanns ingen behandling att ge. Simon och Jasmine kom hem till oss, det va min vecka. Jag hade pratat med honom ang såromläggningen då det fastnade och gjorde fruktansvärt ont. Jag sa att han behöver ta ljummet vatten å luckra upp så det släpper. Men Simon berättade att han hade valt ett annat sätt. Han slet av kompresserna men märkte att det inte var så bra då köttbitar följde med å såret såg bedrövligt ut. Jasmine ville inte att pappa skulle röra igen vilket jag verkligen kunde förstå. Här har vi ytterligare bevis på att Simon vägrade ta goda råd ifrån någon annan. Eller i hans värd en order.

Simon singel igen och Jasmine drabbas hårt

Nu var han singel igen och det blev till ett helvete för Jasmine, ännu mer ännu värre... Det jag nu kommer berätta är saker som jag fått veta långt efteråt och vissa saker uppdagade sig när hon var 9 år gammal. Inte nog med att han tvingade Jasmine att sitta stilla och tyst vid köksbordet. Han började allt mer att straffa henne på ett sätt som inte var okej någonstans. Om hon bet på naglarna tryckte han in tvål i munnen på henne och låste in henne på toaletten under trappan. Det var en gammaldörr med vanlig nyckel så han tog in henne där släckte lampan och låste utifrån. Där fick hon sitta tills han tyckte att hon straffats nog så mycket. Skrek hon eller grät så blev det extra lång tid. Hon hade sitt sovrum bredvid hans på övervåningen och på nätterna skulle hon ligga naken i hans säng. Hon förstod inte varför hon inte fick sova i sitt rum men det blev hon varse om allt efter som. När hon väl sov i sitt rum men drömde mardrömmar och väckte honom då kunde han vissa gånger bli vansinnig på henne och andra gånger var det ok. Så Jasmine förstod inte vad hon gjorde för fel eftersom han oftast ville att hon skulle sova hos honom. Hon berättade senare att hon vaknade många gånger av ett starkt ljus, det va Simon som tog nakenbilder på henne. Han övertygade henne att aldrig säga något till någon för dom skulle inte tro på henne ändå och han får göra så som pappa. Han skulle alltid vara med henne i duschen där han använde fingrar in i vaginan med tvål. Jasmine berättade senare att hon bett honom sluta men han fortsatte. Att det gjorde ont och hon var ledsen medans pappa var glad. Hon kunde tvätta och sköta de hygieniska sakerna på egen hand med han vägrade låta henne göra det. Efter duschen skulle han alltid torka henne. Hon berättade hur pappa alltid satte henne i hans knä och gnuggade och pillade med fingrarna på, i, och runt vagina. Hon hade ju inte språket att förklara fullt ut så Hon visade också på sig själv hur pappa gjorde. Hon tyckte att han var äcklig och att han gjorde saker som inte pappa Matte har gjort eller gör. Jasmine började kalla Matte för pappa och Simon vid namn. Detta gjorde Simon galen av ilska och jag försökte prata med Jasmine om det. Hon säger då att pappa Matte är snäll och skadar inte mig, mamma, han gör inte som Simon. Pappa Matte skulle aldrig låsa in mig eller ge mig blåmärken, han skulle inte göra så med min snippa. För mig som mamma blev det tecken på att något verkligen inte stod rätt till hemma hos Simon. Men eftersom det inte gick att prata med Simon och Familjerätten var manipulerad av honom, så oavsett vem jag pratar med ledde det ingen vart. Jag försökte prata med Petra Jasmines farmor om oron kring att Jasmine inte ville vara hos Simon. Men hon ville inte lyssna och jag fick känslan av att hon var styrd och va rädd för Simon också. Jag fick intrycket att hon trodde på Simon och att det var jag som ville bråka å sätta käppar i hjulet vilket det aldrig fanns någon sanning i. Det gjorde också att jag inte vågade och valde att inte prata med någon annan i Simons familj. Som Simon alltid sagt, det är ingen som kommer tro på dig ändå.

Första polisanmälan

Jasmine var 9 år och hade varit hos Simon i en vecka. Söndag kväll kom, Matte jobbade eftermiddag till kl två på natten och mamma jobbade natt på Fjällhemmet. Barnen hade lagt sig när Jasmine ropade på mig. Hon grät och hade ont i vaginan. Jag satte mig bredvid henne i sängen och frågade vad som hade hänt. Hon sa då: mamma jag sa aj sluta men han slutade inte. Jag kände hur blodet blev glödhett, kinderna blev röda och paniken steg inom mig. Vad är det hon har varit med om? Vad har han gjort med henne? Jag frågade om jag fick titta och generat gick hon med på det. Den synen kommer jag aldrig att få bort från min hornhinna. Utan att visa några känslor för Jasmine lyste jag med ficklampa och såg ett underliv rött, svullet, och vid mynningen stack det ut som en vindruva. En stor svulst som definitivt inte ska vara där, inte den rodnaden och övriga svullnaden heller. Hon sa helt plötsligt, katten kissade mig i munnen mamma. Vad sa du frågade jag, katten har väl inte kissat på dig. Jo katten kissade mig i munnen! Just då i den stunden förstod jag inte att barn ofta beskyller andra barn eller djur vid olika sexuella övergrepp. Jag sa åt henne att ligga kvar i sängen och jag skulle bara röka. Jag kände hur gråten inte kunde stoppas längre och jag ville inte göra henne upprörd genom att se mig i det skicket. Jag ringde mamma, hon sa att vi måste till läkaren direkt dagen efter. Jag ringde Matte som blev så upprörd att han var tvungen att åka hem på grund av hans oro för sin lilla. Mamma åkte direkt från jobbet och hem till oss dagen efter och jag ringde vårdcentralen. Vi fick en snabb tid och åkte dit på förmiddagen. Väl på vårdcentralen fick vi träffa en jättebra läkare. Han pratade lugnt och försiktigt med Jasmine och hon kände sig så pass trygg att hon vågade berätta efter sin förmåga med tanke på hennes generella språkstörning. Som även kommer visa sig bli ett stort bekymmer längre fram. Hon berättade vad pappa gjort med hennes underliv, även att han brukar slå henne och hon får blåmärken samt att han låser in henne när hon har varit dum. Läkaren beslutade att vi skulle åka till sjukhuset, barnmottagningen där ett specialteam skulle ta hand om oss. Så dit begav vi oss. Där träffade vi en underbar kvinnlig läkare som lyssnade och ställde frågor. Hon frågade också om hon fick titta på Jasmine och det fick hon, men bara om mamma är med. Jag hade Jasmine nära mig och läkaren fick titta. Svulsten inifrån hade dämpats och hon var inte lika svullen och röd längre. Läkaren förklarade att det oftast går tillbaka ganska snabbt, och tyvärr skulle vi behövt åka in akut kvällen innan när allt var som värst. Hon kunde se att Jasmine blivit utsatt för icke normala saker i underlivet. Men eftersom det gått tillbaka så pass mycket ville dom inte utsätta Jasmine för ytterligare kränkande saker och ville därför inte göra en hel gynekologundersökning. Läkaren gjorde en polisanmälan om sexuellt ofredande, våldtäkt mot barn samt misshandel på barn på Simon. Jasmine hamnade hos barnhuset, BUP, socialen, polisförhör mm När vi kom hem ringde jag mottagningsgruppen hos SOC och berättade vad som hade hänt. Jag fick prata med en man vid namn Ulrik. Han var av den äldre åldersgruppen och otroligt bra att prata med. Han sa åt mig att inte lämna Jasmine till Simon och att jag har en skyldighet att skydda mitt barn från våld, hot, övergrepp osv. Han noterade allt och hjälpte mig otroligt mycket med allt runt Jasmine. Simon

krävde att ha Jasmine men jag sa som
Ulrik sagt och hänvisade till honom.
Simon kom då hem till oss och skulle gå
in i huset för att ta henne med sig. Men
där satte Matte stopp. Han talade klart
och tydligt om för Simon att inte överstiga
tröskeln för då anmäler vi honom för
olaga intrång samt olaga hot. Simon var
ju en feg person som bara gick på mindre
och svagare och Matte var både längre
och starkare än honom så han stog kvar
på trappan. Simon skällde och försökte få
med sig Jasmine, men hon gömde sig
bakom mig och sa nej jag vägrar. Simon
gav upp efter en lång stund och åkte iväg.
Ulrik ringde mig senare på eftermiddagen
och berättade att Simon hade ringt
honom, var otrevlig, hotfull och aggressiv
men Ulrik menade på att han inte hade
någonting för det och bad Simon hålla sig
ifrån mig och Jasmine. Nu låter det som
att det är ett få tillfällen som Simon gett
sig på henne via våld och övergrepp men
sanningen är att det hade hållt på under
flera år och jag visste aldrig om vad som

föregick ang sexuella övergrepp å våldtäkterna innanför deras väggar. Jasmine har generell språkstörning vilket gör att hon har svårt att uttrycka sig i ord, samt kunna förstå ords betydelse, detta kommer visa sig starkt under senare polisförhör mm. Jasmine blev mer och mer isolerad och vågade inte längre gå ut för att leka. Men hon hade en grann tant som hon ofta gick till. Jasmine gick då bakvägen, jag stod och tittade från våran tomt och Viola som grann tanten hette mötte upp henne. Egentligen var ju inte Viola en tant, hon var bara några år äldre än jag, men Jasmine började kalla henne så och då fick det bli så. Jasmine och Viola fick en alldeles unik relation. Dom målade, pysslade, pusslade, gosade med djuren och Jasmine älskade att vara där. Jag var så tacksam över att Jasmine fick vara hos henne och att hon kände sig trygg och fri hos Viola. En gång gjorde dom en tavla av snäckor, en träskiva med stora snäckor som ögon, näsa, mun. Jag var så glad över presenten och den har jag kvar än idag. Jasmine fick också lite smycken som Viola inte längre ville ha och dom bevarar Jasmine i ett smyckeskrin. En påse med Monchichi fick hon också och dom ligger Jasmine varmt om hjärtat, dom ska hon spara till sina barn säger hon.

Husvagnen

Jag och barnen tillbringade mycket tid i husvagnen. Matte va där på sina lediga dagar. Den låg på en camping i Hemlunda. En liten mysig camping mitt inne i en skog, där fiskade vi å hade det bra. Jasmine kände sig trygg där. Våra bästa vänner Nicke och Åsa va också där så mycket dom kunde. Det va mest Åsa och jag som åkte ut med båten med barnen. Jag åkte hem en gång i veckan för att handla och tvätta, kolla posten mm.

Jag blev anklagad

Vid ett tillfälle hade jag fått ett brev ifrån polisen i Luleå där jag skulle infinna mig några dagar senare. Jag åkte dit ovetande vad det handlade om. Väl på plats kom en man och vi gick in i ett rum. Jag visste ju inte varför jag var där så jag satt helt tyst. Polisen frågade mig om jag visste vad detta handlade om och jag sa nej ingen aning. Han frågade då om jag känner Simon Alfredsson. Jag svarade då att det är min dotters pappa och lite kort om historien. Även om vad Ulrik på socialen sagt. Han berättar då att Simon har anklagat mig för att ha lejt folk på honom. Jag började skratta å bad om ursäkt för det. Jag frågade vad han menade Och han berättade Att Simon blivit utsatt för hot och skadegörelse den 2 juli. Jag satt som ett frågetecken. Va då skadegörelse och hot? Jag har varit med barnen i Hemlunda hela sommaren. Den 2 juli fyllde Åsa år och vi satt i en eka ute på sjön hela dagen, hoppade av vid en liten ö å firade hennes födelsedag med barnen. Polisen sa då att Simon anklagar mig för att ha anlitat människor till att vilja skada honom. Återigen kom det ett litet skratt från min mun. Jag sa till polisen att han hemskt gärna kunde kolla upp med campingpersonal om jag vistats där. Sen kan de också kolla mottagningen på telefonen som är där vilket är nästintill obefintlig. Polisen frågade om jag kände till tre män och han uppgav namnen. Två av dom hade jag aldrig hört talas om och den andra hade jag hört namnet på då han hade barn på samma skola som oss och var aktiv inom fotbollen. Men inga jag kände eller hade någonting med att göra. Simon hade sagt till polisen att dessa människor är H A folk som jag brukade festa med. Då kunde jag inte låta bli att gapskratta. Dels för att jag kände inte dessa människor och för det andra var jag nykterist och inte brukade alkohol överhuvudtaget. Jag frågade då polisen varför jag ska festa men människor jag inte vet något om och vad har jag på en fest och göra när jag inte dricker. Simon hade blivit utsatt för någon skadegörelse på hans hus, verbala hot osv, och det va detta han anklagade mig för att ligga bakom. Jag sa också till polisen att han gärna fick ta min telefon och titta och granska historik i den. Jag frågade polisen om han på fullaste allvar tror att jag skulle göra Simon till ett offer och skita ner mig för att göra honom till det. Jag sa att jag har fullt upp att hjälpa min dotter med hennes psykiska och fysiska hälsa och att Simon är utesluten från att lägga energi på. Polisen förstod nog under våra samtal att jag var helt ovetande och verkligen inte skulle utsätta mig och min familj för något sådant. Jag sa också till polisen att jag hatar Simon för det han har gjort men att det ska gå rätt till enligt lag och han ska stå till svars för vad han har gjort och jag hade aldrig skitat ner mig för att göra honom till ett offer. Detta mötet slutade med att jag och polisinspektören satt å pratar väder vind och vårat liv på campingen. Därefter lades misstankarna ner på mig men

Simon fortsätter att påstå detta hos socialen och senare i tingsrätten. Jag valde att inte ens yttra mig då jag visste att jag hade rent mjöl i påsen och jag visste inte vem som låg bakom den händelsen hemma hos honom.

Socialen

Jasmine fick komma till socialen och prata, men som tidigare nämnt så hade hon väldigt svårt att förstå så om hon ritade teckningar istället. Hon hade inte förmågan att svara på deras konstiga frågor. Jag och Simon gick också dit på möten. Jag vågade inte vara där eller ta mig dit ensam med tanke på mina tidigare erfarenheter när han skadat mig. Och nu var han anmäld dessutom och då kunde han ta sig för precis vad som helst. Mamma var den som oftast följde med mig och satt utanför dörren som en vakt. Simon sa på mötena att han inte gjort Jasmine något illa, men i nästa andetag sa han att det som har hänt är en faders rätt att göra. Och att jag bara var sjuk i huvudet som anmält honom. Jag visste varken ut eller in, jag ville strypa fanskapet. Hur i helvete kan man säga något sådant och dessutom sitta där och tro att han är frisk i huvudet. Jag sa då: så du menar Simon att det är en faders rätt att våldta, misshandla sitt eget barn?? Och det var ju heller inte jag som anmälde, det gjorde läkarna. Socialsekreteraren avbröt och ställde en rak fråga till mig, hur tror du att Simon känner nu när du säger så? Men VAA??? Vad Simon känner skiter jag fullständigt i, hur tror du att Jasmine kände när han förgrep sig på henne?? Hon himlade då med ögonen och blundade, för blundade gjorde denna kvinnan konstant under mötena. Mannen bredvid henne satt bara tyst inte ett ord kom från honom. Det var verkligen inte rätt personer på rätt plats. Dessa möten pågick under en väldigt lång tid men ingenting blev bättre för Jasmine. Mer än att hon slapp att träffa och åka till Simon. Jasmine kom till Barnhuset. Jasmine vågade inte längre vara i skolan då hon var rädd att Simon skulle komma och ta henne, så jag mamma och Matte fick turas om att sitta i korridoren utanför klassrummet hela skoldagarna, så hon skulle kunna vistas där. Efter ett tag var det inte längre hållbart, dels för att jag var sjuk och Matte jobbade mycket så vi såg till att Jasmine fick en person i skolan som hela tiden var med henne. Nu hade polisen hållt flera förhör med Jasmine. Polisen ringde mig efter varje möte och sa att Jasmine varit där med sin lärare Annika så om hon skulle vara ledsen eller extra orolig när hon kom hem så visste vi om varför. Jasmine kom hem och hon berättade att hon hade varit hos polisen med Annika. Annika satt utanför och dom ställde massa frågor. Jag fattade inte vad dom menade mamma, så jag sa jag vet inte. Jag berömde henne för sin styrka och att hon varit modig. Jag ringde upp polisen som höll i förhören och sa att Jasmine har sin generella språkstörning och förstår inte deras frågor. Att det är extra viktigt att dom förstår att hon förstår. Jag sa att hon tolkar bättre i bilder. Polisen sa att hon tog till sig det jag sagt och skulle tänka på det vid nästa förhör. Men samma sak varje gång. Skillnaden var nu att Jasmine ritat teckningar hos polisen men på grund av sekretess fick jag aldrig veta innebörden eller se dom. Jasmine valde också att rita teckningar hemma på sitt rum. En kväll ropade hon på mig och jag gick in till henne, hon hade då gjort flera teckningar som hon ville att jag skulle titta på. Nu fick jag en klarare bild över livet hon levt med honom. Bild ett liknade, Jasmine ligga på mage i sin säng och gråter. Hon berättade då att Simon grejat med snippan, han är äcklig mamma!! Och hon ville till mig. Nummer två frågar jag vad det är, då berättar hon i detalj att i fönstret står schampo och tvål. Inne i duschen står hon naken och gråter, har även ritat sin vagina och ringat in. Bredvid henne står Simon naken och jätteglad. Där hade han använt fingret i snippan med tvål. På bild nr tre har hon ritat en stor vagina över hela A4 pappret och en arm och hand. Handen vidrör vaginan och hon hade skrivit Simon på armen och Jasmine på vaginan. Nästa bild föreställde Jasmine stå vid ett fönster, armarna utsträckta åt varsitt håll och ropa på hjälp. Hon berättade att Simon låst in henne på rummet och hon hade sett honom åka iväg jättefort med sin bil. Hon hade då skrikit allt hon kunde på hjälp men grannarna hörde mig inte sa hon som slut på den förklaringen. Dessa teckningar fick jag visa och lämna till polisen för Jasmine. Jag tyckte att det var viktigt att hon var delaktig att få bestämma själv vad som jag fick dela med mig av. Självklart hade jag varit tvungen att visa det oavsett men för mig var det extremt viktigt att inte svika Jasmines förtroende och tillit till mig. Jag kopierade och överlämnade åt polisen. Jasmine hade också öppnat sig för Viola och en dag ringde Viola mig och sa att hon anmält Simon till socialen samt en polisanmälan. Hon sa att hon inte klarade av att delge mig innehållet då hon inte trodde att jag skulle klara av den informationen för tillfället. Och än idag vet jag inte vad Jasmine berättat för Viola och det är inte min rätt att fråga heller. Det viktigaste för mig har alltid varit att hon vågar anförtro sig till någon vuxen sen väljer hon själv om jag ska veta eller inte. Det sättet har jag alltid varit noga med på samma sätt som jag aldrig frågade vad som sades under samtal hos BUP, barnhus mm.

Åtalen lades ner

Efter ett tag kom första brevet att åtalet lades ner ang misshandel. Det fanns inte längre någon misstanke om brott då bevis inte kunde styrkas. Jag blev frustrerad men samtidigt tänkte jag som många andra, skydda barnen och framförallt barn med speciella behov och besvär behöver man inte göra i vårt samhälle. Men att lura staten på några tusen då tar det fart hos domstolarna.

Besviken och ledsen men inte ett dugg förvånad. Inte långt efteråt lades även sexuellt övergrepp, våldtäkt mot barn ner. Då ringde jag åklagaren och frågade vad dom byggde sitt beslut på. Arg, ledsen och upprörd var jag men försökte ändå hålla lugnet. Jag fick då till svar att Jasmine inte hade pratat under förhören utan bara ritat teckningar och det håller inte. Jag ifrågasatte då varför dom inte tagit in en speciellt utbildad vuxen som kunde hjälpt Jasmine men det fick jag inga bra svar på. Jag frågade också varför dom inte beslagtagit Simons dator och telefon eftersom han hade tagit mycket nakenbilder på Jasmine och gud vet vad som finns mer där. Men svaret jag fick var att han inte var skäligen misstänkt och då hämtar dom inte in sådant bevismaterial. Min sista fråga till henne var då: hur ska ni kunna fälla någon med det resonemanget? Det har varit flera olika anmälare, olika händelser men Simon har varit ansvarig för varenda sak och Jasmine har varit offer. Ni låter alltså en

pedofil och barnmisshandlare gå fri för
att barnet inte förstår era frågor?? Ja
tyvärr är det så när hon inte har pratat
utan sagt att hon inte vet, då räcker inte
det i en rättegång. Men bilderna och allt
material ligger kvar tills hon är 28 år så
kommer det in nya anmälningar så
hamnar dom i samma ärende och då
kanske det räcker för åtal. Matt och
förvirrad la jag på och berättade för
Jasmine. Det enda hon sa var: mamma
jag sa ju det, ingen tror på mig alla bara
tror på Simon och dom tror att jag ljuger.
Jag försökte trösta henne och sa att
många tror på henne men det är svårt att
bevisa vad han har gjort. Mmm sa hon
JAG HATAR Simon mamma. Jag vet och
jag förstår det svarade jag med en kram.

Samtalsstöd via polisen

Jasmine hamnade hos barnhuset. Det var
en gul villa som låg uppe på en backe,
inte långt ifrån vårt hus. Polisen såg till att
hon fick komma dit för stöd angående

sina upplevelser och rädslan för Simon. Jag satt alltid i en soffa utanför rummet där Jasmine var med handläggaren. Jasmine tyckte om att gå till henne. Där fick hon chansen att uttrycka sig på det sättet som Jasmine behövde för att bli förstådd. Dom målade, lekte med dockor och allting var på Jasmines villkor. Ville hon inte prata så var det aldrig något tvång till det. Jag var också väldigt noga med att tala om för Jasmine att när hon är där så får hon prata om precis vad hon vill och jag kommer aldrig ställa några frågor om innehållet eller vad som sagts. Det avgör hon själv vad hon vill delge mig. Vi var enbart där för Jasmines skull och där skulle hon ha rätt till tillit, förtroende och stöttning. Jag fick min stöttning via samtal med Viola och många år senare också via samtalsstöd via öppen psykiatrin.

Simon kräver ensam vårdnad

Efter ett tag begärde Simon ensam vårdnad och nu skulle den processen börja. Han anmälde mig för kidnappning till socialen och massa andra dumheter. Kidnappningen som han kallade det var mest skrattretande eftersom jag hade rent mjöl i påsen och hade aldrig hindrat Jasmine att träffa eller åka till honom. Det var Jasmines egna starka vilja och jag har en skyldighet att skydda mitt barn från fara. Simon fick socialen att ta in Jasmine på samtal där dom försökte få henne att träffa sin pappa, men hon vägrade. Socialen kunde tillslut inte göra något eftersom Jasmine uttryckte det så starkt och det gick inte att få henne i andra tankar. Jag var dessutom aldrig inne i rummet under de samtalen så Simon kunde heller inte anklaga mig för att ha styrt Jasmine. Det gjordes klart att Simon inte fick ta kontakt med Jasmine i skolan och inte utan en person från socialen eller barnhuset. Skolan fick all information angående situationen. Men Simon tog som sagt inte order ifrån någon.

Utflykt med skolan

En dag var det utflykt med skolan, dom skulle till Biblioteket med klassen. Efter skolans slut ringer Jasmine mig skräckslagen arg och fruktansvärt upprörd. Hon fick följe av en kille i klassen som följde henne tills jag mötte upp dom. Väl hemma brast hon ut i gråt och jag satte henne i mitt knä. Hon berättade då att fröken hade kommit fram till henne och sa att hon ville gå undan för att prata, dom skulle gå ut i entrén. Jasmine litade ju på fröken och följde med. När dom kom fram mot entrédörren så kommer Simon in genom dörrarna och Jasmine blev livrädd. Hon berättade att hon ställt sig bakom fröken och höll hårt i hennes kofta. Hon sa; mamma jag ville nypa fröken men jag vågade inte. Simon kom närmare och Jasmine visste inte vart hon skulle ta vägen. Han pratade och ville att Jasmine skulle krama honom men det ville hon inte. Inte prata heller för den delen. Fröken hade sagt till henne att prata med pappa men utan framgång. Jasmine hade då visat stark ångest, och fröken hade då markerat för Simon att det inte var någon bra ide. Han gick sin väg och förstod inte vad han förstörde tilliten som Jasmine hade till sin fröken. Jag blev så förbannad att jag åkte till skolan. Dundrade in som ett ånglok och frågade vart läraren var. Hon stod i kopiatorrummet när jag röt till ordentligt. Hon visste direkt vad det handlade om och blev röd i ansiktet och hade blicken ner i golvet. Jag frågade henne hur i helvete hon tänkte när hon lurade Jasmine till att möta Simon på Biblioteket? Hon sa då att det inte var hennes beslut och att hon inte hade tyckt att det var en bra ide. Men Simon hade ringt till rektorn och dom två hade smidet denna planen. Rektorn hade sagt att Simon fick inte komma till skolan men eftersom dom var utanför skolans område så var det helt ok för Simon att dyka upp och att rektorn skulle informera läraren om upplägget. Det var däremot ingen som frågade varken Jasmine eller mig om det var acceptabelt att göra så. Läraren bad så hemskt mycket om ursäkt och att hon aldrig hade gått med på det om hon visste hur dumt det blev. Jag var så ilsken att jag hade lust att riva hela rummet men jag bet ihop och stirrade på henne, sa: du kan dra åt helvete och ta med dig din jävla rektor också. Fy fan vilka vidriga människor ni är. Sen vände jag på klacken och gick. Jag tog rektorn ett rejält tag också, satt på möte där han sa att vi hade gemensam vårdnad och han såg inga hinder med att godkänna detta sätt. Jag påtalade då om igen att han och skolan mycket väl visste om anmälningarna och vad Jasmine gick igenom. Han låtsades som ovetande men då slog jag näven i bordet och bad honom ta fram mappen som skolan fått från mig. Där står det att hennes pappa var anmäld för misshandel, sexuella övergrepp samt våldtäkt mot barn. I mappen fanns också utlåtande från socialtjänsten med mera. Han erkände tillslut att det inte var ett bra beslut trots allt och att det aldrig skulle ske igen. Nä det kan jag lova att det aldrig kommer göra sa jag och jag kommer anmäla dig och skolan. Jag anmälde honom och händelsen gjorde återigen att Jasmine inte vågade gå till skolan. Det som var tur i detta var att det snart skulle bli sommarlov och Jasmine kunde få påbörja sin bearbetning på allvar. Skolavslutningen kom och den vidriga rektorn stod på scenen och hyllade sig själv och skolan, det gav mig spy känslor och det vred sig i magen. Två veckor efter avslutningen fick vi hem ett brev där det stog att rektorn avslutat sin tjänst och kommer inte att vara rektor i Rosviks kommun något mer. Det kändes som en vinst samtidigt som han förkrossat Jasmine och det var hon som blev tvingad att ta konsekvenserna av hans och skolans handlande.

Tingsrätten och möten angående försök till kontakt

Jag fick ett brev från tingsrätten där

Simon nu krävde ensam vårdnad om Jasmine. Jag fick en klump i magen och motsatte mig såklart det på en gång, så jag krävde ensam vårdnad också. Jag skaffade mig en advokat Sture Berntsson en otroligt duktig advokat och med honom kände både jag och Jasmine oss trygga. Nu började en lång resa i kampen om min dotter och hennes rättigheter. Vi gjorde en SOL utredning på socialen där vi alla fick gå på ett antal möten. Jasmine var fast bestämd att hon inte ville träffa sin pappa och heller inte prata med honom. Simon ljög om det mesta för egen vinning och jag höll mig till sanningen och stog på mig i hans lögner. Enligt honom var jag en psykopatisk person som var psykiskt störd och hindrade Jasmine till umgänge med honom. Han brusade upp, var otrevlig och hotfull mot personalen. Jag däremot var hela tiden lugn och saklig. Förklarade att jag aldrig skulle hindra Jasmine om hon vill ha kontakt med honom, att jag har uppmuntrat henne till samtal i telefonen. Eftersom jag visste att det var min skyldighet som förälder att försöka uppmuntra till kontakt. Det gjorde så ont i mig varje gång som jag gjorde det men då han inte hade blivit dömd för anmälningarna så var jag tvungen för att inte råka illa ut av myndigheterna. Jasmine bekräftade också att jag lagt upp olika förslag men att hon vägrar. Jag bad också min läkare skicka mina journaler med diagnoser samt mediciner, eftersom Simon påstod saker som det inte fanns någon sanning i. I mina journaler fanns ingenting om att jag skulle ha varken någon psykisk störning eller psykopatiska besvär, det fanns heller inga triangelmediciner som jag åt och det bevisades också i medicinlistan. Jag samlade alla motbevis som fanns för att socialtjänsten skulle öppna ögonen och se vem av oss som ljög. Jag bad också Ulrik på mottagningsgruppen höra av sig för att ge sin åsikt om mig och mitt föräldraskap, vilket han gjorde och även där fanns ingenting som kunde påvisa negativa saker om mig och mitt agerande. Vi hamnade hos tingsrätten och Simon satt med sin advokat Agata Svensson. Hon var en bitsk, otrevlig kvinna med en attityd som inte hörde hemma i en tingsrättssal. Jag satt bredvid Sture som hade 100 % koll på läget. Simon krävde umgänge med Jasmine och jag sa som alltid att jag inte kommer hindra det då det är Jasmines viljor som jag stöttar och hjälper henne med. Agata sa att jag var en psykiskt ostabil mamma som inte skulle ha egen vårdnad, att jag hade anlitat kriminella folk för att skada Simon och att Simon skulle tilldelas den. Jag berättade då som läkaren bevisat. Jag sa också att det inte är så konstigt om jag som mamma mår dåligt och är orolig över mitt barn efter vad som har kommit fram men att jag skulle vara psykiskt störd och andra elakheter är bara rent förtal som kan motbevisas. Hon himlade med ögonen och tittade ner i sina handskrivna papper. Tingsrätten beslutade att vi skulle göra ett försök till umgänge på Risgård (barnhuset) en gång i veckan tillsammans med personalen där och det skulle prövas under ca två månader, sedan skulle vi åter till tingsrätten för utvärdering. Jag hade som uppgift att ta Jasmine till barnhuset där personal mötte upp oss, sedan skulle Simon komma dit medans jag satt utanför byggnaden och väntade. Jag gjorde som det var sagt, två kvinnor kom till vår bil för att hämta Jasmine. Jag gick ur bilen tog mig några meter bort och vände ryggen mot dom. Jag visste ju att Simon skulle anklaga mig för att ha försökt påverka Jasmine med både ord och grimaser. Det var så grymt jobbigt att behöva göra så men för vår bådas skull var det tvunget. Ingen skulle komma och anklaga mig för att hindra umgänget. Jasmine totalvägrade att lämna bilen. De båda kvinnorna försökte tålmodigt att övertyga henne att inget farligt skulle ske och om hon blev rädd eller mådde dåligt så skulle umgänget brytas. Att allt var på Jasmines känslor och trygghet. Men hon vägrade så efter ca trettio minuters försök gav dom upp och vi fick åka hem. Så här fortsatte det under flera veckor. Barnhuset dokumenterade allt och skickade till tingsrätten som senare kallade till nytt möte. Vi åkte dit och Simon spydde galla över mig och påstod att jag hindrat Jasmine. Barnhusets personal var oprofessionella, värdelösa och gjorde inte sitt jobb där dom skulle dra in Jasmine i byggnaden. Men enligt barnkonventionen och barnens rätt i samhället samt socialtjänstlagen så får man inte handgripligen ta tag i och tvinga barn till sådant som skadar dom. Barn har rätt till sitt eget bestämmande och vid denna tidpunkten hade lagen också ändrats. Det fanns inte längre någon lag som sa att bara barn över tolv år fick bestämma själva över boende och umgänge. Det var nu beslutat att det handlar om barnets mognad och inte ålder. Det fanns alltså ingen åldersgräns för eget bestämmande och tänkande för barn. Man sa att ett barn kan vara femton år men med en mognadsgrad som åtta och en åttaåring kan på samma sätt ha en mognad som en femtonåring. Därför var det av största bejakan Jasmine mognad och talan som stod i fokus. Simon exploderade men kunde inget göra åt saken. Vi hade ju också tack vare mitt sätt att agera under alla träffar med barnhuset så kunde jag rentvås även från dom anklagelserna. Nytt försök skulle göras men nu telefonkontakt en gång i veckan. Simon fick bestämma och det blev tisdagar klockan fem. Sture frågade vilka möjligheter vi hade att vara ensamma den stunden då han visste att jag hade två små barn till där hemma. Jag sa då att vi kan sitta i bilen under den tiden. Men Sture tyckte inte att det kändes bra så han erbjöd sitt kontor varje tisdag klockan fem. Han pratade med sin sekreterare om detta och hon valde att stanna extra tid på kontoret så vi kunde genomföra samtalen där. Jag var så otroligt tacksam över den gästvänligheten och att han erbjöd oss en trygg plats. Jag kommer aldrig kunna tacka honom nog för det dom gjorde för oss. Simon krävde också att samtalen skulle ske med högtalare telefon och ingen blev gladare än jag. Idiot tänkte jag, då spelar jag ju in alla samtal och har ytterligare bevis om det skulle behövas så jag gick med på hans krav utan att blunda. Första samtalet. Vi var på Stures kontor och Kristin som sekreteraren heter satt utanför i receptionen. Jag satte en telefon på inspelning och ringde upp Simon. Han svarade och jag sa att hon sitter bredvid mig nu. Simon sa hej Jasmine, Jasmine va tyst. HEJ sa han igen nu med hårdare och surare röst. Jasmine va tyst, han blev riktigt irriterad och sa att hon var barnslig och löjlig. Jasmine sa då JAG VILL INTE PRATA MED DIG!!! Sen sprang hon ut ur rummet och smällde igen dörren. Hon hade satt sig gråtande hos Kristin. Vecka ut och vecka in samma sak, hon vägrade att prata med honom. Och han var argare och argare för varje gång. Vid ett tillfälle sa han direkt att

Jasmines farmor fått cancer och kanske kommer att dö. Jag kände att det var totalt galet att berätta det för Jasmine på det sättet. Han kunde ha meddelat mig först så det inte kom som en käftsmäll mot Jasmine. Jasmine älskade ju sin farmor men eftersom Simon inte kunde visa respekt och hålla sig på avstånd så Jasmine skulle våga träffa sin farmor tillsammans med mig blev det tyvärr inga träffar dom emellan. Nästa gång vi ringde sa han även denna gång direkt att farmors hund var död. Jag tror att han valde att bara vräka ur sig dessa hemska saker just för att han då räknade med att Jasmine skulle prata med honom, men så blev inte fallet. Varje gång sprang hon ut ur rummet. Vi ringde upp Simon och så fort han svarade sa han att hon var löjlig och att han inte gjort något fel. Som han så många gånger sagt förut så var det en faders rätt att göra. En av de sista samtalsförsöken efter flera veckor var vi i husvagnen. Matte hade tagit med pojkarna på en fisketur och jag och

Jasmine satt i paviljongen utanför förtältet. Vi ringde som vanligt och Simon krävde nu att Jasmine skulle prata med honom. Hon sa att hon inte ville men han fortsatte med en aggressiv röst. Tillslut brister Jasmine och verkligen skriker ut så det ekade över halva campingen. Du har gjort saker med min snippa och din snopp, du har skadat mig. JAG HATAR DIG, jag vill inte. Efter det sprang hon panikslagen och ledsen iväg. Simon höjde rösten och skrek på henne men hon var redan borta. Jag avbröt honom och sa att jag inte kunde göra mer och att jag skulle leta upp henne. Därefter avbröt jag samtalet och begav mig ut för att leta upp henne. Hon satt då gråtandes i skogsdungen alldeles intill. Hon var så nedbruten och hennes psyke var långt under normal nivå. Jag kände att det fick vara nog med psykisk misshandel från både Simon och rättsväsendet. Jag tog kontakt med socialen, barnhuset och Sture. Alla samtal var inspelade så jag mailade över allt till Sture så han själv fick göra en bedömning om hur allt har gått. Dagar, veckor, månader blev till år. År av oro, ångest, rädslor och fullständig brist på tillit för vuxenvärlden och dom myndigheter som man trodde skulle skydda våra utsatta barn i samhället. Socialtjänsten försökte lura Jasmine till möten med Simon på kommunhuset. Dom tyckte sig ha rätten att även dom utsätta Jasmine för den fruktansvärda stressen och psykiskt lidande som hon redan hade utstått under så många år. Dom ansåg att det vore bra om även dom försökte påverka Jasmine och att hon inte skulle få veta att det var hennes våldtäktsman och förövare som hon skulle möta innanför deras väggar. Jag satte stopp för det och undrade hur i helvete dom tänkte. Jag tog kontakt med socialchefen och berättade om hennes personals arbetssätt och att jag ville göra en anmälan mot dessa hemska människor. Jasmine behövde tillslut inte gå på några mer möten där men jag och Simon fortsatte.

Jasmine vill inte leva

Under denna tiden gick jag även på utredning ang min många år senare upptäckta sjukdom. Jag var mycket på sjukhuset Luleå och i perioder var jag där varannan dag i utrednings syfte. Samtidigt ville inte Jasmine leva längre så jag kontaktade BUP akuten och hon fick snabbt komma dit för samtal och stöd. Så vi kämpade för Jasmines rätt till trygghet mot dom Svenska myndigheterna samtidigt som jag var sjuk och Jasmine mådde så fruktansvärt dåligt och behövde mycket sjukvård kring sitt mående. Jag hade också e man som arbetade hårt med skiftande tider och två små pojkar som också behövde sin mamma och allt ansvar som det krävde. Inom rättssystemet så går det inte på löpande band, allting tar tid med möten, utvärderingar, socialutredningar och alla samtal utöver allt annat.

Tingsrättsförhandling

Efter nåt/ några år var det dags för rättegång i vårdnadstvisten. Jag gick numera väldigt dåligt så jag hade en rullator och Sture vid min sida. Simon och hans bihang till advokat. Sture la upp alla dokument, utredningar med mera i fina högar framför sig på bordet. Simons advokat hade inte ett enda papper framför sig utan endast ett block med handskrivna anteckningar. Processen var igång och Simons advokat ställde frågor till mig, egentligen var det inte mycket till frågor utan påståenden och halva upprepningar från socialutredningar och så vidare. Simon stirrade på mig och hans advokat förväntade sig nog att jag skulle tappa behärskningen och börja gråta. Men dom fick inte en reaktion från mig och jag svarade, tillrättavisade hennes påstående med blicken och ögonkontakt med domaren. Hon försökte trycka ner mig och sa att jag var en ostabil mamma med grova psykiska problem och att jag hindrat Jasmine från att träffa sin pappa.

Att det i socialutredningen hade stått att dom inte kunde avgöra om Simon hade förgripit sig på sin dotter med mera. Det var så kränkande och hårda ord som kom ifrån deras munnar men jag vägrade att påverkas av det. Senare var det Stures tur. Lugn och saklig ställde han frågor till Simon som brusade upp och anklagade mig för alla dess möjliga saker som inte hade någon sanning. Dommaren bad Simon flera gånger att hålla sig till sak och svara på frågorna. Sture kontrade Agata på hennes uttalande från socialutredningen. Han tog en hög i mängden och bad henne att läsa högt vad som stod i utredningen kapitel 5 rad 9. Hon himlade med ögonen och hon hade ju ingen utredning framför sig, så det blev ett bakslag för henne och var inte ett dugg intresserad så Sture fortsatte. Där stod det som Agata sagt. Socialtjänsten kan inte med hundra procent säga att Simon förgripit sig på sin dotter MEN dom kunde heller inte säga att det inte har hänt eftersom Jasmine varit fast bestämd och talat om samma sak via bilder, rollspel med dockor, och uttryck i ord efter hennes förmåga. Där Sture också kunde uppvisa anmälan från sjukvården där det klart och tydligt stod att det rådde en stark misstanke om våldtäkt mot barn, sexuella övergrepp mot barn, misshandel efter blåmärken på ställen där man inte brukar få det vid lek. Hon hade det bland annat bakom öronen. Man hade sett att hon haft ett underliv som blivit utsatt för icke normala handlingar men att pga att rodnader och svullnader hade lagt sig dagen efter så ville man inte utsätta flickan för gynekologisk undersökning, pga känslan av ännu ett övergrepp från sjukvården. Det fanns texter som skolan hade polisanmält där Jasmine skrivit en berättelse i skolan och hon skriver om hur pappa grejar med hennes snippa o hon måste ta på hans snopp. Dom texterna kan man läsa i slutet av denna bok. Det fanns också läkarjournaler om att jag kontaktat vårdcentralen på

begäran av Simon för att ta bort
tånaglarna. Att Jasmine berättade för
flera personer att Simon klippt bort
hennes mollusker. Så hans advokat lade
upp en halv mening och inte den
fullständiga. Det visade bara att dom
undanhöll helheten och ljög om
anklagelserna mot mig eftersom Sture
även där lade upp mina journaler och
medicinlistor som bevis. Sture
presenterade och klargjorde alla bevis
som vi hade angående Simon och alla
försök till kontakt. Bevisen innehöll också
dokumentation där det klart och tydligt
stog att jag aldrig varit närvarande vid
försöken utan alltid stått en bit bort med
vänd rygg. Det var så skönt att jag kunde
bevisa så pass mycket och att jag kunde
bevisa alla lögner som Simon och hans
advokat riktade mot mig. Simons nya tjej
Amanda vittnade att Simon va en
fantastisk människa och far. Trots att hon
vid flera tillfällen sett på när Simon varit
hårdhänt, våldsam och låst in Jasmine på
toaletten. Jasmine tyckte till en början

väldigt mycket om Amanda men ju längre tiden gick och Amanda blundade för Simons behandling av Jasmine så tappade Jasmine även tilliten till henne. Sture satt lugnt och tryggt i sin stol bredvid mig och jag var så glad att han hade tagit åt sig ärendet för att hjälpa mig. Vi hade sagt vårat i denna rättegången och det var nu dags för Agata att presentera hennes slutplädering. Hon fortsatte att kränka mig, anklaga och ljuga om mig trots att dom inte hade lagt upp ett enda bevis på deras påstående. Men det som berörde mig hårdast och gjorde mig både förvånad men också riktigt arg var hennes sista ord. Jag har en man och två barn, och min man har också en snopp. Jag stirrade till på Sture och han på mig, vi fattade absolut ingenting men vi sa inget och trots mina känslor fick hon inget gehör från mig. När rättegången var över gick jag å Sture mot bilen. Just där och då släppte det för mig och jag skakade, grät hysteriskt och va så rädd. Sture stöttade mig och berömde mig för att jag kunde hålla mig lugn där inne och att jag hela tiden va saklig och inte kastade nån skit eller anklagelser som inte gick att bevisa. Jag fick senare ensam vårdnad sommaren 2013 och tingsrätten uppmanade Simon att inte kontakta Jasmine.

Bearbetningen

Vi alla blev nu tvungna att bearbeta det som Jasmine varit med om. Alla barnen behöver professionell hjälp att komma vidare. Jag behöver också få hjälp med att hantera Jasmines fruktansvärda tid. Vi behöver alla anpassa oss till en ny vardag med nya vägar och utmaningar. Det kommer att ta tid, vilket vi måste acceptera. Jag brukar tänka: Ensam är jag svag, men tillsammans är vi starka. Jag har min familj där vi respekterar varandra, uppskattar och värdesätter varandra. Så självklart kommer vi övervinna allt det här. När rättvisan träder fram, då går vi där starka och ingen ska få förgöra oss igen. Åren gick och Jasmine mådde så fruktansvärt dåligt. Vi hade kontakt med barnpsykolog, barnakuten, socialtjänsten och nära kontakt med skolan. Vi kämpade för hennes trygghet. Hon fick ett självskadebeteende och skar sig på armar och ben och jag blev tvungen att kontakta akut psyk för snabb hjälp. Hon fick hjälp av samtal och mediciner. Samtidigt som hon hade 2 bröder som mådde dåligt över att se sin syster lida.

2016 beslöt jag mig för att skiljas.

Matte och jag hade varit ihop I 11 år och gifta i 10. De här åren upplevde vi väldigt mycket fina och roliga saker och händelser samtidigt som jag hade upplevt Jasmines tragedi med sin pappa och det vi var tvungna att lära oss att leva med den ångest, oro och allt som hörde till. Jag och Matte fick uppleva två hus och två gemensamma barn och han blev också pappa till Jasmine. Han gjorde aldrig några skillnader på barnen och tog sig an Jasmine som sin egna dotter. Vi älskade camping livet och hade en husvagn i Hemlunda på säsong vilket vi verkligen älskade. Jag och pojkarna var mycket ute och fiskade och vi hade även en liten båt med motor som vi åkte ut och badade, fiskade med och grilla på en liten Ö alldeles in till. Jag blev allt ensammare där ute med tre barn. Matte brukade komma ut varje helg efter jobbet då han jobbade skift, men jag märkte en förändring att han hade bråttom hem tidigare än vad han annars brukar. Stressad att komma hem på nåt vis, han blev också svårare att få tag i på telefon så jag fick en känsla av att saker inte stod rätt till. Han jobbade mycket och jag satt numera i rullstol på heltid. Jag kände mig mer och mer ensam i vår tvåsamhet vilket gjorde mig väldigt olycklig. Vi blev som kompisar i familjen och för mig betyder det mycket att vi aldrig var ovänner. Han hade tyvärr ett ego som inte platsade i mitt liv då jag lever för min familj. Och anser att man ska ta vara på livet och om varandra. Han började gå ut mer å mer på egen hand, ville aldrig ta med mig. Så jag blir hemma med barnen medans han var ute och hade roligt. Min mamma bodde då hos oss på grund av min sjukdom tre barn med olika diagnoser och Jasmines ångest, oro och rädsla. Mamma hade ett eget sovrum nere i källaren där hon kunde hushålla och låta oss i familjen få egen tid men hon fanns alltid där och gjorde allt för att hjälpa mig med hus, barn, sjukvård, djur mm. Hon var verkligen en klippa så osjälvisk och hon var så nöjd över att känna sig behövd. Matte var också en väldigt snäll människa som uppskattade min mammas närvaro och hjälp. Vid några tillfällen skickade han iväg mig och mamma på semester vi var i Turkiet och i Spanien, Jag och mamma mådde så gott i värmen och där kunde vi bli ompysslade och få energi tillbaka när vi sen skulle åka hem. Men hela tiden kände jag en ständig oro av vad

Matte höll på med hemma, inte att han skulle miss skötta barnen för det visste jag att han inte gjorde, men vilka andra han hade kontakt med eller träffade. För vid flera tillfällen misstänkte jag att han va otrogen och tillslut fick jag det bekräftat av min bästa vän som han hade velat träffa och det var inget kafferep om man säger så. Det var där jag valde att skiljas, men för mig var det extremt viktigt att vi skulle göra det som vänner inte jävlas bråka skrika eller gapa. Han hade gjort sina misstag och han fick stå sitt kast där han förlorade sin familj och det ansåg jag vara straff nog. Dagen efter hade jag migrän och kräktes och mådde inget bra alls. Att jag hade migrän det var inget konstigt det hade jag ju flera gånger i veckan men denna dagen slutade på ett annat sätt än jag var van vid. Jag hade en trappstol ner till källarvåningen där vi hade vårat sovrum. Jag hade Lucas i knät och vi var på väg att åka ner. Jag fick senare berättat för mig vad som skedde eftersom jag inte minns någonting. Jag hade svimmat och ramlat över Lucas ner på golvet, förlorade medvetandet. Lucas blev skräckslagen och skrek efter mormor, när mormor rusar upp och se mig liggandes på golvet så säger Lucas; jag försökte lyfta mamma men hon va alldeles för tung. När Oliver kommer springandes och ser mig ligga där fick han panik. Lucas rusade iväg och hämta kudde och täcke som han bäddade om mig med, Oliver satt och hör min hand medans mormor ringde ambulans. Matte jobbade denna dagen eftermiddag och slutade inte förrän två på natten men min mamma ringde honom och berätta vad som hänt och att ambulansen var på väg. När ambulansen kommer och ska lasta in mig i bilen så springer Oliver efter, barfota i snön och ner för den branta backen, han vägrade släppa taget om mig och han skulle med mamma. Denna lilla skräckslagna pojk som skrek efter sin mamma när hon färdades med ambulans till Sjukhuset. Några timmar senare vaknade jag upp och visste inte vad jag var. Det kom en sköterska och förklarade att jag svimmat och har kommit in med ambulans tidigare under kvällen. Jag frågade vad det var för fel och hon sa att läkarna skulle komma. Jag låg där ovetande men till slut kom läkaren. Han satte sig bredvid mig i sängen och förklarade att mitt kaliumvärde var en fjärdedel av normalnivå och att jag hade haft tur som kom in då det kan bli livshotande. Kaliumet är ett extremt viktigt ämne för att muskelcellerna i kroppen ska fungera, fungerar inte muskelcellerna så fungerar heller inte musklerna i kroppen. Det vill säga den största muskeln är hjärtat. Jag fick ligga där i några dagar och flera gånger om dagen fick jag dricka små supar med rent kalium samt dropp med kalium och vätskeersättning. Matte kom upp till mig på sjukhuset varje dag och han ville att vi skulle börja om, men jag skulle aldrig kunna lita på honom igen och därför var jag fast besluten med att jag ville skiljas. Jag ville att vi skulle vara schyssta mot varandra och heller inte sätta käppar i hjulet för varandra. Jag delade hela bohaget i lika värde, såg till att han fick alla tv rumsmöbler samt lika uppdelat vad gällde allt man har i en bostad. Det enda jag gjorde skillnad på var våra skulder. Jag valde att ta på mig alla skulder som stog i mitt namn och Matte tog dom som va i sitt. Jag hade tidigare ärvt pengar efter min farmor och betalade då in gemensamma lån samt de krediter och lån som Matte hade på sin ganska nyöppnade tatueringsfirma. Ingen skulle någonsin kunna anklaga mig för att vara girig eller egoistisk. Det viktigaste för mig va att inte göra någon illa eller sätta någon i skuld, därför tog jag på mig allt vilket ledde till en katastrof för mig i slutänden. Jag kände att det var viktigt att barnen inte skulle behöva ha två föräldrar med dålig ekonomi så är det bättre att de bara har en och eftersom det var jag som ville skiljas så ville jag inte förstöra Mattes framtid med firman, heller inte hans framtidsplaner. Jag var ändå uppväxt med en mamma med dålig ekonomi men med det största hjärtat och hon gav av hela sin kropp och själ därför skulle det inte bli en stor förändring för mig om jag fortsatte att vara fattig ensam. Mamma hade ju lärt mig hur man tar vara på maten som blir över efter middagen. Samt hur man kan va ekonomisk utan att livet blir snålt och tråkigt. Hon lärde mig gamla hushållsknep och var en händig kvinna vilket jag gärna lärde mig av. Det enda jag ville var att vi skulle förbi vänner och hålla vänskapen stark för allas bästa och så förblev det och än idag är vi vänner fast jag får ta det största ansvaret när det handlar om barnen vilket är tufft för mig, men jag gör det för mina barns skull.

Jasmine blev hastigt sjuk..

Det va en kall novembermorgon då Jasmine var på väg till bussen för att ta sig till skolan. Hon va sen och sprang för att hinna. Väl på bussen svimmade hon blev dysvettig och efter en liten stund vaknade hon upp och kunde ta sig ur bussen för egen maskin men plötsligt ramlade hon ihop igen och blev liggande på snön bredvid affären hemköp. Hade ingen kraft eller förmåga att ta sig upp. Hon har senare berättat att flera vuxna bara gick förbi och stirrade på henne utan intresse av att hjälpa henne. Tillslut kom det tre unga tjejer med de största hjärtan och fråga hur hon mådde och om hon behövde hjälp. Jasmine fick fram att hon ville ringa mig. Flickorna tog upp telefonen och det senaste samtalet var till Jasmines mormor som flyttade med mig och barnen efter skilsmässan. Mormor hastade sig iväg för att hämta Jasmine. Hemma såg vi en likblek och mycket svag flicka på 15 år. Jag sa att vi ringer vårdcentralen för att kolla om det kunde röra sig om ett blodtrycksfall eller en ångestattack. Allt för att dämpa hennes oro och rädsla. Vi fick en tid strax därpå. På vårdcentralen tog de in oss på en gång och tog ett EKG, dom tog om det flera gånger. Jag blev orolig när läkaren ville prata med mig i enrum. Pulsen steg men för min dotters skull blev jag tvungen att behålla lugnet. Läkaren förklara då för mig att om jag som vuxen hade haft samma resultat som hon hade då skulle jag haft en full utvecklad hjärtinfarkt. Dom beslutade därför att göra ett ultraljud på plats. Dom kallade in en hjärtläkare och ultraljudet gjordes. Jag kände i hela min kropp att det va något konstigt. Jag kan inget om ultraljud eller hur det ska se ut men jag hade känslan och den brukar aldrig svika mig. Efter undersökningen fick vi sätta oss i väntrummet en stund. Det kändes som tiden stod stilla fast att vi bara suttit där i cirka 10 min. Läkaren kommer till oss med ett papper i handen, sätter sig framför oss och tar Jasmine i handen. Jasmine du har ett stort hål emellan förmakarna och din högra hjärtklaff mår inte bra. Du måste åka till hjärtavdelningen på Sjukhuset. Jasmine fick panik och började gråta, jag brast också ut i gråt och vi kramade varandra hårt. Fredrik som läkaren heter frågade om jag kunde köra eller om dom skulle tillkalla ambulans. Jag kör sa jag snabbt med rinnande tårar och panik i hjärtat. Vi kom upp till Sjukhuset och vi blev snabbt mottagna och fick ett rum. Jasmine som är rädd för nålar fick även övervinna dom rädslorna samtidigt som hon va rädd över beskedet vi precis hade fått. Dom kopplade upp henne på EKG och infarter för snabb behandling om så skulle behövas. Hon hade toaletten precis utanför rummet och att ta sig den lilla sträckan blev en utmaning och jobbigt. Med en puls på 200 av att gå 5 meter var extremt jobbigt för henne. Vi blev inlagda och nu väntade många utredningar och undersökningar. Dagen efter sa dom att hon måste opereras och att vi ska till Drottning Silvias barnsjukhus. Men nu kom nästa utmaning. Eftersom Jasmine har ärvt min bindvävssjukdom så kunde dom inte operera henne innan dom visste vilken metod dom skulle kunna utföra operationen på. Vår bindvävnad går sönder och det går inte att fästa stygnen på samma sätt som en frisk person. På oss är det som att sy i grisfett där tråden skär igenom. Sen visste vi inte om hon led av kärltypen av vår sjukdom. Vid kärltypen kan man förblöda och blodkärlen kan explodera. Man lever som en tickande bomb som när som helst kan döda dig på en sekund. Barnmottagningen samt hjärtmottagningen Sahlgrenska blev därför tvungna att ta speciella blodprover och planera noggrant hur dom skulle kunna genomföra operationen. Jasmine levde i ovisshet och vi visste att hon inte överlever utan operationen. I januari fick vi samtalet från Gbg. Dom ska jobba i team där både barnhjärtspecialist och vuxenhjärtspecialister måste jobba ihop och operationen skulle göras på Sahlgrenska istället för drottning Silvias barnsjukhus. Jag och Jasmine fick sjuktransport ner till sjukhuset. Matte hade vid denna tidpunkten rest utomlands med sin nya tjej. Denna tjej visade sig inte vara en bra människa för mina barn. Jag bad Matte att ändra avresedatum men det ville dom inte så min mamma tog hand om pojkarna medan vi var iväg. Jasmines lungor hade blivit i allt sämre skick och hon hade ingen ork att gå några längre sträckor. Vi fick ett ensamrum och förberedelserna var i full gång. En dag senare var dagen kommen och Jasmine var så rädd och paniken över att kanske inte överleva operationen tog överhand. Vi hade blivit lovade att jag skulle få vara med när dom sövde henne och Jasmine kände sig trygg med det. När vi va i första rummet utanför operationssalen säger personalen. Säg nu hejdå till mamma så ses ni sen. Jasmine bröt ihop och sa vad vi blivit lovade. Då sa kvinnan att så får man inte göra eftersom hon var på vuxenavdelningen och att vårt löfte bara gällde på barnavdelningen. Jasmine grät hade fullständig panik. Jag kämpade med att hålla tillbaka gråten och visade mig stark för henne. Jag pussade henne, tog hennes hand och sa hur mycket jag älskar henne, vi ses snart gumman, detta kommer gå jättebra. Sen körde dom iväg min lilla stora dotter. När jag lämnade rummet brast jag ut i en fruktansvärd ångest där gråten inte gick att hejda. Jag minns att jag fick panik och jag hyperventilerade. Jag hade fått hålla tillbaka alla mina känslor för att ge henne min trygghet så just där och då släppte all min oro och jag fick ur mig allt som jag burit i över 1 månad. Efter nästan sex timmar ringer en sköterska upp mig. Operationen var klar och hon låg på intensiven. Jag var så lättad över att höra att hon överlevt och att den värsta mardrömmen var över. Jag möttes upp av personal och kom in i rummet. Den synen kan jag aldrig med ord beskriva. Jasmine ligger uppkopplad med tub, slangar precis överallt. I munnen, halsen, två tjocka slangar i övre delen av magen, armarna ja precis överallt. Jag ville bara omfamna henne men jag visste inte hur. Det var ett stort plåster över bröstkorgen eftersom dom varit tvungna att skära upp hela henne. Jag satte mig bredvid henne, höll henne i ena handen och klappade hennes huvud med andra. Min älskade underbara vackra dotter, fy fan vad hon fått genomlida. Tårarna rann och hon såg så liten och skör ut. När dom började väcka Jasmine och hon öppnade ögonen såg jag min älskade underbara dotter med ögon av skräck och smärta. Hon hade sån ångest och hon kunde inte andas riktigt, dels pga slangen i halsen, en i artären på utsidan halsen och dels pga dränage som satt i övre buken. En tjock slang in i ena lungan och den andra i hjärtat. Dom tog snabbt bort slangen i halsen och hon grät och mådde så dåligt. Genom slangen i venen på halsen hade hon där därför att hon fick intravenöst med morfin vid täta doser. De fick ge henne flera doser med Stessolid för att minska hennes ångest. Sköterskan berättade för mig att som man somnar brukar man vakna och Jasmine hade fullständig panik och ångest och var jätteledsen å upprörd när jag var tvungen att lämna henne ensam så det blir samma upplevelse för henne när hon väl vaknade ur narkosen. Det gör så ont i mitt mamma hjärta att se min dotter ligger som ett försvarslöst litet knyte och jag kunde inte göra någonting för att hjälpa henne. All smärta och alla slangar förhindrade mig att kunna krama om henne. Vi var på intensiv avdelningen i några timmar innan vi fick komma upp till avdelningen. Jasmine hade jättesvårt att andas och det gjorde så fruktansvärt ont. Läkaren kom och prata om hur operationen hade gått och de sa att de aldrig har opererat med samma metod som de gjorde på Jasmine och de hoppas att deras så kallade lagning håller. Innan operationen så kollapsade Jasmine slungor och hon blev lätt andfådd och nu med ett stort dränage i ena lungan gjorde det att hon hade fortsatt svårt att ta djupa andetag. Hon var tvungen att blåsa i en tub trettio gånger i timmen och för varje andetag grät hon har smärta. Två dagar efter operation så skulle hon försöka komma upp och gå, hon fick en gåstol och jag var strax bakom där jag satt i min rullstol och kunde fånga henne i knät om hon inte skulle orka mer. Hon gick några meter och för varje dag så lyckades hon ta små korta framsteg. Att äta hade hon svårt för då hon mådde väldigt illa och hon hade ingen matlust. Men med små portioner och näringsdryck, frukt och lite godis så fick hon i sig lite grann i alla fall och det fick vi vara stolta över. Sju dagar efter operationen fick vi åka hem och där väntade en utmaning för oss alla. Hon kunde inte ligga ner på grund av bröstkorgen de hade ju sågat upp den för att kunna laga hjärtat. Så hemma i soffan fick vi bädda en säng åt henne med höga kuddar bakom ryggen så hon fick sitta och sova. Hon skulle ha mediciner sex gånger per dygn, så jag och mamma fick hjälpas åt att ställa klockan för att komma upp och ge henne mediciner. Pojkarna bodde ju också hos mig så jag och mamma fick turas om att lägga tid på de samtidigt som Jasmine behövde oss 24 timmar om dygnet. Mina små pojkar var så otroligt duktiga och hjälpsamma och gjorde allt för sin älskade storasyster som hade det så svårt just nu. Jag skulle ha sjukgymnastik hemma några gånger om dagen plus att hon var tvungen att gå ut på promenader för att få igång kondition och stärka lungorna. Lucas och Oliver var med och tränade och gick promenader så storasyster inte skulle känna sig ensam, vi gjorde det som en hel familj. Pojkarna var så otroligt duktiga det var ju inte bara Jasmine som har blivit drabbad av sjukdom, hennes bröder som avgudar henne levde ju också i skräck och förtvivlan när hon blev så sjuk. Vi åkte till sjukhuset varje dag den första veckan för att kolla så att allt så bra ut med hjärtat. Hon gick på sjukhusskola två dagar i veckan med kortare tider. Hon kämpade och kämpade och hon utmanade sig själv trots så starka smärtor och rädslor som hon bar inom sig.

Mattes blivande fru

När Matte kom hem nyförlovad efter två veckor på Domikanska republiken med hans tjej Lovisa så åkte pojkarna till honom. Lucas ringde mig dag efter dag och grät, han ville komma hem till mig då Lovisa var en fruktansvärt elak människa mot framförallt Jasmine och Lucas. Vid ett tillfälle hade hon dragit ner Lucas för alla trappor i trapphuset, släpat honom till bilen och åkt iväg med honom. Hon hade senare stannat på en stor parkering, slängde ur honom ur bilen och åkt där ifrån. Där stog Lucas skräckslagen, arg och förtvivlad i mörkret på en parkering. Barnen fick inte röra vissa hyllor i kylskåp, frys eller skafferi. Det var hennes och hennes barns egna varor som inte fick röras. Det var strängt förbjudet att använda hennes toalett. Hon satte upp lappar överallt som var direkt riktat till

Lucas. På toaletten hade hon satt upp en lista på hur man går på toaletten. Dra ner byxorna, sätt dig på toaletten, torka dig, dra upp byxorna, tvätta händerna med tvål och bara så du vet så kommer jag att lukta på händerna när du kommer ut. Lucas upplevde detta som extremt kränkande då hon aldrig haft en anledning att bete sig på det viset. Lucas som drömde mycket mardrömmar efter att han såg sin mormor död i vårt kök, hade ett behov av att ha en nattlampa tänd, detta fick han inte för henne och han fick absolut inte gå ner och väcka pappa när det hände. Han va tvungen att gå in till Oliver och lägga sig där dom gånger som han var rädd. Många gånger ringde han också mig så jag var i telefonen tills jag hörde att han hade somnat om. Inte heller dessa saker kunde Matte ta upp med sin fru. Matte som alltid tagit Jasmine som sin egna blev också väldigt förändrad under denna tid med Lovisa. Hon gav sig på Jasmine verbalt och tryckte ner henne psykiskt så fort hon fick chansen. Jasmine hade duschat och när hon kom ut från badrummet fick hon en utskällning då hon hade använt en svart handduk vilket var förbjudet då dom enbart tillhörde Lovisa. På min mammas ettåriga dödsdag så väljer Matte att gifta sig med denna ragatan. Både jag och barnen tog väldigt illa upp över det då det var en sorgedag för oss så barnen kände ingen glädje över deras giftmål. Nu blev det ännu värre för barnen. Lucas rymde vid flera tillfällen och jag fick ut och leta efter honom med min elrullstol. Ibland mitt i natten. Jag fick hämta honom och Jasmin titt som tätt och Matte var förblindad och såg inte hennes tortyr mot våra barn. En dag kastade Lovisa bokstavligen ut Jasmine ur huset och sa att Jasmine inte tillhörde familjen då hon inte var kött och blod. Matte stog på hans frus sida och gjorde ingenting för Jasmines rättvisa. Jag hämtade Jasmine och hennes saker i huset och när hon la nycklarna på bordet sa Lovisa. Äntligen kan vi få bli en hel och riktig familj. Jasmine grät, hade såna känslomässiga smärtor inom sig. Och besvikelsen över att han som varit hennes fadersgestalt under 16 år helt plötsligt blir som förbytt och känslokall. Jasmine åkte aldrig mer dit och tappade då också den naturliga kontakten med Matte. Två år senare skiljde sig Matte med Lovisa, då hade han öppnat ögonen men tyvärr hade han vid det laget också förlorat barnens tillit och respekt för honom. Det tog lång tid innan Lucas ville bo hos sin far igen.

Jasmines återhämtning

Som tidigare nämnt så kämpade Jasmine så otroligt mycket efter hjärtoperationen och två veckor efter operationen vill Jasmine försöka gå till vanliga skola. Jag kontaktade skolan berättade hur det var och att hon ville komma tillbaka så smått. Hon hade ju en resurs där sedan tidigare, Lena som kunde ta sig an henne och sitta i ett rum avlägset från andra där hon kunde få jobba i sin takt och avbryta så fort det blev jobbigt. Hon var i skolan en timme per dag med tiden gick förlängde hon och utökade hon tid den där. Hon behövde det sociala och det var väl i främsta fall därför hon var i skolan så kort tid efter operationen. Tre veckor efter vi kommit hem skulle de ta stygnen där dränaget suttit i buken så vi åkte till vårdcentralen och tog dem. Varje gång Jasmine hade duschat så fick vi sätta om Stripsen över alla sår. Vanlig såromläggning hade vi varje dag under cirka tre veckor. En dag när Jasmine kom ut från duschen och vi skulle byta strips som vanligt då hade det spruckit upp och var ett stort hål där dränaget tidigare hade suttit. Jasmine höll på att svimma när hon fick se hålet så jag fick skynda mig att tripas igen. På grund av våran bindvävssjukdom så tar sårläkning extremt mycket längre tid och för Jasmine tog sår läkningen över bröstkorgen över ett år innan vi kunde sluta tejpa. Två år senare efter många undersökningar och

kontroller så blev Jasmine friskförklarad
och det firade vi med räkmacka på
hennes favorit café.

Mamma dör...

Jasmine opererades januari 2018 och min
mamma hade verkligen ställt upp mer än
vad hon hade behövt. Så jag beslutade
att skicka iväg mamma och en av hennes
väninnor till Krakow Polen. Jag ville visa
min tacksamhet så jag ordnade så att
hon fick med sig beskrivningar och
översättning av meningar och ord som
hon kunde visa då hon inte kunde
engelska. Hon var så kass på engelska så
när hon ville ha brun sky till potatisen en
gång i Spanien då frågar hon do you have
a brown sky. Det är bara ett av exemplen
men engelska kunde hon absolut inte.
Men hon var min största förebild, min
trygghet, min glädje, min älskade
mamma. Hon som en gång sa till mig:

Nina döm aldrig någon för vilket liv man lever. Man vet inte deras historia och heller inte hur tung ryggsäck dom har.

Åter till resan.

Hon hade nästan precis lärt sig att sms:a på telefon tog väl cirka en kvart och skriva en mening men hon fixade det. Jag blir så varm i hjärtat när jag tänker på min mamma och att hon uppskattade det lilla på det sättet som hon gjorde. När hon var i Krakow så skickar hon ett SMS till mig där det står vi har det underbart, just nu sitter vi och tar en öl och en pizza och det kostar bara 30 kr. Puss och kram mamma. Dagen efter skickar hon ett nytt SMS där hon skriver att hon och Stina sitter på en bänk, under ett träd vid en park och det är så underbart och så trevliga människor vi möter. Puss och kram mamma. Sista maj kommer mamma och Stina hem igen och är så nöjda och belåtna över resan som dom just varit på. Mamma prata om att hon vill åka tillbaka och den resan vill hon även åka till Auschwitz. Det blev ingen ny resa för mamma, det blev en resa till slutet av jordelivet istället.

Elvis och slutet

Dagen efter hemkomst så satt mamma ute på min altan och broderade en doptavla, som hon alltid brukade göra till alla barn i familjen. Min bror Jesper skulle få barn och hon förberedde inför kommande barnbarn. Hon använde alltid samma motiv, av en björn. Det stog Namn, datum, vikt och längd på den. Det enda som skiljde varje tavla åt var om det skulle vara rosa eller blå nyanser och färger. Och det väntade hon alltid med tills barnet var fött. Hon satt där i solen och njöt av sommarvärmen. Den här dagen hade jag bara Lucas hemma och mamma frågar om hon skulle köra honom till skolan men jag sa Nej det är så gott väder så han kan cykla och jag tar elrullstolen. Okej sa mamma som satt belåten ute i solen. Hon hade förberett kaffet och jag skulle gå för att förbereda

Lucas inför skoldagen. Mamma skulle vara med sin syster Lisa på en Elvis Presley konsert i Göteborg nästa kväll. En lång men underbar helg med sin syster. Dom skulle bo på hotell och äta någon god middag och bara ha en glädjens dag tillsammans. Mamma hade packat väskan så stod i tv-rummet. Hon va så exalterad och hon såg verkligen fram emot den här dagen. Hon hade ju alltid älskat Elvis och hans musik. Priscilla skulle vara där också och det tyckte hon var så sjukt spännande, att få se henne live. Jag stod i köket och kollade busstider när mamma skulle åka för att möta upp Lisa på resecentrum senare på förmiddagen. När det var klart så sa jag att jag skulle gå och göra i ordning och hämta kläder som Lucas kunde välja mellan. Jag står där i garderoben och tagit fram lite olika alternativ till honom eftersom han har ADHD och är kräsen vilka kläder han vill ha på sig, så var jag tvungen att visa lite olika varianter. Medans jag plockar ut shortsen ur garderoben så hör jag ett fruktansvärt ljud ifrån köket, det låter som en väsande orm. Jag ropar mamma, vad gör du? Inget svar. Jag ropar igen, men för helvete Mamma!! Vad håller du på med? Inget svar. Jag har kläderna i min famn och rullar ut mot köket, vi hade en köksö som man var tvungen att runda för att komma till diskbänk och uteplats. När jag kommer runt hörnet såg jag mamma ligger på tvären med fötterna under diskbänken och huvudet under skafferidörren. Vattenkranen va på full sprutt och kaffet var klart. Jag kastar mig ner ifrån rullstolen på golvet och skakar på mamma och ropar mamma, mamma men hon svarar inte, Hon bara ligger där medvetslös och okontaktbar. Jag försöker att dra henne åt sidan så jag kan påbörja hjärtlungräddning men hon sitter fast. Dels för att jag hade halkskydd under mattan som gjorde att det inte gick att glida och dels för att huvudet fastnade under Skafferidörren. Ju mer jag försökte dra i henne, desto mer fastnade huvudet och hon började blöda på pannan. Mamma var en ganska stabil kvinna 1.75 lång och vägde mellan 75 och 80 kilo, det gjorde att jag med mina 45 kg inte hade orken att lyfta eller förflytta henne. Jag pressade henne till sidoläge för att försöka frigöra luftvägarna på det sättet, samtidigt som jag ligger och försöker hålla emot henne. Jag ringer 112. Jag hade fullständigt panik och visste inte vad jag skulle ta mig till. Lucas låg och sov i rummet bredvid och här ligger min mamma och bara försvinner ifrån mig. Jag kände hur hela livet bara svek mig och känslan av maktlöshet, och att inte kunna rädda min mamma har följt efter mig sedan den dagen. Jag pratade med larmcentralen och förklarade att jag inte kunde på börja hjärtlungräddning å hon skickade ambulans direkt. Jag låg där på golvet med larmcentralen i luren och klappade mamma med min lediga hand, försökte lugna henne och säga att jag var där. Lucas som just hade vaknat kom springandes och innan han rundade hörnet så han glatt, Hej vad gör ni? Sen blev han stel som en pinne. Han såg sin älskade mormor ligga på golvet alldeles blå på näsan och på öronsnibben. Han grät, skrek och fick panik, sprang och gömde sig under en filt i soffan. Kvinnan på larmcentralen sa åt mig att få upp ytterdörren så Räddningstjänsten kan komma in, så jag kröp och krälade på golvet för att kunna låsa upp. Sedan tar jag mig till mamma igen. Åtta minuter senare kommer brandkåren. Då sa dom till mig att skyndsamt akta mig och jag och Lucas skulle följa med en av brandmännen in i vårat sovrum så vi skulle slippa se. Och för att de övriga skulle kunna utföra sitt arbete. Lucas och jag låg i sängen med täcket på oss. Jag sa till Lucas att vi måste ringa hans pappa, med Lucas ville att vi skulle ringa Tom först. Tom var Lucas resurs i skolan som han hade ett jättestort förtroende för. Tom var en trygghet och som en extra pappa för Lucas fast under skolans tider. Jag tog därför upp telefonen och ringde

Tom, men han svarade inte och Lucas blev ledsen över det. Jag hörde hur hjärtstartaren lät ute i köket, och efter 40 minuter kom en ambulanspersonal till mig och sa att jag behöver åka med upp så fort som möjligt då det inte ser bra ut med mamma. Så jag ringde Matte och i all förskräckelse sa jag att han var tvungen att komma. Han sa att han var på jobbet och hade svårt att komma ifrån. Men när jag talade om att mamma hade ramlat ihop och ambulansen var på väg till sjukhuset med henne, att det inte såg ut att gå bra så slängde han sig i bilen direkt. Vi gjorde upp att han även skulle ringa Lisa och hämta upp henne på vägen till mig. Lucas vill inte släppa taget av mig när pappa kom, han vill åka med till mormor på sjukhuset. Men jag och Matte var tvungna att förklara för den här lilla pojken att följa med pappa hem. Jag ringde mina bröder. Kalle bodde i Umeå men arbetade i Skåne under denna period. Erik hade sin snickare firma och var iväg på jobb. Jesper jobbade som yrkesmilitär och fanns i Boden. Jag minns hur jag satt på altangolvet, grät hysteriskt medans jag försökte förklara att de måste komma. Jag fick inte tag på Kalle, men jag fick tag på Jesper och Erik och de skulle försöka få ta på även Kalle. När jag satt där i solen på altangolvet, så visste jag redan att i den stunden som jag satt hos mamma, kramade och klappade henne, att hennes liv inte gått att rädda. Eftersom hon tog två andetag på åtta minuter i min famn och hon var redan blå och kall när ambulanspersonal och brandkår kom på plats. Eftersom jag jobbat inom vården och äldreomsorgen i så många år så vet jag vilka tecken och hur en människas kropp fungerar i livets slutskede. Det blir något annat när det gäller ens familj. Jag hade så många gånger tagit hand om människor och anhöriga när livet var på sin sista vers. Men att sitta med sin egen mor i ett akut fall som var helt oförberett. Det blir kaos i hjärnan och man får sån fruktansvärd panik. Men på något sätt så tror jag ändå

att jag hade hjälp av mina erfarenheter.
Denna dagen förlorade vi våran mor,
bästa mormor, bästa farmor, och
svärmor. Jag minns att jag tänkte på att
jag nu hade mist min älskade storebror
Jan. Pappa var också borta, fast honom
sörjde jag aldrig. Med honom blev det en
befrielse när han dog. Men mamma, min
älskade fina mamma, hon som hade levt
ett hårt känslomässigt liv med
misshandel, förlust av sitt barn och
hjärtesorg när Gunnar gick bort. Men
samtidigt var mamma den starkaste
människan jag någonsin skådat. Matte
släppte av mig och Lisa på sjukhuset och
i entrén möttes vi upp av en
akutpersonal. Vi fick gå genom en
korridor och när vi närmade oss en dörr
sa hon åt oss att gå in där. När jag läste
skylten på vilket rum vi skulle vara i, så
fick jag fullständig panik, skrek och grät.
Anhörigrummet. För mig betyder
anhörigrummet bara en sak, och det var
att mamma var död. Sköterskan
övertalade mig att gå in så vi satte oss

där. Efter ca 15 minuter började mammas övriga syskon att komma till plats. Mats, Anna, Oscar, och deras barn och respektive. Sune kom också gråtslagen i ansiktet. När min morbror hade kommit så satt jag Lisa och han oroliga och ledsna. Sen kommer en läkare och sätter sig bredvid min morbror och beklagar sorgen. Dom hade försökt med återupplivning cirka 40 minuter hos mig och sen ungefär lika länge på sjukhuset. Det gick inte att rädda henne. Jag skrek ut: nej inte mamma. När alla var samlade fick vi gå in och säga Hej då till mor. Jag tog hennes hand och tackade för livet och för allt hon har gjort. Jag valde också att ta ett foto där Jag håller min mammas hand. Det fotot ligger mig varmt om hjärtat och jag tittar på det än idag med både sorg och glädje. Jag och mina bröder satt och pratade med läkaren och vi bad om att hon inte skulle obduceras. Anledningen var att när Jan dog så var dom tvungna att göra det på honom. Eftersom han dött hemma och ute på trappan. Och han var bara 26 år och det var ingen naturlig död. Mamma hade så ont av att se alla ihop sydda, och häftade öppningar på hans kropp. Jag minns när vi klappade hans huvud så kände man ett rälsband av metall häften vilket var fruktansvärt att känna. Jag hade ju klätt Jan i kistan, men pga den uppskurna bröstkorgen och buken så bad jag begravnings vaktmästaren att sätta på Jan hans skjorta samt kalsonger. Jag som syster har ingen rätt att tvinga honom för den blottningen, så för att visa Jan respekt ville jag ha hjälp med kalsongerna. Jag och hans tjej klädde Jan i en kostym, samma som han haft när Oscar döptes, bara några månader innan. Vi la ett foto på Oscar i hans hand och han fick även med sig sitt fiskespö som han var så rädd om. Han var så fin och såg så rofylld ut. Åter till mamma. Vi förklarade för läkaren hur mamma upplevde obduktionen på Jan och vi vädjade att avstå den på henne. Läkaren sa då att dom kunde konstatera till 99.9

procent att det var en akut hjärtinfarkt som mamma dog av. Och efter överläggningar med övriga läkarteamet, så fick vi beskedet att dom avstår obduktionen. Och det var för att respektera mammas och våra känslor, men vi var tvungna att skriva på ett papper där vi delgivits all information och att vi senare inte kunde ändra oss. Vi skrev på och det blev som en sten som lättade för oss alla i denna sorgestund. Vi åkte hem och allt kändes så tomt. Mammas resväska stod färdigpackad i vardagsrummet. Och mamma hade lämnat oss föralltid. Min moster och mina kusiner kom hem till mig och barnen. Kalle och Alexandra var också kvar i några dagar. Vi behövde verkligen stötta varandra och försöka förstå vad som just hade hänt. Jag hade bestämt mig för att göra iordning mamma och lägga henne i kistan. Det hade jag gjort med Jan, morfar, farmor och nu mamma. Jag Lisa och Anna skulle ge mamma en sista vila. Vi samlade ihop vilda blommor och en

Ekkvist ifrån hennes älsklingsställe Torp. Rönnbär och bilder på alla barnen med familjer. Barnen ritade teckningar och skrev personliga brev. När dagen var kommen så hämtade Lisa upp mig hemma då vi bodde i samma stad. Anna mötte upp oss utanför bårhuset på sjukhuset. Vi möttes upp begravningsentreprenören utanför entrén till bårhuset. Jag visste att mamma inte ville ha några kläder på sig i kistan, hon ville sova bekvämt. Så jag hade tagit med mig hennes morgonrock som hon älskade att strosa runt i hemma. Och hennes innetofflor som var så slitna och dåliga så ena stortån stack ut, men hon älskade dem. Vi tvättade av mamma och klädde henne i morgonrock och tofflor. Kammade hennes hår och la henne i kistan. När hon låg i kistan så bäddar vi ner henne med ett täcke som medföljer. Vi la alla kort, teckningar, och brev vid hennes huvudände. Sen ek kvisten och en bukett handplockade blommor i hennes hand. En liten rönnbärskvist fick hon på sitt bröst. Det var så fruktansvärt jobbigt att behöva se sin mamma så här, men samtidigt var jag så glad att jag klarade av att ge henne denna sista omvårdnad och kärlek. Begravningen skulle ske några veckor senare i Hortlax kyrka. Hon skulle ligga bredvid Jan. Mamma gillade inte köpta blommor så hon hade skrivit i Vita arkivet att hon ville ha vad naturen hade att ge. Jag och barnen gick ut och plockade vilda blommor som jag sedan gjorde i ordning till olika buketter och smyckningar. Jag använder konsoler för att göra en stående blomsterbukett med murgröna, ormbunkar och rosor. Vi hade ordnat en kille som skulle spela gitarr och sjunga när vi sänkte mamma. Mamma älskade Elvis, Roy Orbinson så på begravningen hade vi låtar med dem , vi hade också vem kan segla och Bridge over troubble Water. Hela kyrkan var fylld med mammas nära kära, släkt och vänner, runt 100 personer kom för att hedra mamma en sista gång. När det var klart i

Kyrkan så bar man ut mamma till sin viloplats. När mamma sänktes ner spelade och sjöng han Amazing Grace, samma låt som vi hade för Jan och för morfar. Jag vet att jag bröt ihop fullständigt när de sänkte mamma, och jag klarade inte av att se hela färden. Min morbror Mats kom och tog hand om mig och stöttade mig i denna situation. När alla hade lagt sina blommor och sagt Hej då, så går min bror Jesper och hans lilla dotter agnes fram, Agnes sätter sig vid kanten och säger till farmor, nu får du tillbaka hjärtat. Det var ett gummihjärta som mamma hade gett till Agnes för längesen. Och nu ville Agnes ge tillbaka det för att visa sin kärlek till farmor. Efteråt samlades vi i bygdegården, min moster Anna hade ombesörjt olika sallader med tillbehör från kalasboden i Luleå. Det var en fin stund där vi både skrattade och grät och hedrade mamma.

Fonus och Kronofogden

Mamma hade gått i förtidspension för att kunna vara med oss barn och barnbarn. Hon prioriterade familjen istället för att arbeta de sista åren innan pension. Men nu blev det stora problem med kostnader till Fonus då försäkringsbolagen inte betalade ut varken begravningshjälp eller annat. Vi fick som svar att om hon hade dött på annat sätt så hade försäkring gällt. Så vi barn stod där maktlösa och var tvungen att försöka få fram pengar till mammas begravning. Eftersom Sune hade satt mamma på Kronofogden så fick hon bara behålla lite över 3000 i månaden. Hon skulle få tillbaka på skatten cirka 15.000 kr som vi trodde skulle gå till begravningshjälp, men istället tog Kronofogden alla pengar. Jag överklagade och förklarade situationen angående försäkringar och att hon inte hade några pengar men Kronofogden vägrade att ändra sitt beslut. Jag sökte också hjälp via Svenska kyrkan genom olika fonder men fick som svar att de inte erbjöd hjälp för sådana ändamål. Det gjorde mig riktigt förbannad, vad hjälper Svenska kyrkan till med om de inte ens kan hjälpa till med bidrag för att begrava en människa. Jag valde därefter att gå ur Svenska kyrkan och deras sekt beteende. Det var en jobbig tid och vi gick igenom mamma saker, delade upp och skänkte bort hennes tillhörigheter som vi barn inte ville ha. Barnen mådde så dåligt av att mormor nu var borta och jag var psykiskt ner bruten av att förlorat min mor. Sakta men säkert fick vi lära oss att hitta ett sätt att få vardagen och livet att fungera tillslut.

Jasmine fick traumabehandling via BUP.

Jasmine hade haft sånt självskadebeteende under en längre tid, led av ångest och hon hade det jobbigt med att klara av vardagen. Hon har ju genom åren haft många återkommande minnen av vad Simon utsatte henne för. Han låste som sagt in henne på toaletten och på hennes rum. Han drog henne så hårt i öronen att hon fick blåmärken. Hot, skräck och våld blev en vardag för henne. Men att hon dessutom skulle behöva uppleva att hennes egna pappa vidrörde hennes underliv på både ut och insidan är en sån obeskrivlig fruktansvärd upplevelse, och jag som mamma skulle vilja skära upp hans könsorgan i bitar. Händelsen där vi fick åka till sjukhuset när hon var cirka 4 till fem år och hon hade kommit från Simon under samma kväll. Visade det sig också under denna behandlingen vara Simon som var boven till och inte andra pojkar på gården. Hon har kunnat återberätta så många saker av hennes liv med Simon som jag aldrig visste om. Som tidigare sagt fick hon ju också erfara hur han klippte bort mollusker och försökte dra hennes tånaglar. Men också våldsamheter av slag, hot och förnedring. Där han vidrörde henne och fotograferade hennes nakna kropp. Att hon en gång uttryckte att katten hade kissat henne i munnen, var också ett uttryck som utsatta barn ofta använder istället för att säga vem som egentligen gjorde det. Med den vetskapen så har jag idag fått svar på det. Och jag kan säga att det inte rörde sig om någon katt överhuvudtaget. Och kiss var det inte heller. Det var andra kroppsvätskor ifrån en människa och det kan vi räkna ut själva vem som låg bakom. Det finns fortfarande hemligheter som jag inte fått vetskap om ännu, och det är det som Jasmine en gång berättade för grann tanten Viola. Jasmine fick en praktikplats på ett dagis och till en början så fungerade det ganska bra. Men allt eftersom blev det tuffare både fysiskt och psykiskt. Hon fick panikångest flera gånger om dagen. Och hon blev allt mer rädd att Simon son, skulle kunna vara ett av de barnen som skulle börja där, och att Simon skulle komma dit. Hon hade fått vetskap om sin halvbror genom en bild på familjesidan i lokaltidningen. Det slutade med att hennes kropp och hennes psyke inte längre klarade av praktiken. Vi hade samtal via Försäkringskassan, arbetsförmedlingen och sjukvården, där vi diskuterade olika ställen som Jasmine kanske skulle klara av att vara ute och jobba på. Just nu hade vi påbörjat hennes traumabehandling också på BUP i Rosvik. Vi var där en till två gånger per vecka vilket var så grymt jobbigt psykiskt. Men för Jasmine var det så extremt viktig bearbetning för att kunna lära sig hantera sin ångest och sina fruktansvärda rädslor för sin pappa. Jag började alltid gå in och satt med behandlaren och pratade om hur jag skulle till mötes gå Jasmine, samt hur jag skulle kunna hjälpa henne i denna bearbetningen. Sedan efter cirka 40 minuter så var det Jasmines tur och jag lämnade rummet. Det var olika steg i det här programmet som Jasmine och behandlaren gick igenom och pratade om. Efter att Jasmine varit ensam ungefär lika lång tid som jag, så skulle vi sitta tillsammans och gå igenom programmet. Det Jag tyckte var jobbigt var att jag alltid varit tvungen att hålla tillbaka mina egna känslor och när vissa samtalsämnen kom upp var det svårt för mig att hantera det. Jag kunde bli irriterad eftersom jag som mamma också har känslor och är förstörd efter vad han har utsatt min dotter för, men behandlaren sa att vi var där för Jasmine skull och att jag inte fick belasta henne med min sorg, smärta, oro. Vi fick lära oss andningstekniker, hur jag skulle kunna hjälpa Jasmine att uthärda en ångestattack. Vi fick också lära oss olika tekniker där man stimulerade punkter på olika ställen av kroppen, som också gav en lugnande effekt. Jasmine gjorde under den här behandlingen stora framsteg och hittade sätt att våga gå ut. Och fick lära sig hur hon skulle agera om hon stötte på honom eller såg honom utanför hemmet. Men återblickarna medförde såklart också extra mycket ångest. Jasmine mådde jättedåligt under behandlingstiden fram till slutet. Och fick hjälp med nya sorters mediciner och akutmediciner för sin ångest, och dessa har hon en idag och kommer troligtvis få leva med mediciner, resten av hennes liv. Behandlingen tog ungefär ett och ett halvt år, och det var en tuff resa för oss båda men så väl behövd. Efter behandlingen så skulle Jasmine försöka komma ut i lite arbete igen. Hon fick då en praktikplats i en butik i Rosvik där hon trivdes ganska bra trots hennes återkommande ångestattacker. Men vid flera tillfällen så kom Simon till affären, och eftersom hon satt i kassan så kunde hon inte skydda sig eller gömma sig. Han tog som system att gå till hennes kassa, till slut medförde det att hon inte längre kunde arbeta kvar. Hon fick också veta av personalen där sa att på grund av hennes generella språkstörning så ansåg vissa sorters kunder att hon uppträdde på konstigt sätt. Att hon inte förstod när de frågade saker och hon kunde inte förklara så de förstog. Detta blev ytterligare ett bevis på hennes svårigheter med generell språkstörning. Jasmine bytte då arbetsplats till en annan mindre butik i stan, det var en mindre butik och vi hoppades att det skulle fungera. Men efter ett litet tag började Simon även komma dit och Jasmine blev tvungen att sluta även där på grund av säkerhetsskäl och hennes mående. Vi fortsatte samtal med Försäkringskassan, och Arbetsförmedlingen. Nu skulle hon prova ett annat ställe där hon skulle arbetsträna och vara ansvarig för barnkläder. Men på grund av hennes smärtor i kroppen och hennes psykiska mående så fixade hon heller inte det. Det slutade med att Jasmine blev tvungen att bli sjukpensionär vid 20 års ålder. Hennes främsta uppgift i livet just nu är att överleva vardagen och ta små promenader och sköta om sitt mående.

Fukt och mögel I lägenheten

Vi fick mögel i lägenheten. När jag Matte skilde oss så fick jag en lägenhet i Rosvik. En fem rum och kök på en entréplan med uteplats. Vi trivdes gott och den var stor och rymlig och bra med tanke på min rullstol. Men vi hade mögel i badrummet och dålig ventilation vilket gjorde att alla textilier var fuktiga och luktade unket. Jag kontaktade hyresvärden ett åtskilliga gånger men utan gehör. Oliver fick tillbaka sin eksem som han som liten pojk hade mycket problem med, vi alla hade en astmaproblematik och den blev betydligt mycket värre. Jag som redan led av migrän hade nu migrän nästan varje dag i lägenheten. Efter fyra år av kämpande för att få hyresvärden att åtgärda problemen så valde jag att gå till miljöverket på Rosviks kommun. Det tog inte lång tid innan de kom hem och gjorde grundlig undersökning provtagningar och mätte ventilationen. Resultatet blev att det fanns svartmögel på flera ställen i lägenheten samt en oacceptabel ventilationsnivå. I badrummet till exempel skulle vi på fyra personer har ventilation på cirka 16 liter per sekund men vi hade fyra. Miljöverket skickade ett åläggande till hyresvärden där de uppmanades att åtgärda lägenheten vilket hyresvärden struntade i. Jag hade utvecklat en fruktansvärd hosta och astmabesvär, så efter några månader kontaktade jag min läkare och fick göra astma prover som visade svår astma och jag fick mängder av mediciner. Hyresvärden hade fått ett slutdatum då de skulle ha påbörjat renovering men ingenting hände. Jag och barnen blev allt sjukare och blev till slut tvungna att akutflytta. Jag gjorde då klart för hyresvärden att jag inte tänkte betala de tre månader av uppsägningen på grund av att de rent av skiter i oss, lägenheten och miljöverket. Jag letade lägenheter förbrillt i Rosvik utan resultat.

Hyrde hus

Till slut hittade jag ett hus att hyra i Kåge, det blev några mil extra för barnen att ta sig till skolan men vad hade vi för alternativ? Barnen blev sjuka och jag blev sjuk, och vi fick ingen bostad i Rosvik. Vi flyttade upp och Erik hjälpte mig att måla och fixa i ordning i huset som hyresvärden betalade. Men detta huset blev inte heller guld och gröna skogar tyvärr. Det var el kopplingar som var oskyddade en läckande varmvattenberedare precis intill ett oskyddat vägguttag. Vatten som sipprade upp från badrumsgolvet, en icke fungerande spis, och vattenkranar som satt löst och läkte. Jag fick ett föreläggande från Kronofogden där den tidigare hyresvärden krävde tre månader och summan var på över 40.000. jag överklagade, bifogade alla mina mail, miljöverkets protokoll samt läkarutlåtanden. Efter någon eller några månader fick jag svar ifrån Kronofogden att dom lagt ner föreläggandet och avslutat ärendet. Jag vann denna kampen mot hyresvärden. Och med tanke på hur sjuka vi blivit så tycker jag att dom kom billigt undan. Det var en som skön känsla att på något sätt få rättvisa och gehör för deras nonchalanta beteende och oansvariga sätt att hantera hyresgäster och deras bostäder på. Jag var vid den här tidpunkten tillsammans med Niklas, han bodde i Rosvik. Han hade en ryggsäck fylld med saker som inte var bra och saker som jag aldrig haft erfarenhet av. Han hade levt ett liv med narkotika och kriminalitet, men varit ifrån allt sånt under 15 år. Jobbade som snickare och vi träffades av en slump tidigare under våren. Jag hade ju växelvis boende för pojkarna så när dom var hos sin pappa var jag hos honom. Jag började tycka att el räkningarna blev extremt höga då vi inte var i huset på heltid. Jasmine bodde där själv några dagar då, när jag var hos Niklas. Hon använde då spisen, kylen, tv:n och dusch men jag fick elräkningar på över 2000 kr i månaden. Om vi hade bott där heltid så hade det inte varit någon konstig kostnad men eftersom vi var där cirka 10 dagar i månaden så var det någonting som inte stämde. En dag när jag var iväg så var Oliver och Jasmine själva i huset när strömmen gick. Dom ringde mig och jag sa att hon skulle gå ut i proppskåpet utanför huset, Sen ringde dom tillbaka till mig Facetime och visade hur det såg ut. Proppskåpet var helt oskyddat där det var el kopplingar på 380 volt. Det fanns också inkopplingar som inte gick att förklara vart de ledde till. Jag tog med mig Valdemar Niklas pappa upp till huset då han kan det elektriska. Han spårade två av inkopplingarna som var till huset och garaget men den tredje kunde man inte lokalisera vart den gick. Vi pratade med en granne som berättade att de tidigare har tjuvkopplat ström från det huset till huset bredvid, jag ringde då upp till Stockholm och anmälde tjuvkoppling av ström. Det visade sig att jag även fick betala andra människors hushållsel och värme. Tur var ju att detta var på våren som man inte hade någon värme på

elementen, annars hade jag gått i
personlig konkurs. Jag kontaktade
hyresvärden som inte var medgörlig, han
ville heller inte åtgärda den bristande
elen inne i huset med osäkrade vägguttag
och rinnande vatten. Jag fick ha en hink
under varmvattensberedaren som jag fick
tömma ett par gånger om dagen.
Valdemar hjälpte mig med kopplingen till
varmvattenberedaren så den slutade att
läcka. Jag och Jasmine kom hem en dag
när vi möttes av en helt sjuk grej vid
dörröppningen, när vi öppnar ytterdörren
så är det vatten upp till alla trösklar i hela
hallen. Vi försökte lokalisera vart det kom
ifrån om det kunde vara tvättmaskinen
eller varmvattensberedaren som läkte
igen men ingenting läckte. Vi tömde två
tio liters hinkar med vatten som var på
hallgolvet. Efter det ringde jag
hyresvärden som inte var intresserad av
att hjälpa oss och se vart skadan var. Vi
levde nu i ett hus där det läckte vatten
och katastrof med elen och elräkningar
som inte var okej någonstans. Vi kunde

inte bo kvar där heller och fick leta nytt boende igen.

Flyttade igen

Till slut hittar vi en andrahands lägenhet på Norrfjärden i Rosvik. Vi fick lägenheten och när vi skulle flytta så kollade jag upp priser om flytthjälp eftersom jag sitter i rullstol och min kropp inte orkade mer just då, samt att jag bara hade min bror Erik i närheten och han jobbade med sin egna firma extremt mycket under den här tiden. Jag fick tag på en flyttfirma i Rosvik och vi gjorde upp ett pris på 3000 kr. Vår överenskommelse hade jag på SMS och vi bestämde ett datum och tid då de skulle komma. Jag och barnen packade allting och förberedde och ställde de flesta lådorna i hallen så de skulle slippa att springa mer än nödvändigt. Vi sorterade rensade i garaget och utebodarna och ställde ut allt på gräsmattan så de ställena var rena och klara. Flyttfirman kom cirka två timmar efter bestämd tid och väl på plats säger han att han ska ha 6000 för flytten inklusive rutavdrag. Jag förklarade då att vi var överens om 3000 kr och jag hade tagit kort på hur mycket det var och förberett allt för lättare hantering men han vägrade. Jag ifrågasatte honom hur han kunde vara så oseriös och kräva dubbel betalning? Det slutade i alla fall med att de åkte och jag och Jasmine stod kvar med halva bohaget på gräsmattan. Niklas var en jättesnäll person men han hade alkoholproblem och ölen kom alltid i första rum för honom. Så han kunde inte tänka sig att hjälpa oss på något sätt. Och nu var klockan 7 på kvällen och vi orkade inte bära in allt igen, för det första hade vi inte fått plats i hallen och för det andra ville vi inte ha allt ute i garaget på grund av det råa vädret efter regn. Så vi fick åka och låna Eriks kärra för att sen åka tillbaka till huset och lasta, vi riskerade att bli av med alla våra saker som stod kvar ute på trädgården medans vi åkte till Rosvik för att lasta av första lasset. När det var klart i Rosvik fick vi åka tillbaka till Kåge och lasta en kärra till och köra till Rosvik igen. Eftersom jag sitter i rullstol så kunde jag ju inte hjälpa till att bära upp i lägenheten utan Jasmine fick sköta det på egen hand vilket kändes bedrövligt för mig som mamma. Jasmine har ju också mycket smärtor och hennes kropp fungerar inte normalt. Men hon kämpade och tålmodigt hjälpte hon till att fixa det så vi fick in våra saker som stod utomhus. Vi hade då en kompis i Björke som vi fick komma och sova hos då vi inte hade ork att åka tillbaka till Kåge, då klockan var 02,30 och vi var helt slut båda två. I lägenheten i Rosvik fanns bara kartonger så där kunde vi inte heller tillbringa natten. Dagen efter hyrde vi en kärra och körde sista lassen. Men denna dagen fick vi hjälp av Niklas dotter några vänner till henne och vänner till mig. Det var inte helt enkelt att bo i den lägenheten heller, vi bodde på tredje våning utan hiss och min elrullstol fick vi ställa i källaren och därifrån blev det 4 trappor upp som jag fick ta mig med kryckor. Då jag har kronisk smärta i hela kroppen och ostabila leder så blev det kattastrof kroppsmässigt. Vi letade lägenheter hela tiden men eftersom jag var i behov av en stor lägenhet på fyra rum och kök och det fanns inte gott om direkt. Det var på samma gård som jag var uppväxt på fram till 10 års ålder. Många tragiska minnen dök upp när jag tittade ut genom mitt köksfönster och såg vår gamla balkong och dom där jävla taggbuskarna. Men en sak som värmde mitt hjärta var när jag en dag skulle låsa fast min elrullstol och det kommer fram en äldre herre mot mig. Han sa: dig ska jag prata med! Jag fick hjärtat i halsgropen och trodde att jag skulle få skäll över nåt. Jaha sa jag med lugn ton. Sen kom han närmare mig och gav mig den största kramen. Jag kramade tillbaka men fattade ingenting. Då säger han å herregud det är ju 40 år sedan som jag såg dig sist. Det visade sig då vara vår gamla granne Kjell som bodde dörren mittemot oss. Dom som hade tagit hand om mig å Jan när pappa gjorde mamma illa. Det blev ett kärt återseende och jag träffade senare också hans underbara fru Petra. Han va numera styrelseordförande och bodde fortfarande kvar i samma lägenhet. Vi blev kvar där i cirka två år innan vi fick en egen bostad. Hyresvärden vi hyrde av i andra hand lurade oss och tog över pris på över 3000 kr i månaden, det visar sig också att han lurat styrelsen med tidigare uthyrning utan godkännande, samt att min uthyrning heller inte blivit godkänd för en flera månader efter inflyttning. Jag fick också betala hans renoveringsfond som ska gå till reparationer och underhåll för lägenheten. Men detta vägrade han att använda till de brister som fanns. Till exempel var kyl och frys i dåligt skick, det tjöt av dom konstant hela tiden, samt spisen tog typ 100 år att laga mat på. Det var i och för sig hans val och rättigheter att åtgärda de brister men samtidigt tyckte jag att det måste fungera.

Diskmaskinen var trasig och lät som en skördetröska när man startade den så den vågade man aldrig använda. Efter att vi flyttat så pratade jag med en i styrelsen som berättade att han inte kommer få hyra ut någonsin mer igen. Samt att han har lurat styrelsen så mycket att han ut tvingas sälja sin lägenhet och flytta därifrån. Man undrar ju nu om han anser att det var värt att lura styrelsen och ta ut sånt över pris som han gjorde för mig.

Oliver blev misshandlad.

Det var under tiden som vi bodde i lägenheten på Norrfjärden, det var mycket bekymmer med Oliver och skolan. Det hade varit ett gäng elever så systematiskt har mobbat och varit tykna, trakasserat och ägnat sig med sabotage i skolan. Skolan gjorde ju inte så mycket och det fick inget slut. Så en dag när Oliver och hans kompisar var på skolgården så kom detta gäng. Dom hade gjort sönder mopeder som tillhörde

Olivers kompisar och satt eld på ett av deras skåp. Ute på gården så omringade gänget en av Olivers kompisar, började putta och slå och säg att de skulle knulla hans mamma. Då brast det för den här pojken och han knockade en kille. Lärare kom springandes, kors i taket och ringde efter polis samt ambulans till den knockade killen. Polisen kom och Olivers kompis samt Oliver med övriga förklarade för polisen hur de har levt med dessa gäng i två år, och att skolan inte har gjort något för att bryta det. Det blev en utredning men som vanligt så skyddar skolan människor som inte är svenskfödda. Jag är verkligen inte rasist men vi ser skillnaden på hur skolan tar hand om och sätter hårt mot olika elevers bakgrund och det gjorde mig förbannad. Vi föräldrar till Oliver och hans kompisar fick åka på möten i skolan medans de andra gänget skickade syskon utan föräldrar. Jag ifrågasatte skolan om de ansåg att det vore rimligt att jag skickade Olivers storasyster på möten till skolan, när det gäller såna här grova saker, då fick jag som svar att dom försöker men får inga gensvar så därför går det inte. Då kanske man skulle koppla in socialtjänsten om föräldrarna inte är medgörliga och vill lösa konflikter och uppfostra sina barn. Skolan satt och påstod att dom gör så gott dom kan, vilket jag inte höll med om. Några veckor senare var Oliver med sina vänner hemma hos en av killarna. Dom satt och lyssna på musik prata och skratta, när ytterdörren helt plötsligt flyger upp, killarna går dit för att titta vad som hände och utanför står det mellan 15 till 20 maskerade personer. De attackerar våra killar misshandlar sparkar och slår. En av Olivers kompisar sprang till grannen mittemot för att be om hjälp och mannen i huset som dessutom var en stor vältränad man, rusade ut för att hjälpa pojkarna att avstyra situationen. Oliver och tre av hans kompisar hade fått skador av misshandel. Oliver ringer mig och jag tar mig dit i min elrullstol. På vägen till bostaden ser jag ett gäng som går mot mig i Kopparnäs. Den ena killen går och vifta med pistol i luften ovanför huvudet. Jag skyndar mig så fort jag kunde därifrån för att inte riskera att bli skadad. Det kom två polispatruller som pratade med våra killar och gav signalement på gärningsmännen. Senare fick jag och de andra föräldrarna ta våra skadade barn till sjukhuset för dokumentation och undersökning. Skolan fick vetskap om händelsen och eftersom grundproblemet kom under skolans tider så var det också skolans ansvar på fritiden. Men detta var inte skolan intresserad av att ta vid, heller inte göra något åt bråkstakarna som förpestade luften för övriga elever. Gänget tog sig in i klassrummen där de inte hörde hemma och vid flera tillfällen kom det fem sex personer fram till Oliver hotade och slog med näven åt honom. Då fick läraren ställa sig mellan och inte ens vid dessa tillfällen gjorde skolan några åtgärder. Vi försökte få skolan att avskilja eleverna och att skolan behövde sätta in mer personal, vakt eller annat som skyddade våra barn i skolan men det var de inte intresserad av heller. Vi ville att våra barn skulle få ta en annan ingång i anslutning till deras skåp och lektionssalar, det var inte skolan heller medgörliga att ordna. Det slutade med att Oliver och hans vänner inte längre kunde gå till skolan då de blev hotade och vi mammor blev hotade att vi skulle bli knullade och mördade. Gänget skickade meddelande där de ville mötas för att göra upp med pistoler och vapen. Det här gänget bodde i samma område som oss vilket gjorde att Oliver inte längre kunde bo hos mig på grund av säkerhets skäl. Vi fick ha hemma studier med våra barn och ibland hyrde vid lokaler där föräldrar kunde utföra skolarbete med barnen. Dom skulle göra simtest men dom kunde inte vara i Rosvik utan fick vända oss till annan kommun. Vi bildade en föräldragrupp där vi tillsammans kämpade för våra barns rättigheter mot skolan. Vi träffades en gång i veckan och alla vidtog olika åtgärder och tog kontakt med olika myndigheter, vi blev ett sammansvetsat familjeteam som kämpade för våra barn och deras trygghet. Vi kontaktade Skolinspektionen och delgav dem all bevisning där vi alla kämpat för att få trygghet i skolans miljö samt hur vi försökte få skolmaterial ifrån skolan så våra barn kunde ha hemma studier till tryggheten var åtgärdad. Skolinspektionen tog sig an ärendet fort och gjorde inspektioner på skolan, vi fick deras protokoll och där stod det att det fanns ett 30-tal brister i skolans miljö när det gällde trygghet och studiero. Skolan slog back ut blev trotsiga små ungar. Vi kontaktade huvudmannen men fick aldrig några svar ifrån honom heller. Till slut gick vi till våran lokala tidning och berättade vår historia med bevisat material och Skolinspektionens protokoll. Vi påtalade att det enda vi kräver av skolan är att våra barn ska kunna vara trygga där och om de själva inte klarar av det, så får dom till kalla och tillämpa en vakt. Skolan vägrade när vi pratade med dem om denna åtgärd, det fanns inget intresse. När första artikeln publicerades i tidningen ordnade skolan med en så kallad elevcoach, denna elevcoach var egentligen en Securitas vakt, men eftersom skolan inte ville visa att det var så bedrövligt i skolan som det verkligen var så kallade de denna person för elevcoach. Det lät bättre för skolans rykte. Vi föräldrar blev tvungna att köra våra barn till skolan där vakten mötte upp våra killar vid bilen och gick följe med dem in i skolan. Han var i närheten av våra pojkar under hela skoldagarna och efter skolans slut följde han dem åter till oss föräldrar på parkeringen. Bråkstakarna var kvar i skolan och hade inte fått några så kallade straff eller åtgärder mot sig. Någon vecka efter att pojkarna kommer tillbaka till skolan igen, efter att varit hemma i 8 veckor så stal de en jacka ifrån Olivers kompis och tände eld på en annan kompis skåp. Vakten tog dem på bar gärning men ingenting hände från skolans håll. En dag omringade de här gänget vakten och snodde hans nycklar, han sprang efter men innan man visste ordet av det hade ett par av idioterna tagit hans bil och började köra jävel. De krockade med hans bil och återlämnade nycklarna. Efter denna incident blev de avstängda från skolan i en dag. Man ser ju då hur skolan resonerar, när barn blir misshandlade och deras skåp mopeder och ägodelar blir förstörda och snodda, då händer ingenting men när de tar en bil då reagerar dem. För mig är det helt obegripligt hur man inte kan reagera på alla saker som dessa vidriga äckliga skitungar höll på med. Efter misshandeln hemma hos Olivers kompis så mådde Oliver fruktansvärt dåligt psykiskt. Han var isolerad hemma hos pappa, han kunde inte åka till gymmet utan att någon vuxen var med, han kunde inte bo hos mig eller komma och hälsa på mig utan att vi fick mötas någonstans där vi var skyddade.

Oliver orkar inte mer

En kväll ringde Oliver till mig var helt förkrossad och rädd. Oliver ville inte ringa pappa då han bara skulle bli arg på grund av chocken och förtvivlan. Man ringer mamma för hon är lugn och mamma hjälper till mot skolan å allt. Han hade tagit starka tabletter ifrån en väns familj och han mådde jättedåligt. Jag försökte lugna honom och sa att jag kommer och hämtar honom. Olivers kompis pappa kom och hämtade mig hemma för att sedan hämta upp Oliver och åka till sjukhuset. Vi kom snabbt in på ett rum och det var en super gullig sköterska som tog emot oss. Oliver grät skakade och hade panikångest, sköterskan höll oss sällskap och kolla värden på Oliver via blodprov EKG och blodtryck. Ganska snart efter kommer en läkare in, hon var extremt human hon tog Oliver på ett sätt så han känns sig trygg att berätta. Oliver är inte en grabb som visar känslor, han är fruktansvärt ödmjuk och kärleksfull men att visa sig ledsen sitter som en spärr i honom och han har svårt för det. Men med denna läkare som lugnt pratade med Oliver utan att tillrätta visa honom att han gjort fel eller anklaga honom för vad han har gjort, så kunde Oliver berätta med egna ord hur fruktansvärt dåligt han mår och att han ångrade det han gjorde med tabletterna. Han sa att han var glad att han hade gjort det på ett sätt, för då vet han att han aldrig kommer göra det igen. Läkaren frågade om han ville ha samtalshjälp via BUP för bearbetning med hans upplevelser och Oliver tackade ja till den hjälpen, Hon skrev en akutremiss till BUP och även ett brev till skolan där hon påtalade skolans ansvar att ta hand om Olivers psykiska och fysiska upplevelser där. Att eht på skolan skulle ta detta på högsta allvar. Några dagar senare fick vi komma till BUP och samtal påbörjades, då Oliver även ska utredas för ADD, ADHD behövde de en kartläggning ifrån skolan. En sån kartläggning hade jag bett om från sjunde klass och nu gick han är nian. Skolan struntade fullständigt i det så det blev ingen kartläggning innan han gick ur nionde klass. Inga åtgärder ang psykologhjälp och stöd ifrån skolan blev inte av heller. Skolan sket fullständigt i vad läkare påtalat. I väntan på nuvarande skolans kartläggning så fick han samtal stöd via vårdcentralen psykiska unga. Där gick han några gånger men kände sedan att han inte behöver den sortens hjälp något mer. Sammanlagt blev det fyra artiklar i lokaltidningen där skolan bortförklarade sig och anklagade oss föräldrar för förtal trots polisanmälningar bevis och Skolinspektionens protokoll. Huvudmannen gick inte att få tag på utan det var en av rektorerna som uttalar sig i tidningen. Där hon gjorde bort sig och skolan fullständigt. Oliver mår idag ganska bra, han får Flashbacks ibland när han ser gänget och påminns om dem. Men efter att vi flyttade har han kunnat bo hos mig så mycket han vill, och känner sig mycket tryggare överlag. Under den perioden blev jag isolerad som mamma också då dom hotade att våldta och mörda mig. Jag vågade då inte åka ut på mina dagliga promenader med elrullstolen utan blev isolerad hemma i lägenheten. Något jag mådde väldigt dåligt av eftersom jag älskar att åka ut varje dag. Sture blev även företrädare för Oliver. Vi var hos honom och gick igenom anmälan men som vanligt lades åtalet senare ner, på grund av att gärningsmännen var underåriga men lika väl så var dom skyldiga som synden, men som vanligt klarar sig gärningsmännen och offren blir kvar och illa behandlade av rättsväsendet samt socialtjänsten.

Jag mötte Björn

Efter några månader träffade jag Björn. Jag och min vän Karin skulle gå till en lokal pizzeria för att ta en öl och prata. Vi hade inte setts på länge dels på grund av att hon hade fullt upp med sina sex barn och jag hade lagt min tid mycket hos Niklas. Just den dagen hade en av flickorna NIF tävling och klockan rann är iväg, så jag misstänkte att det inte skulle bli av. Jag satt hemma på balkongen och tog en öl i solen och lyssna på musik. Jag pratar med Jasmine och frågade henne om råd. Jag hade ju aldrig varit ute på egen hand utan sällskap så det var ju något nytt för mig. Jag bearbeta mig själv och med Jasmine i ryggen så bestämde jag mig för att åka ensam till just den pizzerian. Jag hade sett på Facebook tidigare att en vän till mig varit där och tänkte att han kanske var kvar. När jag börjar närma mig så blev jag skitnervös och tänkte att jag skulle vända hem igen, men så pratar jag med mig själv. Jag tyckte att jag själv var löjlig som inte åkte dit, Jag har väl också rätt att gå ta en öl i min ensamhet. Jag såg några sitta utanför och blev osäker igen, så jag körde över vägen in på nästa cykelväg, och förde en ny diskussion med mig själv igen. Efter några väl valda ord så bestämde jag mig för att åka fram. Jag hoppade in med kryckorna och beställde en öl, frågade om personalen kunde bära ut den åt mig vid ett bord ute i solen. Det var inga bekymmer utan de skulle hjälpa mig men just då satt två äldre män, vid ett bord där inne som erbjöd mig att sitta hos dem. Så jag slog mig ner och prata en stund. När jag hade suttit där i någon timme så ringde jag till min vän som varit där tidigare under dagen och fråga vad han gjorde. Han var då på fest hos en vän och jag frågade om jag fick komma dit, annars skulle jag åka hem. Det var helt okej att komma och han skulle möta upp mig vi mataffären en liten bit ifrån. Vi möttes och tog sällskap till festen, när vi kom dit var det mängder av folk och jag kände ingen. Men jag är ju inte direkt osocial så jag brydde mig inte speciellt mycket av det, utan började prata med alla som var där. Jag blev bjuden på en öl av en av killarna som bodde i huset, och det var mitt första möte med Björn. Dom skulle gå vidare till en annan pizzeria för att lyssna på ett Countryband och jag fick frågan att följa med. Självklart hängde jag på och vi hade svinkul hela kvällen. Senare under veckan började jag och Björn skriva med varann på Messenger och när fredag kom frågade han mig om jag ville komma och kolla på fotboll med honom på den lokala pizzerian. Jag sa då att jag kan komma en stund vilket jag gjorde. Vi satt och prata, drack och hade hur kul som helst och det var flera folk där som jag aldrig träffat förut. När matchen var slut skulle alla gå vidare till en fest och jag fick frågan om att följa med. Med några öl i kroppen och glädje hjärtat så var det en självklarhet att jag tackar ja. Björn skulle hem och hämta lite mer öl och fråga om jag vill följa med han vilket jag gjorde. Vi kom inte vidare på någon fest utan blev kvar hemma hos honom och det är starten på vårat framtida liv tillsammans. Sedan den dagen har det varit han och Jag mot världen. Det som är så unikt med Björn det är att han ser mig som jag är, han vill

visa upp mig för omvärlden och han vill
att vi ska gå ut och ha kul tillsammans.
Det är en sak som jag aldrig varit med om
förut då jag alltid existerat hemma men
inte ute bland folk. Vi älskar att gå ut och
lyssna på band umgås med vänner, festa
och dansa.

Vår nya lägenheten

Vi fick vår alldeles egna lägenhet. Efter
cirka två års letande så fick vi nys om en
lägenhet så skulle bli ledig. Det var en
fyra rum och kök på 112 kvadrat strax
utanför centrala Rosvik. En gammal
kompis till mig och Jan hade lägenheten
och jag tog kontakt med honom, förklara
situationen om att vi juni 23 skulle bli
bostadslösa då den hyresvärden vid
hyrda av skulle behöva sälja sin lägenhet.
Han skrev till sin hyresvärd och vädjade
att jag skulle få ta över lägenheten. Jag
mailade hyresvärden, visade intressen

anmälan via den hemsidan de lagt ut den på. Eftersom jag har sjukersättning och är sjukpensionär så behövde jag en borgenär. Jag frågade då min bror Erik och han ställde upp direkt. Problemet var att eftersom han har aktiebolag så var det så extremt många olika papper som han var tvungen att skicka in. Och det skulle ta ganska lång tid att få fram allt. Då frågade jag min bror Jesper istället eftersom han är vanligt arbetande inom militärtjänsten. Han ställde upp som borgenär och registrerade sig på hyresvärdens hemsida. Sidan där hyresvärden anlitade sina tjänster genom var extremt jobbiga att ha att göra med. De krävde protokoll som ligger under sekretess då min bror jobbar inom det militära. De dokumenten fanns enbart hos högvakten och kunde inte mailas på grund av säkerhetsskäl. Jag hade då kontakt med hyresvärden och förklarade läget, som valde då att godta min bror som borgenär med hjälp av dem bilagor som redan lämnats in. Och jag fick lägenheten, det var en sån lättnad att veta att vi inte skulle behöva bli bostadslösa. Besiktning av lägenheten gjordes och då tidigare hyresgäst förstört mycket och väggar var slitna och fula i färg. Så fick vi tillåtelse att måla upp och det stod hyresvärden för. Den 19 mars 23 fick vi vår stora fina lägenhet, där vi kunde påbörja ett tryggt och lugnt liv tillsammans. Jag och pojkarna flyttade in och efter ca 9 månader så blev även Björn folkbokskriven på vår adress.

Fick annan syn på saker i livet

Jag drack inte en droppe alkohol under tiden som jag var tillsammans med Matte, vilket var elva år och det var ju just på grund av erfarenheterna efter min pappa Och Simon, Efter att jag har träffat Björn då har jag fått bevisat för mig att alkohol inte enbart är förknippat med våld och hot. Alkohol för mig idag är en glädjens dryck det har man kan umgås med andra äta och dricka gott utan att vara rädd. Efter att jag träffade Björn så fick jag mer självförtroende och vågade göra bort mig om man säger så. Jag vågade prova på att bugga i rullstol, och det gick över förväntan bra. Det som gläder mig är också att människor vågar dansa med mig, att människor vågar göra bort sig och att det kan gå lite galet men vad fan gör det? För mig är huvudsaken att man har roligt och kan glädjas åt andras lycka. Jag har nu hittat min själsfrände, min bästa vän och min Livskamrat. Dagen innan vår ettårsdag, så förlovade vi oss och jag kan inte vara lyckligare än nu. Jag och Björn har nu varit ihop i lite drygt två år och så mycket kärlek, glädje och respekt har jag aldrig upplevt i hela mitt liv. Vi ser varandra, vi älskar varandra, vi har det livet som de flesta önskar att få. Självklart har det inte bara varit uppförsbacke, i alla förhållanden händer missförstånd och konflikter. Men ingenting som inte har gått att lösa. Och det Jag älskar med Björn är att även om vi har olikheter tycker olika så respekterar vi varandra

och varandras känslor samt erfarenheter.
Jag har aldrig känt mig så älskad. Och
mina barn älskar honom och dom
uttrycker ofta till honom att han är det
bästa som har hänt deras mamma. Såna
sanningens ord skulle de aldrig uttrycka
om de inte menade det. Mitt hjärta blir så
varmt av att Björn är så accepterad av
mina bröder, dom har sett mig i tidigare
förhållanden hur dåligt jag har mått efter
på olika sätt blivit så sårad, lurad och illa
behandlad och dom skyddar mig om
mina barn in i döden. Men Björn är
godhjärtad och kärleksfull, trygg och
även skojfrisk vilket uppskattas av min
familj. Idag ser mina bröder mig levande,
glad, trygg och harmonisk, Jag har ingen
inre stress som pressar eller för gör mig
och det är tack vare Björn. Och det ser
även mina bröder, just därför tycker dom
alla om honom så mycket. Och jag kan
aldrig gottgöra honom för vad han gjort
och gör för oss. Björn har ju ett barn och
jag har tre så självklart har man haft olika
uppfostran, barnen har olika sätt vad

gäller krav och ansvar. Men fördelen för oss är att vi inte har några små barn. Alla mina barn har min bindvävssjukdom och ADHD och ADD, Jasmine har också generell språkstörning och posttraumatiskt stressyndrom som gör att jag behöver lägga lite extra tid för att hjälpa dem i deras diagnoser och svårigheter. Björn ställer upp till 100% på mina blodsbarn på samma sätt som han gör för sitt eget. Och jag ställer upp på hans blodsbarn så mycket jag bara kan. Vi gör ingen skillnad och det är så viktigt för mig. Jag älskar dom alla så det gör ont i hjärtat. Vi är en familj med fyra barn och ett barnbarn och för mig finns ingen skillnad mellan blodsband och inte. Therese inte van att vara delaktig och vara sedd på det sättet som hon är idag, Hon har inte fått den möjligheten i Björns tidigare förhållanden. Så självklart blir det en stor förändring för henne då hon är ensam barn och haft turen att ha en pappa som gett henne det mesta som hon vill. Till skillnad från mina blodsbarn så har jag aldrig haft möjlighet att ge dem det de vill ha. Däremot har jag alltid gett dom kärlek, försökt att uppfostra dem till generösa godhjärtade människor, ställt krav på att man hjälper till i en familj. Självklart brister man och barnen gör inte alltid som man vill, men i det stora hela så tycker jag att både jag och Björn har lyckats bra i vårt föräldraskap och med alla våra barn.

Mormor går bort

Mitt i all glädje så går mormor bort. Den 10 september 22 ringer telefonen och mormor har gått bort. Hon bodde på ett hem i Luleå. Jag kan ibland få dåligt samvete över att jag inte hälsade på henne där. Men för mig blev det en ångestkänsla eftersom mormor hade blivit dement och jag var så rädd för att göra henne ledsen om hon inte skulle känna igen mig. När samtalet kom att mormor inte längre fanns, hamnade jag i en chock, jag blev arg för att ingen hade ringt mig så jag fick säga hejdå. Nu efteråt förstår jag att allt gick väldigt fort och att jag hade missuppfattat hela situationen. Jag skäms att jag blev så arg och reagerade som jag gjorde, men mormor var mormor. Hon hade varit en hårt arbetande kvinna och fött fem barn. Mamma var äldst sen kom Mats, Anna, Lisa och sist Oscar. Hon blev 86 år och var omringad av en stor familj som bestod av fem barn, 14 barnbarn, 20 barnbarnsbarn, och 3 barnbarnsbarn barn. Tänk att hon va grunden till vår stora släkt och familj. Det är jag evigt tacksam för och hon såg oss alla och gav oss så mycket kärlek. När hon gick bort var det viktigt för mig att få klä och ge mormor min sista gåva till henne. Jag ville klä henne och lägga henne i kistan. Mormor hade alltid sagt att hon ville begravas i sin brudklänning som hon gifte sig i när hon var 15 år gammal. Det var en ljusblå långklänning och den skulle hon självklart ha på sig. Jag och Jasmine åkte till bårhuset på sjukhuset och tvättade, kammade och klädde mormor i sin brudklänning. Jag hade också gjort ett halsband och ett armband av pärlemopärlor som jag smyckade hennes handled och hals med, hon fick också ett smalt diadem med pärlemopärlor på. Vi lade också blommor i hennes hand som naturen hade och ge. Hon sov så fridfull och så lugn ut när vi bäddade ner henne en sista gång. Mormor fick sin sista vila bredvid morfar.

Livet med Björn

När jag och Björn är ute i svängarna har vi oftast så sjukt kul. Vi buggar tillsammans, Jag kan bugga med andra och när det är tryckare så lyfter han upp mig i sin famn och dansar. Vi struntar i vad andra tycker och tänker vi dansar och det är bara vi. Vi har upplevt så många fina, roliga, stunder tillsammans. Det jag upplevt med Björn under lite drygt ett år har jag nog aldrig upplevt sammanlagt under något förhållande tidigare. Björn ville åka utomlands och jag med min pension har

inte möjligheten till det, men Björn ville
så gärna att vi skulle åka så han valde att
ta sina skattepengar till en resa för oss.
Det blev Side Turkiet i början av juli 23. 34
grader varmt i skuggan, 28 grader i havet
och 26 grader i poolen, gissa om vi
mådde gott i värmen och i varandra
sällskap. Vi hade all inklusive så all mat
och dryck var gratis. Vi tillägnade halva
dagen vid poolen och halva dagen i
havet. På kvällarna efter middagen så
gick vi alltid ut på strandpromenaden.
Det var mängder av restauranger, barer,
hotell och hur mycket shopping som
helst. Vi tyckte om att sätta oss och
lyssna på någon som spelade och sjöng
och drack några öl och njöt av
semestern. Vi gjorde nog avtrycka om oss
även där då det var en tysk man som ville
dansa med sin fru, hon ville inte så han
gick vidare till nästa bord och bjöd upp,
men där fick han också nobben. Jag
frågade Björn om det var okej att jag bjöd
upp tysken, självklart får du det sa han
med ett skratt. Så jag rullade ut på

Strandgatan fram till tysken, och bjöd upp till dans och han tackade gladeligen ja. Så där buggade jag med en tysk på Strandgatan i Side och vi hade så sjukt kul. Senare samma kväll fick jag bjudit upp servitören som just serverat oss en drink och en öl, han skratta och dansade och verkade ha riktigt kul. Vi träffade så mycket trevligt folk och artigt och turkarna var inte alls äckliga och påträngande så många människor säger. Jag mådde så gott i värmen och hade knappt någon smärta alls. På min födelsedag fixade Björn hamam och Massage åt oss, det kom en man och hämta oss på hotellet och körde oss till rätt plats. Vi blev riktigt ompysslade och skrubbade. Vi mådde som kung och drottning. När hamamen var klar så fick vi massage, jag fick medicinsk massage på grund av min sjukdom och behandlingen vara det i 90 minuter. Han sa min kropp var totalt katastrof och han ville att jag skulle komma tillbaka någon dag senare. Men det kostar en del och jag vill inte lägga pengar på massage när det fanns så mycket annat vi ville unna oss och köpa lite till barnen. Vid flera tillfällen bjöd svärmor på 75 år upp mig och vi buggade och hade så kul. Det fanns också ett Tyskt par som vi lärde känna och kvinnan där dansade extremt mycket med mig och hon va riktigt duktig på att föra mig i rullstolen. Sista kvällen innan dom skulle åka hem så var vi ute tillsammans och hon gav mig en gåva. Det var ett handgjort armband som hon hade beställt. Jag blev så rörd och tacksam, fick knappt fram ett ord. Vi grät och kramades och än idag har vi kontakt. Vilket jag är så glad över. Vi var där en vecka och det var den bästa veckan, bästa semestern jag någonsin har upplevt. Björns mamma Gun, kom och hämtade oss på Landvetter, hon var så glad för våran skull och samtidigt så ville hon så gärna kunna åka iväg på en resa. Och som man förstår så vill hon inte resa ensam, jag fick dåligt samvete och kände att det är klart att Gun också ska få uppleva det här. När vi kom hem pratar jag med Björn som sedan prata med sin mor och det slutar med att vi reser tillbaka till Side slutet av september 23 tillsammans med Gun.

Björn blir morfar.

Therese och Pär väntade sitt första barn. Det var beräknat komma den 9:e juli 23. Vi var lite oroliga att det lilla knytet skulle komma när vi var utomlands. Eftersom vi kom hem den 8 juli så kunde ju bebisen kommit tidigare än beräknat. Vi hade tur som hann hem och när dagen kom så hade bebis bestämt att stanna kvar i mammas mage. Therese hade en väldigt liten gravidmage så jag sa att jag tror att det blir en liten bebis, max tre kilo och 47 cm lång. Vid de senaste kontrollerna misstänkte barnmorskan att Therese eventuellt hade fått havandeskapsförgiftning, det gjorde att de fick gå på extra kontroller och ultraljud. Den 14 juli var hon på kontroll hos barnmorskan och blodtrycket hade stigit, hon hade också äggvitor i urin vilket gjorde att barnmorskan kontaktade förlossningen och läkare där. Therese och Pär fick sedan åka upp till sjukhuset där de beslutade att sätta igång förlossningen. Vid 16-tiden på eftermiddag sattes det igång om nu visste vi att det snart skulle komma en bebis till familjen. När man är en kvinna och har fått barn så vet man vad hon går igenom både med smärta, förväntan och man kan bli lite nervös över att inte ha kontroll över situationen. Vi bad Theréses mamma som också var med att uppdatera oss hur det gick för både Therese och Pär. När vi inte hörde någonting skrev vi ett SMS vid 20-tiden på kvällen, vi fick då svar att Therese badade och värkarbetet var igång. Efter det hörde vi ingenting och både jag och Björn var oroliga och stressade. Men skillnaden var att Björn hade nerverna på utsidan medans jag behöll lugnet. Jag är som person att inte stressa upp mig utan försöker hålla mig lugn och sansad. Björn var så orolig att det hade hänt någonting eftersom vi inte hört ett ljud ifrån Theréses mamma eller Pär under så många timmar, så han fick nästan panik här hemma, av att ingenting få veta. När klockan var runt 03 på natten så ville han åka upp för att få svar på hur det gick, Jag sa då till honom att det är bättre att ringa upp det förlossningen och prata med dem och fråga hur det är med Therese. Han ringer upp och ska bli kopplad till förlossning när Therese ringer facetime. Han avbröt då snabbt samtalet med förlossningen och svarar Therese. Jag sitter ute och röker och försöker hålla mig lugn för Björns skull, när jag hör barnskrik ifrån tv-rummet och Theréses röst. Allt hade gått bra och vi blev så lättare att höra hennes röst och se henne i telefon. Det blev en liten flicka, Elsa. 3040 gram på 48 cm lång, så liten och söt och hon kom till världen runt halv tre på natten. Men Therese hade inte haft möjlighet att

ringa innan och det gjorde så klart
ingenting, huvudsaken var att allt hade
gått bra och lilla Elsa hade kommit till
världen. Björn hade nu blivit morfar och vi
var så stolta över dem alla. Pär som bara
är 18 år gammal hade skött detta
exemplariskt och stöttat Therese genom
hela denna upplevelse och
förlossningen. Therese som var så rädd
innan klarade detta galant och vi var så
stolta över henne att hon fixade detta
stora arbete med bravur. Tårarna rann på
Björn och all oro släppte för honom, när
vi hade lagt på telefonen så skålar vi för
Elsa med en tequila Rose och hyllande
hand. Efter några dagar fick de komma
hem och allt såg bra ut på alla
undersökningar. Jag och Björn åkte då dit
för att gratulera och träffa den lilla
flickan. En sån liten näpen flicka,
kärleken till lilla Elsa går inte att beskriva
med ord, det är så stort att få vara med
om detta. Även fast jag inte är nånting till
henne så har jag känslor i kroppen och
vill ta mig an flickan. Den största lyckan

den dagen var att jag fick äran att bada Elsa för första gången i hennes liv. Nu väntar en resa att få följa henne i utveckling och tillväxt och vi kommer alltid att finnas för Björns lilla barnbarn. I vått och torrt, dag som natt, i glädje och sorg så kommer vi alltid att finnas för denna lilla flickan. Jag är så stolt när jag ser Pär tar hand om sin lilla familj, han fixar och grejar, tvättar och städar och har det största hjärtat. Och jag är så stolt över Therese för hennes sätt att ta hand om Elsa och jag vet att hon kommer bli världens bästa mamma. I vår stora familj har det nu även bildats en liten egen familj. Jag och morfar kommer säkert få många gråa hår genom åren, när Elsa ska lära sig gå, cykla, klättra och busa som barn gör. Hon kommer fjäska för att få som hon vill och kommer bli arg när hon får nej. Men vad gör det? Det är Björns barnbarn som vi ska vara med att stötta, fostra, och ibland skämma bort och älska för evigt. Och är det något Jag kan svära på och Lova till 100 %, så är det att jag alltid kommer att finnas för min familj. I vått och torrt, genom glädje och sorg så kommer jag aldrig lämna min älskade man Björn. Mina gudomliga barn och Björns underbara barnbarn. Jasmine, Therese, Oliver, Lucas och Elsa. För mig handla familj återigen inte om blodsband, det handlar om vem som hjälper, uppfostrar och stöttar i vått och torrt. Jag vet att jag aldrig kommer bli mormor för Elsa och det är ingenting jag begär heller. Men som så kallad bonusmormor vill jag gärna vara för lilla Elsa. Vi ser på olika sätt och vem som är värd vad i en familj. För mig handlar allting om kärlek, och ska man få någonting i livet så får man också ge av sig själv och vad som gör andra lyckliga. Att alla lär sig att tyda varandras känslor och viljor med respekt. Jag vill ge av det lilla jag har men jag vill också få något litet som bevis på kärleken. Min älskade familj, ni är dom så ger mitt liv ett värde, ni gör mig så lycklig, och ibland också så fruktansvärt sårad men hur som helst så är ni mitt allt. Med sårad tänker jag att om kärlek inte finns då kan man heller inte känna sig sårbar. Och heller inte uppleva allas innersta känslor och ibland förtvivlan. Jag älskar er alla så obeskrivligt mycket. Idag bor Therese, Pär och Elsa i en egen lägenhet. Björn hade kvar sin lägenhet under några månader efter att jag fick min, men idag är vi sambo på riktigt. Oliver och Lucas bor växelvist här och Jasmine bor idag på hemlig ort för att påbörja ett nytt liv i trygghet och med hennes kille och sina hundar. Jasmine har nu också återfått kontakten med sin biologiska sida från Simon. Farmor gick bort för några år sedan och Simons pappa och syskon har idag ingen kontakt med Simon, därför vågar Jasmine påbörja en ny försiktig kontakt med de människor som aldrig gjort henne illa, men dom har varit i Simons liv och då blev rädslorna för stora för henne. Dom har också flyttat åt olika håll i landet så inga av dom bor nära varandra. Men jag önskar av hela mitt hjärta att hon kan få känna tillit och trygghet i dom med tiden.

Jasmines bearbetning

Jasmine skrev och ritade mycket teckningar. Teckningarna som hon gjorde har ni sett tidigare i denna bok. Här uttrycker hon med egna ord hur hon levt och uthärdat tortyren ifrån sin far, där man kan se flera exempel på hennes svårigheter när det gäller Språkstörning och dyslexi. Men detta är Jasmines egna ord och skrift. Dessa berättelser skrev hon i skolan när dom hade uppgifter om att skriva om sina liv. Hon skrev dessa vid två olika tillfällen och olika årskurser i skolan. Det var också dessa texter som hade blivit anmälda men senare nedlagda av myndigheterna.

Mitt liv

Sen jag va 8 år gammal så har jag left ett liv med ångest rädsla ledsen. Har alltid haft svårt att ta in nya folk i mitt liv specielt män/killar. Efter allt händer med min pappa så har ja extra svårt att ta in folk, jag har än igan ångest. Mamma och pappa skylde sig när jag va 1,5 år, och jag bode varanan vecka hos dom. Allt va bra ett tag sen hände de något med min pappa han började ta på mig, när jag duchade då han började tvåla in mig men när man är 6 år så kan man oftast ducha själv och jag kunde de, jag sa NEJ flera gånger men han lyssnade inte på mig han bara fortsate Han låste in mig på toan när han va arg på mig jag behövde inte ha gjort något han kunde bara låsa in mig, ibland i mitt rum eller toan och ibland när jag somando så kunde han bara låsa in mig i huset och bara åka. De va en natt som jag va livrädd jag hitta inte han jag kollade om bilen va hemma och de va den inte. Han kunde bara slå mig eller nypa mig från ingen stans. Jag frågade min pappa om jag kunde sova hos han en natt han sa ja gumman de får du. Han började ta av mina kläder och han tog av sig sina kalsonger. Han började ta på mig, han sa håll här gumman jag hållde på hans snop för han sa att jag skulle göra det. Han tog på mina bröst sen han började ta mig i mellan mina ben. Sen han gjorde de som man inte ska göra mott ett barn. de är svårt att skriva de och säga de, de gör ont när jag pratar om de. Ett tag så sa jag att allt är mitt fel att allt detta har hänt och att de är inte hans fel, men inerst inne så vet jag att de är han som har gjort fel och inte jag. Han har skadat min mamma också jag har fåt berättat i efter hand att han använde mig som ett vapen mott min mamma, han kunde bara säga Jasmine slå mamma slå mamma duktig tjej. Han slog min mamma flera gånger, men mamma vågade inte rymma för han hotade med att hon aldrig skulle få se mig igen. Men efter några år så flyttade jag och mamma till en lägenhet i Luleå. Sen de blev mer och mer jag började fatta att de inte va rätt de han gjorde efter ett tag. De va en natt då jag hade drömt marddrömar och blev rädd och ville sova med sin pappa, de skulle nog vilken dotter som helst göra. Det tog ett tag innan jag vågade berätta för mamma men de va en gång han skulle hämta mig hos mamma och jag ville inte och mamma och hennes nya kille frågade varför jag ville inte berätta först men sen jag va tvungen att säga, jag berättade för mamma va han hade gjort med mig och mamma blev arg och ledsen när jag berättade de. Pappa skulle hämta mig och jag sa nej flera gånger han säger flera gånger till gumman jag är din pappa du kan inte göra så här, du är min dotter kom nu. Mammas nya kille sa om du går in innan för våran dör så ringer jag polisen, jag va bakom mamma och hennes kille hela tiden. Jag va rädd och ledsen hela tiden jag kunde inte gå utan för dören själv för va så rädd att han skulle va där, jag gick inte till skolan själv kunde inte ens gå på tregården någon va tvungen och va med mig hela tiden jag

gick ingen stans själv. När jag va i skolan
så va mamma eller mormor eller
mamams nya kille med mig hela tiiden
ifall han skulle komma, jag va så rädd
hela tiden. Vi gjorde en anmälan på min
pappa de blev rätte gång jag skulle gå till
en och berätta allt, men jag va liten så
dom trodde inte på mig jag målade
mycket bilder för att dom skulle först men
dom trodde inte på mig. Jag gick till en på
barnahuset jag berättade allt för henne
jag målade mycket hon va ett stöd för mig
men efter ett tag så gjorde dom något
som inte jag ville, dom ringde ditt min
pappa så vi skulle ha ett möte men jag
vägrade prata med han eller se han, dom
lurade mig, jag låste in mig i mammas bil
för dom ville att jag skulle gå in till huset
men jag vägrade, sen dom började
anklaga min mamma för att de va hon
som tydligen påverkade mig och dom sa
att de är min mamma som har sagt till
mig att jag inte ska gå in och allt. men så
va de inte de va jag själv som inte ville jag
ville inte träffa han eller prat med han,

han va luft i mina ögon han va inte min pappa. Jag säger till alla jag har ingen pappa han finns inte för mig han är död i mina ögon för länge sen. Jag fyller 18 år detta året och är fortfarande ledsen och besviken ångest. Det är fortfarande svårt att ta in allt för de ska inte va så här ett barn ska inte va med om sånt som jag har varit med om. Min mamma har hjälpt mic och funnits där för mig hela vägen hon är den ända som jag har kvar och jag kan lita på, min mamma och ja vi är bästa vänner vi kan prata med varandra om allt. vi finns alltid där för varandra i alla lägen.

Vid ett annat tillfälle skrev hon;

Mitt liv

Enda sen jag va 3 år gammal så har jag mått väldigt dåligt på gund av min pappa som heter Simon. Han va snäll ibland men oftast så va han elak mot mig. Jag kommer ihåg sen jag va jätte liten att han slo mig att han anväde mig som ett redskap mot mamma. Då mådde jag väldigt dålit, men när man är runt 4-5 år så vet man oftast inte va som är rätt eller fel och de viste inte jag. Jag trodde inte de va nått felä men sen när ja berättade allt för mamma vad pappa hade gjort mot mig så blev mamma upprörd av va han hade gjort. De va inte första gången han va elak, jag hade berättat de flera gånger för mamma. Men när man är så liten så förstår man inte hur alvaligt de är. Vet inte rikigt hur länge de hade på gått. Nu hade jag fylly 6 år och hade börjat på förskolan de tyckte jag va väldigt roligt jag fick mycket nya kompisar tjejer och killar. Mina bästa vänner hete Rasmus och Måns vi va jätte bra vänner ända tills vi gick i 4an. Jag va hemma hos pappa jag skulle duscha och göra orning mig för natten då kom pappa och bara kom jag hjälper dig och torka dig, jag bara jag behöver ingen hjälp jag är stor tjej nu. Pappa bara NEJ kom hjälper dig jag bara okej sen böjrade han ta på mig i mitt underliv jag tyckte de kändes konstigt men tänkte inte mer på de. Jag hade svårt att äta hade ont i magen. Han slog mig när jag gjorde fel han kunde bara komma till soffan och slå mig unan en andledning eller nypa mig bara. De gjorde ont varje gång han slog mig. Nör jag började gråta och skrika så sa han sluta skrika men när jag inte slutade så slog han bara hårdare och hårdare. Ibland kunde jag ha massa blåmärken och märken efter hans hand. Jag va mycket hos farmor jag älskade och va där vi brukade baka leka med mina dokor som jag hade hemma hos farmor. Vi lagade mat jag brukade va med farmor för gillade och laga mat och va med farmor kände mig trygg. Sen skulle pappa hämta mig hos farmor och så skulle vi åka hem, vi lyssnade alltid på min favorit låt som Magnus Uggla har gjort, jag satt och sjung och dansade lite. Snart va vi hemma hos oss igen och vi skulle äta kvällsmat jag ville ha gröt så pappa gjorde de till mig. Jag ville alltid sitta i soffan och äta frukost eller kvällsmat och titta på tven. Men ibland fick jag göra de när jag skötte mig. Pappa va jätte hård mot mig men när vi va med andra så va han jätte snäll han skulle leka den här bra pappa men egentlien så va han ju inte de här bra pappan som alla trodde. Jag hade jätte svårt med att äta hade ont i magen hela tiden när jag va hos pappa. Ibland kunde han tvinga i mig i maten fast jag inte va hungrig eller inte orkade äta mer. Jag kunde börja spy, han sa att de va mit fel att jag spyr för jag aldrig äter men de är svårt att äta om man mår dåligt. Jag kommer ihå när jag va 5 år att jag fick bältros och de ät som köttsår och man va tvungen och öra rent de hela tiden så de skulle läka. De va en gång vi skulle göra rent de och han sa att ja skulle läa mig på rygg och va stilla så han kunde ta bort plåsttret försiktigt men de gjorde han inte han drog bara. jag började gråtta och skrika så ont de gjorde, de började blöta jätte mycket och de sved. När jag va jätte

liten så bodde jag och mamma i våran bil
för vi vågade inte bo med pappa vi
försökte fly flera gånger men de gick inte.
Han sa till mamma du kommer aldrig se
din dotter igen då vågade inte mamma
göra nått han va jätte elak mot mamma
också han har misshandlat henne groft.
till slut så kom vi bort från han och vi

hittade en annan lägenhet och bo så jag
och mamma bodde i Luleå tills hos
träffade sin nya kille och dom fick mina
bröder Lucas och Oliver. Oliver är 06 och
Lucas är 07. Jag vill inte att dom ska veta
nått nu för ver inte hur dom kommer
reagera men när dom blir äldre och
förstår lite mer så ska jag berätta allt för
dom, de är viktigt för mig att dom vet om
allt.

Jag fick min traumabehandling

Jag påbörjade min traumabehandling juni
2024. Jag hade då stått på kö under flera
år. Inom psykiatrin så tar allting sån

fruktansvärt lång tid och det är svårt att få snabb psykologhjälp. men äntligen blev det min tur att få hjälp att bearbeta mitt liv och upplevelser. Första mötet var mest information om tillvägagångssättet och upplägget. Jag ska gå en gång i veckan under de närmaste 65 veckorna. Jag fick en bild av vad jag hade att förvänta mig men också vetskapen om att detta kommer bli en fruktansvärt jobbig tid med många Flashbacks och ångestpåslag. Men jag behöver verkligen detta för att få verktyg att gå igenom det som jag måste försöka jobba mig igenom. Mina förhoppningar är att jag ska kunna tänka tillbaka på mitt liv och dess innehåll och inte få panikkänslor eller ångest över det som varit. Jag önskar att jag kommer kunna se tillbaka och tänka, ja detta har jag och mina barn varit med om men idag mår vi bra och vårt förflutna ska inte få möjligheten att styra våra liv längre. Allt eftersom veckorna gått har jag kommit in på en Micro del av händelser. Vi har pratat lite om Jan och mina tankar och känslor kring det som hände honom. En liten del av mammas bortgång. Men mest har vi pratat om hur jag känner i min kropp när återkommande tankar och minnen dyker upp. Det är svårt att beröra tankar och ämnen som utlöser ångest hos mig, Jag har jättesvårt att förlåta mig själv och att tänka utanför banan. Jag är fast och låst i mitt tankesätt att ja har dåligt samvete över att jag inte kunde rädda min familj, att jag inte såg vad min dotter blev utsatt för. Att jag tillät mig övergrepp som barn. Jag har tankar av skuld och det är svårt att ändra på dom. Jag känner skuld på grund av att jag inte kunde rädda Jan från det svarta mörker som han levde i och att han inte såg en annan utväg. Och ibland ångrar jag att jag var fast besluten att hålla hans hemlighet för mig själv. Tänk om jag hade sagt till mamma vad han berättade för mig, då kanske vi hade kunnat rädda honom. Samtidigt så hade jag ju lovat och tilliten mellan oss var så viktig. Jag känner stark skuld för att jag inte hade förmågan att rädda mamma. Jag hade inte kraften att få loss henne och påbörja hjärtlungräddning. Det gör ont i hela min själ att jag bara låg där bredvid henne och såg henne försvinna. Jag måste på något sätt försöka förstå att jag gjorde så gott jag kunde men nånstans på vägen blockerar jag mig själv och fortsätter att klandra mig. Varför? varför var ja tvingad att hamna i den situationen? samtidigt är jag tacksam att det var jag som fick mammas sista minuter i livet bredvid mig och med min hand i sin. Ibland tänker jag på om hon hade gått bort under resan till Krakow. Det vore fruktansvärt att hon skulle befinna sig i ett annat land och dö ensam. Men även om jag tänker på det senarium så har jag ändå svårt att släppa känslorna av skuld. Jag vet att denna resan kommer innebära extremt svåra stunder och stunder där jag verkligen måste gå in i mitt inre och jobba med mig själv för att kunna frigöra mig från skuld, hat och förakt. Jag har fått uppgifter som jag ska notera och reflektera över i min nuvarande vardag. Om jag hamnar i en situation där jag får starka känslor. Då ska jag reflektera över hur jag känner i kroppen, vad händer i min kropp, vilka känslor kommer fram och hur hanterar jag dom. Det låter ganska enkelt men det är svårt att fördjupa sig i den situationen och att kunna sätta ord på sina känslor och tankar. När man väl sitter med behandlaren så är det ganska svårt att hitta olika vardagssituationer som hänt på en vecka. Jag skriver därför alltid upp händelser och alla känslor och tankar. Det som ändå känns skönt är att efter allt som hände Jasmine och allt runt Simon. Så tog han sitt sunda förnuft och flyttade några år senare till en ort över 100 mil bort. Och vi behöver idag inte vara rädda längre. Men för Jasmines del blev hennes flytt en del av bearbetningen, då Simon inte har en aning om vart hon idag befinner sig. Och han ska aldrig få möjlighet att förgöra henne igen. För mig kommer han upp i tankarna då jag ser hans tidigare hus, jag får ångestpåslag och paniken strömmar genom kroppen trots att han inte finns kvar där. Men allt kring honom har förstört tryggheten i våra själar och rädslorna måste vi bemästra för att komma vidare i livet.

Sämre I min kropp och sjukdom

Ibland när det blir för mycket psykisk stress så fungerar inte min kropp korrekt heller. Jag får betydligt mycket mer värk och mitt höger ben som är mitt friskaste ben slutar att lyda min hjärna och jag ramlar då benet bara börjar skaka, smärtar och tappa balansen. Under 6 månader har jag brutit handleden, brutit 2 revben på höger sida och ett på vänster sida. Läkaren säger att jag blir allt sämre i min EDS och Dissociativ motoriska störning och behöver mer hjälpmedel i form av trappstol i trappuppgången samt en hiss på utsidan huset upp till entrédörren. Jag vill inte riktigt acceptera att det går utför samtidigt som jag är så medveten om utvägen. Jag märker en förändring hos mig ibland och jag kan bli extremt arg inombords när jag känner mig felaktigt anklagad eller liknande. Förut blev jag mer ledsen och inåt sjunken men idag blir det som en explosion inom mig. En känsla som jag inte är van vid och heller inte vet hur jag ska bemästra. Enligt mitt team på psykiatrin så kan det bli så under behandlingen eftersom man går in i djupet och det påverkar hjärnan och känslorna på olika sätt. Jag har aldrig varit någon konflikt människa så det gör att det blir så svårt för mig att sortera ut och handskas med mina känslor. Oftast sätter jag mig på balkongen och isolerar mig från omvärlden och min familj för en stund. Jag måste gå igenom varför och vad det var som gav mig en sån stor reaktion av något som tidigare inte varit några problem för mig. Jag har börjat med olika hobbyverksamheter där jag kan fokusera på annat än mina själsliga sår. Jag gör diamantpainting av olika motiv. Jag gjorde en stor tavla till Therese på Elsa som hon ska få som överraskning, den tog mig många månader att göra. Jag skriver endel då det känns skönt att få ur mig mina känslor. Under denna behandlingen har jag också fått öka mina mediciner och även fått en medicin som är mot PTSD mardrömmar då jag ofta drömmer och jag vaknar dysvettig och med hjärtrusningar och hög puls. Jag får också massage efter varje traumabehandling, det är på samma ställe men hos min sjukgymnast. Jag får fruktansvärda smärtor i kroppen och det beror nog på att jag spänner mig och känner mig stel under behandlingen. Jag är rädd för mina känslor och återkommande fördjupningar. Så massagen gör mig gott och jag får slappna av för en stund. Jag går också hos endokrinologen för mina svårbehandlade kaliumbrister och mitt höga blodtryck. Kaliumet är en av de viktigaste ämnena som vi har i kroppen och om nivån blir för låg så slår det ut muskelcellerna vilket medför att hjärtat och andra livs viktiga organ slutar att fungera. Jag har fått öka doserna av kalium vid flera tillfällen utan resultat. Så nu behöver jag en tilläggs medicin och kalium samt en blodtrycksmedicin för att hålla mig på lägsta normalvärdet. Om dessa mediciner inte skulle hjälpa då ska jag utredas för den ovanliga sjukdomen Liddles syndrom. Men jag försöker att ta det lugnt och bara åka med på den resan. Det är ju trots allt ingenting som jag kan påverka. Jag är även inskriven hos gynekologen på sjukhuset. Jag har förändringar som till 70% utvecklar livmoderhalscancer och det är också något som jag inte kan påverka eller göra något åt. Jag kan bara be till gudarna att jag slipper cancer. Men som tur är så har dom koll på mig och kommer operera mig om så behövs. Men om jag skulle behöva operation så uppstår nästa bekymmer. Min EDS, min bindvävnad är så skör och går sönder så risken är att man inte kommer kunna sy mig på normalt sätt. Jag får frågor ibland angående EDS och jag brukar då förklara, om man tänker att en frisk person har bindvävnad tätt som ett jeanstyg, så har EDS patienter en täthet som ett spindelnät. Vävnaden går sönder och det går knappt att sy i oss. Tråden skär igenom å det är svårhanterat. Ett annat exempel på vår sjukdom är när jag för inte längesen fick åka akut till sjukhuset med Lucas, han hade ont i hjärtat och svårt att ta djupa andetag. Lucas är ingen pojke som klagar eller gnäller om det verkligen inte är besvärligt för honom. Vi kom in och dom gjorde noga undersökningar och blodprover på hjärtat. Inget fel på det men efter att dom röntgade hans lungor såg dom ett litet hål på vänster lungsäck vilket gav de kraftiga smärtorna och symtomen. Läkaren var jättetrevlig och noga i hans sätt att förklara och lugna Lucas som hade panik av oro. Det var till 99% säkert att hålet uppkommit på grund av EDS, vävnaden hade gått sönder och bildat ett hål. Lucas syresatte sig väl och vi fick åka hem. Men om andningen skulle bli värre då var vi tvungna att komma tillbaka då det isåfall kunde bli allvarligt och i värsta fall skulle det behövas en operation för att täppa igen hålet. Smärtlindring och vila blev det dom närmaste veckorna. Oliver har också vissa besvär kring EDS. Han va tvungen att operera bort en stor knöl i vänster bröst. Det visade sig senare vara en godartad tumör men ingreppet var stort och tog flera timmar. Efter operationen kom läkaren och pratade om hur det hade gått. Oliver hade blödit extremt mycket under operationen och hon undrade om han hade någon blodsjukdom. Inget som vi vet svarade jag. Några månader senare åkte han till sin pappa i studion, Matte har en tatueringsfirma så vi alla brukar gå till honom. Oliver var där för att fylla i en mindre del av motivet och även då blödde han väldigt mycket. Efteråt rann det blod igenom plasten och tejpen som sattes över tatueringen. Han blödde så mycket att det rann ner över handen och droppade på marken, verkligen inget normalt blödande. Så vi blev tvungna att

kontakta vårdcentralen för blodprover
ifall han lider av VEDS isåfall har han
kärltypen och då är det en livshotande
situation som vi inte kan göra något åt.
Det finns inga botemedel mot den och
den är allvarlig och man lever oftast inte
ett fullt liv. Men vi får be till gudarna att
det inte är det han har. Denna sjukdomen
är inte lätt att leva med och den påverkar
hela kroppen där man har bindvävnad
alltså hela kroppen. Jag började märka
att min syn på vänster öga blev allt sämre
och min hörsel började bli dålig. så jag
åkte till optikern och där såg man att
vänster öga blivit betydligt sämre samt
att det var något fel på hornhinnan. Detta
är ett typiskt bekymmer inom EDS då
man har bindvävnad även i ögonen och
vid extremt svåra fall så kan denna
sjukdom göra att hållbarheten i och
bakom ögat kan släppa och så kallat
ramla ur ögon loben. Nya glasögon och
tätare kontroller. Sedan var det dax för
hörselkontroll vilket gjordes på
vårdcentralen men jag blev senare

remitterad till hörselcentrum i Luleå, där man bekräftade försämrad hörsel på båda öronen men värst på vänster. Det slutade med dubbelsidig hörapparat. Och en remiss till öron, näsa, hals för utredning varför min hörselnedsättning skiljer sig så mycket från öra till öra. Även tänderna drabbas hårt av vår sjukdom, bindvävnad finns också under emaljen vilket gör att tänderna spricker och går sönder. För mig har detta varit ett stort bekymmer då jag blev tvungen att dra ut en kluven tand och efter det fick jag en stor inflammation i käken. Vävnaden i själva hålet har gått sönder och försvunnit så det är numera ett öppet sår där käkbenet är blottat och oskyddat. Så det blir antibiotika i högsta dos och återbesök inom kort. Allt negativt som händer med min kropp tillsammans med min traumabehandling blir ibland svårt att hinna med att bearbeta och acceptera. Att jag måste acceptera att ett annat väsen styr över min kropp och själ och jag kan inte göra så mycket åt situationen, mer än att se positivt på livet som är. Och att alltid tänka att det inte finns några hinder i livet, bara möjligheter. Möjligheter att bevara mina funktioner och göra det bästa med en positiv inställning. Detta har jag alltid pushat mina barn att tänka och då kan ju inte jag göra tvärtom. Jag är så tacksam glad och stolt över kärleken i familjen. Oliver har varit tillsammans med sin underbara Minna i över två år nu och dom kompletterar varandra på ett kärleksfullt och respektfullt sätt. Dom är så fina ihop. Lucas är nykär sedan 1 månad tillbaka och hans fina goa tjej heter Lina och hon lyfter verkligen Lucas från sitt dåliga självförtroende. Han har växt så enormt mycket sedan denna underbara tjej kom in i hans liv. Jasmine har fått offra mycket i sitt och flyttat långt ifrån oss då hon aldrig kände sig trygg här i Rosvik efter Simons förföljelser. Hon bor idag i en två rummare med sin kille och deras två hundar. Dom har också fått valpar som är så gudomligt söta. Självklart skulle jag vilja ha henne nära mig och inte så långt ifrån, men för mig är hennes trygghet viktigaste och vi pratar facetime varje dag. Jag önskar att vi kunde ta en av valparna men med tanke på mina sjukdomar och en man som jobbar heltid, barn som går långa dagar i skolan så går det inte. Jag hade i och för sig kunnat lära hunden att gå fint bredvid mig och elrullstolen men trapporna i huset vi bor skulle bli till ett stort hinder. Jag hade aldrig klarat av att bära ner valpen och samtidigt kunna ta mig ner själv. Så tyvärr måste jag släppa tanken om en ny familjemedlem.

Mina sista ord i denna bok

Detta är en del av min historia, ryggsäcken innehåller mer men Jag känner mig nöjd och stolt och behöver inte skriva mer. Livet har inte varit en dans på rosor, långt ifrån. Men jag har lärt mig att bearbeta allt på vägen, och jag är inte bitter eller arg för att jag har varit med om mer än vissa andra kanske har varit. Jag är däremot tacksam, hur konstigt det än låter så är jag faktiskt tacksam, för hur hade jag varit som människa om jag inte har gått igenom det jag har gjort. Jag önskar naturligtvis att mina älskade barn inte skulle behövt genomlida alla tragiska och hemska saker. Men på nåt vis har även dom lärt sig i allt helvete så finns det ändå glädje. Och jag tror att även dom har formats till godhjärtade, omtänksamma och kärleksfulla människor just på grund av deras erfarenheter och upplevelser. Jag är även stolt över mig själv för att jag valde andra vägar än min älskade bror och för att jag inte gömde min sorg, rädsla och upplevelser i mörker med droger, alkohol och allt vad som hade kommit till. Jag tackar min mamma för att hon var den hon var, aldrig dömande, aldrig bitter, hon var så förstående, och förlåtande. Min mamma hade det största hjärtat någon kan ha. Och det tack vare henne som jag överlevde min resa. Jag har aldrig någonsin upplevt den kärlek, respekt, glädjen, och trygghet som jag känner idag med min stora underbara familj. Idag känner jag mig som prinsessan som kysste grodan och som till slut fick sin prins. Min önskan är att du som läst min berättelse och följt mig på min resa, ska kunna känna att oavsett hur mycket, och vad man går igenom i livet. Oavsett hur tung ryggsäck du har så finns det alltid någon där ute som förstår. Förstår att du inte ensam om att bära på tunga, hemska och hjärtekrossande erfarenheter. Jag tackar livet och för allt som det har gett mig trots att det många gånger har förgjort mig. Jag väljer att blotta mig själv, därför att det är min terapi på mitt sätt att sätta värde på livet, familj och vänner. Tack för att du velat följa med mig på min resa och lärt känna mitt inre.

Janina L Jönsson 2024